MORD AUF ARCHLY MANOR

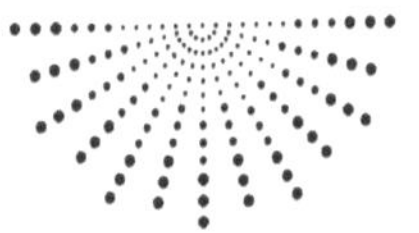

MORD AUF ARCHLY MANOR

DETEKTIVIN MIT STIL, BUCH 1

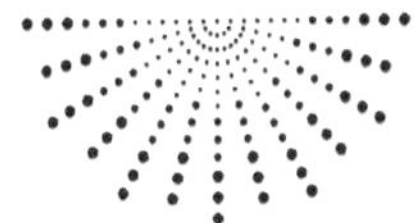

SARA ROSETT

Übersetzt von
STEPHANIE VON DER MARK

MORD AUF ARCHLY MANOR

Buch Eins der Detektivin mit Stil-Serie, veröffentlicht von McGuffin Ink

Copyright © 2021 Sara Rosett

ISBN: 978-1-950054-50-3

Coverdesign: Llewellen Designs

Lektorat: Historical Editorial

Kartenillustration von Hanna Sandvig: bookcoverbakery.com

Aus dem Englischen übersetzt von Stephanie von der Mark

Korrekturlesen und Formatierung von Anna Drago

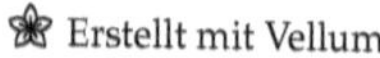 Erstellt mit Vellum

KARTE

Balcony: Balkon
Bath: Bad
First Floor:Erster Stock
Terrace:Terrasse
Study:Arbeitszimmer
Library: Bibliothek
Billard Room: Billardzimmer
Drawing Room:
Ballroom: Ballsaal
Dining Room:Speisezimmer
Kitchen:Küche
Servants' Stairs:Dienstbotentreppe
Morning Room:Tagessalon
Sitting Room:Lesezimmer
Ground Floor:Erdgeschoss
Nursery:Kinderzimmer
Storage:Vorratskammer
Studio:Studio
Dark Room: Dunkelkammer

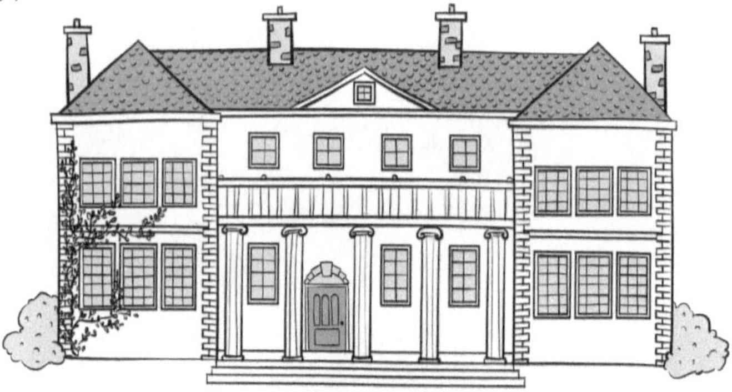

Archly Manor

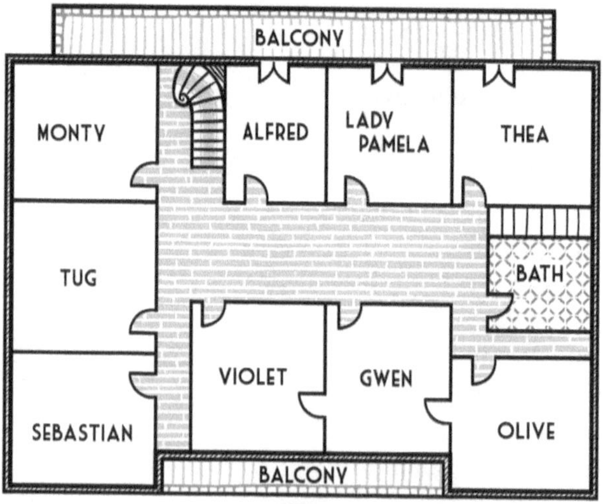
BALCONY
MONTY
ALFRED
LADY PAMELA
THEA
BATH
TUG
VIOLET
GWEN
SEBASTIAN
OLIVE
BALCONY

First Floor

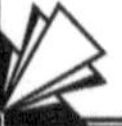

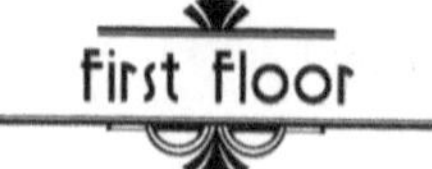

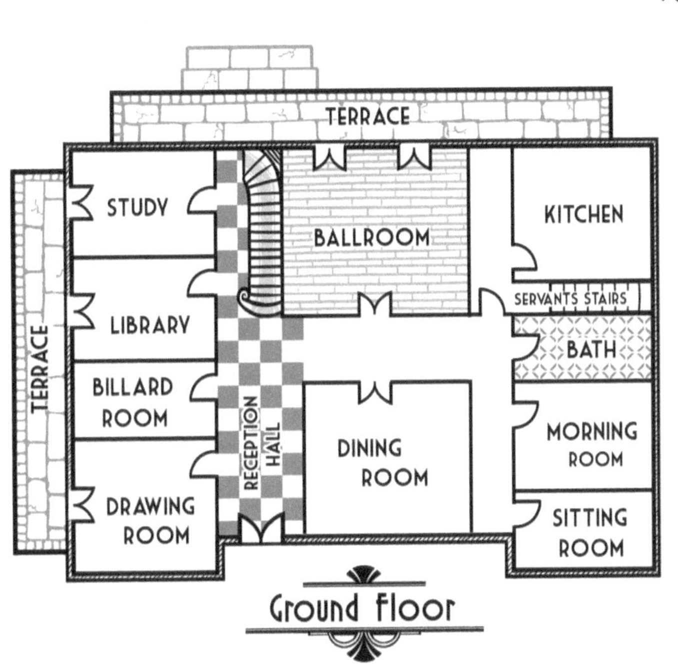

TERRACE
TERRACE
STUDY
LIBRARY
BILLARD ROOM
DRAWING ROOM
RECEPTION HALL
BALLROOM
DINING ROOM
KITCHEN
SERVANTS STAIRS
BATH
MORNING ROOM
SITTING ROOM

Ground Floor

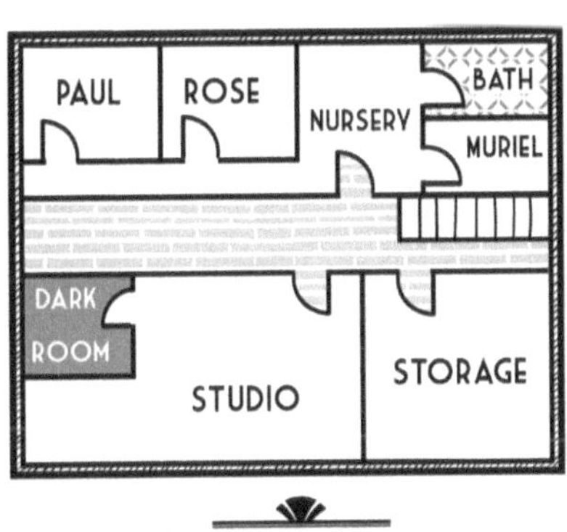

PAUL
ROSE
NURSERY
BATH
MURIEL
DARK ROOM
STUDIO
STORAGE

Second Floor

DANKSAGUNG

Mein größter Dank gilt meinen wundervollen Patreon-Unterstützerinnen Margaret Hulse und Connie Hartquist Jacobs.

Ihr seid meine Fans, Follower, Förderer und Fürsprecherinnen, wofür ich euch unglaublich dankbar bin.

KAPITEL EINS

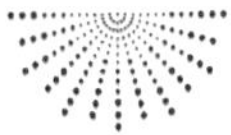

*Eigentlich hatte ich gar nicht vor, Detektivin zu werden. Wenn jedoch
eine unschuldige Verwandte plötzlich unter Verdacht steht, einen
Mord begangen zu haben, kann man nicht einfach tatenlos zusehen.
Man muss etwas tun.*

*Über den tragischen Tod im Herrenhaus Archly Manor wurde in allen
Zeitungen berichtet. Ein Mord in der feinen Gesellschaft zieht nun
mal alle Aufmerksamkeit auf sich. Doch leider waren die Berichte
voller Unterstellungen und Übertreibungen, weshalb ich mich bemü-
ßigt fühle, die wahren Begebenheiten zu schildern …*

LONDON, SOMMER 1923

Man könnte annehmen, eine gebildete junge Dame
aus gutem Hause hätte keine Schwierigkeiten,
eine Anstellung zu finden. Zumindest hatte ich das angenommen, bis ich feststellte, dass ich falsch lag – völlig falsch sogar.

An einem wolkenverhangenen Tag Ende Juli stieg ich in
dem kleinen Dorf Nether Woodsmoor in den Zug, und als ich
im lebhaften London ankam, war ich überzeugt davon, schon

bald zur faszinierenden Schicht jener jungen Frauen zu gehören, die am Morgen zur Arbeit eilten und dabei genau wussten, dass ihnen schon bald der nächste Lohn winkte.

Mein Optimismus wurde allerdings innerhalb kürzester Zeit gedämpft. Aus der schwindelnden Höhe meiner Erwartungen fiel ich hinab in die Niederungen der Realität, wo ich immer wieder den Satz „Es tut uns leid, wir haben nichts für Sie" zu hören bekam, begleitet von oberflächlichen Entschuldigungsfloskeln.

Heute aber würde sich alles ändern. Ich saß dem Chefredakteur von *The Express* gegenüber, der sich gerade einen von mir verfassten Artikel durchlas. Durch die geschlossene Bürotür drang gedämpft das Klappern der Schreibmaschinen und Stimmengewirr aus dem Redaktionsraum herein. Vor Nervosität spielte ich mit den Perlensträngen an meiner Handtasche, sodass der Faden zu reißen drohte. Schnell lockerte ich den Griff und ließ meine behandschuhten Hände brav auf meinen Rock sinken.

Mr. Clark hatte sich nicht die Mühe gemacht, seinen Zwicker richtig auf die Nase zu klemmen, um den Probeartikel zu lesen, den ich am Vorabend mit viel Mühe verfasst hatte. Er hielt die Gläser lediglich ein paar Zentimeter vor seine Augen, während er meinen handgeschriebenen Bericht über den Ball der Duchess of Seton überflog. Er verzog keine Miene, was nur bedeuten konnte, dass er nicht bis zur Stelle mit Barbara Clairmores Missgeschick mit ihrem Kleid, der Kurzsichtigkeit von Kippy Higgenbotham und der schmelzenden Eisskulptur gekommen war.

Schon blickte er auf und hielt mir über den Schreibtisch hinweg das Papier hin. „Tut mir leid ..."

Ich rutschte zur vorderen Stuhlkante. „Ich arbeite eine Woche umsonst für Sie."

Er wedelte mit dem Papier. „Ich kann wirklich nicht noch eine High-Society-Reporterin gebrauchen."

Obwohl es an dem Tag schwül und im Raum recht stickig

war, überkam mich ein Frösteln. Die Zeitung war meine letzte Hoffnung gewesen. Nach meiner Ankunft in London hatte ich Mr. Clark vom *Express* nicht als Erstes kontaktiert, sondern mich zunächst für andere Stellen beworben. Vater wäre nicht sehr begeistert, wenn ich Zeitungsreporterin werden würde, und Sonia erst recht nicht. Im Geiste hörte ich ihre schrille Stimme: „Das schickt sich nicht für eine Lady! Wie unpassend. Unter unserer Würde." Doch ich war für diese Arbeit geeignet, denn ich konnte sehr gut schreiben. Wenn sogar Essie Matthews, die zu Schulzeiten keinen einzigen Aufsatz selbst verfasst hatte, jetzt eine eigene Klatschkolumne in der *Hullabaloo* hatte, würde ich doch wohl für den *Express* schreiben können.

Mr. Clark wedelte erneut mit dem Papier. „Sie würden nur für weitere Unordnung auf meinem Schreibtisch sorgen."

Ich behielt die Hände auf dem Schoß und beugte mich vor. „Zwei Wochen. Geben Sie mir zwei Wochen und ich überzeuge Sie von meinen Fähigkeiten. Sie werden es nicht bereuen."

Er schwenkte seinen Kneifer in der Luft, wobei er fast den hohen Papierstapel von der Tischplatte fegte. „Sieht es für Sie so aus, als bräuchte ich noch mehr Artikel?" Sein Tonfall wurde ungeduldiger. „Ich habe Sir Leo einen Gefallen getan und mit Ihnen gesprochen. Aber jetzt muss ich mich weiter meiner Arbeit widmen." Er warf mir meinen Artikel hinüber.

Ich erhob mich, während er sitzenblieb und bereits etwas anderes las. Ich war versucht, meinen Artikel zusammenzuknüllen und ihm ins Gesicht zu schreien, was der *Express* alles verpasste, doch ich besann mich auf Mutters Worte. *Eine gute Erziehung vergisst man nie.*

Ich nahm also sehr beherrscht das Blatt Papier. „Vielen Dank für Ihre Zeit. Ich werde Onkel Leo berichten, welch Vergnügen es war, Sie kennenzulernen."

Ob er den Sarkasmus heraushörte, weiß ich nicht, denn ich wartete seine Reaktion nicht ab. Ich eilte durch den lauten Redaktionsraum, doch als ich in dem ruhigen, großzügigen Treppenhaus ankam, verlangsamten sich meine dynamischen

Schritte. Jetzt spürte ich die Enttäuschung wie ein schweres Gewicht auf den Schultern und die Sorgen nagten wieder an mir. Ein paar Minuten lang hatte ich Mr. Clark etwas vormachen können, doch die Realität sah ziemlich düster aus.

Was sollte ich tun? Selbst wenn ich sparsam war, würde ich nur noch eine gute Woche über die Runden kommen. Bald könnte ich Mrs. Gutler die Miete nicht mehr bezahlen, und sie hatte mehr als deutlich gemacht, dass man bei ihr keine Almosen erwarten durfte. „So etwas ist Aufgabe der Kirche, aber sicher nicht die arbeitender Frauen", hatte sie gesagt, als ich die kleine Dachkammer bezogen hatte.

Zwei Männer stiegen an mir vorbei die Treppen hinauf. Sie wirkten angespannt, lüpften aber höflich die Hüte, als ich ihnen zunickte. Erst nachdem ich Mr. Clarks desinteressiertes Gesicht gesehen hatte, war mir bewusst geworden, wie sehr ich auf eine Anstellung als Reporterin gezählt hatte. Ich hatte alle Verwandten, Freunde und Bekannten gefragt, ob sie mir helfen könnten, eine Anstellung zu finden. Aber jetzt, da mich Mr. Clark vom *Express* ebenfalls abgelehnt hatte, war keine einzige Anlaufstelle mehr übrig geblieben. Als mir klar geworden war, wie schwierig sich die Suche nach Arbeit gestaltete, hatte ich zudem ein Stellengesuch aufgegeben, doch auch darauf hatte sich niemand gemeldet. Nun blieb mir wieder einmal nichts anderes übrig, als eine Zeitung zu kaufen und die Stellenanzeigen zu durchforsten, wie ich es schon seit mehr Tagen tat, als ich zählen konnte.

Auf dem letzten Treppenabsatz im Erdgeschoss stellte ich fest, dass ich immer noch meinen Probeartikel in der Hand hielt. Ich könnte auch nach Hause fahren, sagte eine leise Stimme in meinem Kopf. Es wäre so einfach, wieder nach Nether Woodsmoor zurückzukehren. Ganze zwei Schritte lang zog ich das in Erwägung. Doch dann steckte ich das Papier in die Tasche und stieß den Gedanken an eine Rückkehr nach Derbyshire vehement von mir.

Nach Hause zurückkehren würde ich auf keinen Fall. Seit

Sonia sich hineingedrängt hatte und versuchte, im Tate House jegliche Erinnerung an Mutter zu vernichten, war es nicht mehr mein Zuhause. Ich musste mich einfach weiter durchschlagen. Also straffte ich die Schultern und marschierte durch die Vorhalle, meine Absätze klapperten auf dem Mosaik einer aufgehenden Sonne. Ich würde bleiben, bis der allerletzte Schilling aufgebraucht war.

Ich drückte die schwere Tür auf und trat in den schwülen Nachmittag hinaus. Wie der Deckel eines Einmachglases hielten die Wolken die Hitze und die feuchte Luft in der Stadt fest. Ich machte mich auf den Weg zur Untergrundbahn, und obwohl ich meinen Schirm vergessen hatte, hoffte ich auf einen Regenschauer, der die Luft klären würde.

Als ich an einer Teestube vorbeikam, hielt ich an. Durch das Fenster konnte ich einen gedeckten Tisch sehen, auf dem Scones mit Clotted Cream, Crumpets und köstliche Sandwiches standen, und Hunger machte sich in meinem Magen breit. Ich zwang mich, weiterzugehen. Ein paar Hefebrötchen mussten bis zum nächsten Morgen, wenn Mrs. Gutler das Frühstück servierte und mich erneut an die fällige Mietzahlung erinnerte, ausreichen.

Dem Jungen an der Ecke kaufte ich eine Zeitung ab, bevor ich zum Eingang der London Untergrundbahn weiterging, der noch ein paar Häuserblöcke entfernt war. Schon fielen die ersten dicken Regentropfen auf den Gehsteig. Wenige Schritte später wurde ein Prasseln daraus, lauter Donner zerriss die Luft. Und dann goss es in Strömen. Ich steuerte einen Obststand mit einer ausladenden Markise an, während ich die Zeitung wie einen Schild über mich hielt, um wenigstens die Straußenfedern an meinem Hut zu schützen. Tropfen liefen schon meinen Nacken hinunter, die weißen Bänder meines Kragens flatterten, während ich rannte.

Auch andere Leute hatten denselben Unterstand gewählt, und als ich unter die Markise schlüpfte, stieß ich mit einem Gentleman im dunklen Anzug zusammen.

„Verzeihung."

„Entschuldigung." Ich blickte in ein vertrautes Gesicht mit aschgrauen Augen. „Jasper! Ich wusste gar nicht, dass du in London bist! Ich dachte, du bist irgendwo in der Fremde, ich weiß gar nicht mehr wo. Afrika? Oder war es Südamerika? Erkennst du mich noch? Ich bin's, Olive Belgrave."

Seine Miene hellte sich auf. „Olive! Ich habe dich ja seit Ewigkeiten nicht mehr gesehen! Du siehst so anders aus mit kurzen Haaren."

Wir gaben uns die Hand. „Wie schön, dich zu sehen. Du siehst gut aus."

„Du auch."

Während sich immer mehr Leute zu uns gesellten, wurde ich so nahe an Jasper geschoben, dass ich mit der Nasenspitze fast gegen seine Brust stieß. Ich hatte ihn seit Jahren nicht mehr gesehen, das letzte Mal war vor dem Krieg gewesen. Früher, wenn mein Cousin Peter heimkam, um die Ferien auf Parkview Hall zu verbringen, brachte er meistens Jasper mit. Jaspers Eltern lebten in Indien und Jasper hielt sich viel lieber auf Parkview auf als bei seinen "tattrigen Tanten". Tante Caroline und Onkel Leo hatten nichts dagegen gehabt. Mit vierzehn hatte ich eine Weile für Jasper geschwärmt, doch er hatte mich stets auf dieselbe Weise wie meine beiden Cousinen Gwen und Violet behandelt.

Nie hatte er mich beim Croquetspiel gewinnen lassen und oft genug hatte er mir das letzte Kuchenstück oder Sandwich vor der Nase weggeschnappt. Dabei hatte er so einen unschuldigen Blick aufgesetzt wie ein Engel auf einem Renaissance-Gemälde und mit dem lockigen blonden Haar und seinen strahlenden Augen hatte er ein Bild von makelloser Tugendhaftigkeit abgegeben. Dazu kam sein angeborener Charme, mit dem er alles erreichte, und der ihm bei den Damen, angefangen bei Tante Caroline bis hin zur Küchenmagd stets einen Stein im Brett gesichert hatte.

Doch jetzt wirkte Jasper verändert, auch wenn er den Krieg

körperlich unversehrt überstanden hatte. Wegen seiner schlechten Augen war er nicht für den Kriegsdienst geeignet gewesen und hatte seinen Dienst in den Katakomben eines Regierungsgebäudes geleistet. In einem seltenen redseligen Moment hatte mein Cousin Peter einmal von einem Brief erzählt, in dem Jasper ihm berichtete, dass er sich die Zeit nun als Gentleman vertreibe.

Obwohl Jasper nicht an der Front gekämpft hatte, schien er vom Krieg gezeichnet zu sein. Nicht so sehr wie Peter, doch Jaspers Mund und Augen hatten ihr engelsgleiches Aussehen verloren. Jetzt wirkte er kühler, distanzierter. Gerüchten zufolge, die mir irgendwann zu Ohren gekommen waren, schien Jasper ein ausschweifendes Leben im Kreise der Boheme zu führen, einer Gruppe, die die Boulevardpresse als *Bright Young People* bezeichnete. In den Zeitungen wurde über Alkoholexzesse berichtet und von der übertriebenen Zurschaustellung von Reichtum.

Ein weiterer Passant zwängte sich unter die Markise und schob mich noch näher an Jasper heran. Wir drängten uns gefährlich nahe an die aufgetürmten Äpfel. „Über dich habe ich gehört, dass du in Übersee warst", sagte Jasper. „An der Alma Mater deiner Mutter in Amerika?"

„Ja, ich war dort, doch nun bin ich zurück." Meine Mutter war Amerikanerin gewesen. Sie hatte ein Frauencollege besucht, bevor sie nach England gereist war und dort meinen Vater kennengelernt hatte. Aus dem kurzen Aufenthalt waren Monate geworden und schließlich hatten sie geheiratet. In die Staaten war sie später nur noch zu Besuch gereist, doch sie hatte darauf bestanden, dass ich nach der Schule, in die ich zusammen mit meiner Cousine Gwen gegangen war, eine „richtige" Ausbildung in Amerika genießen solle. Mutter hatte stets darauf beharrt, dass nur ihre alte Universität dafür infrage käme. Erst hatte ich geglaubt, es sei nur so dahingesagt, doch eines Tages eröffneten mir meine Eltern, dass sie tatsächlich Geld für mein Studium gespart hatten. Das Geld hatte jahrelang auf einem Konto gelegen und Zinsen gesammelt. Die Summe war mehr als ausreichend für Ticket, Studiengebühren und Unterhalt.

Wieder einmal übermannte mich die Wut, wenn ich an das Geld dachte. Es war so viele Jahre sicher angelegt gewesen, doch nun war alles futsch. Und das wegen eines „Investitionsgeschäfts". Trotz aller Versprechen von Dividenden, Potenzial und Zinsen hätte Vater das Geld genauso gut ins Kartoffelfeuer werfen können.

„Hat es dir dort nicht gefallen?"

Jaspers Worte holten mich in die Gegenwart zurück. „Oh doch. Das Studentenleben hat mir sehr gefallen. Aber ich musste nach England zurück."

Der Regen prasselte immer noch auf die Markise, und plätscherte in kleinen Bächen auf den Asphalt. Ich drängte mich an eine Kiste mit Kirschen, um zu vermeiden, dass meine beigen Strümpfe und mein weiter Rock durchnässt wurden.

„Ja, ich habe von der Krankheit deines Vaters gehört", sagte Jasper. „Wie geht es ihm?"

„Besser, danke", antwortete ich und war erleichtert, dass Jasper wohl glaubte, der Gesundheitszustand meines Vaters sei der Grund dafür, dass ich in England war, und nicht die Tatsache, dass ich kein Geld mehr hatte, um wieder nach Amerika zu fahren. Meine angespannte finanzielle Situation war zwar durchaus in dem kleinen Ort Nether Woodsmoor bekannt, doch offenbar hatte sie sich noch nicht bis nach London herumgesprochen. „Vater ist immer noch schwach auf den Beinen und muss sich schonen, aber er ist auf dem Wege der Besserung."

„Das freut mich sehr. Und ich habe gehört, dass man ihm gratulieren darf?" Der Regenschauer ließ allmählich nach, die ersten Leute verließen den Unterstand.

Ich verkniff mir eine Äußerung über die neue Frau meines Vaters und antwortete, wie es sich gehörte. „Ja, vielen Dank. Ich werde ihm deine Glückwünsche ausrichten."

Doch immer, wenn ich an Sonia dachte, verdunkelte sich

unwillkürlich meine Miene, und auch jetzt hatte ich es anscheinend nicht ganz geschafft, meine Gefühle zu verbergen. Jasper zog die Mundwinkel nach oben, um seinen Augen entstanden kleine Fältchen, was die Strenge aus seinem Gesicht vertrieb und ihn deutlich jünger und entspannter aussehen ließ. Er neigte den Kopf zu mir: „Du musst mir nichts vormachen. Ein Zwist innerhalb der Familie ist ein Thema, mit dem ich durchaus vertraut bin."

„Ich habe mein Unbehagen wohl nicht gut überspielt. Daran muss ich noch arbeiten." Ich sah mich um, doch niemand interessierte sich für unser Gespräch.

Er bemerkte meinen Blick und fügte hinzu: „Außerdem bin ich sehr gut darin, Geheimnisse zu bewahren."

„Was ich sehr wohl weiß", erwiderte ich und dachte an den warmen Sommernachmittag von damals, als mir ein Schwarm Bienen ein unerwartetes Bad im kühlen Nass beschert hatte.

„Ich setze dieses Geheimnis auf die Liste deiner anderen", sagte er im vertraulichen Ton, der ein wohlig warmes Gefühl in meinem Bauch entstehen ließ.

Schwärmte ich etwa immer noch für ihn? Nein, das war albern. Ich war eine erwachsene Frau und kein verträumtes Schulmädchen mehr. „Es ist eigentlich kein großes Geheimnis, zumindest nicht im Tate House."

„Ach so, ich verstehe. Deshalb bist du wohl auch in London?", fragte er. „Du bist dem Ruf der großen Stadt gefolgt?"

„Ja, sie hat mit recht lauter Stimme gerufen."

Seine Augen, die vorher reserviert und fast gelangweilt gewirkt hatten, blickten mich plötzlich durchdringend an. Jetzt war ich mir meiner geflickten Jackenärmel unangenehm bewusst und ebenso meiner abgestoßenen Absätze, die schon wesentlich bessere Tage erlebt hatten. Ich musterte seinen maßgeschneiderten Anzug, die Qualität seiner edlen Handschuhe und kam mir neben seiner makellosen Erscheinung schäbig angezogen vor. „Ich bin gerade auf dem Weg zum Tee", sagte er. „Möchtest du mir Gesellschaft leisten?"

„Das wäre fabelhaft."

Er bot mir seinen Arm an und so gingen wir los. „Ich bin vorhin an einer Teestube vorbeigekommen", sagte ich.

„Oh nein, das klingt viel zu gewöhnlich."

„Das entspricht wohl nicht deinem gehobenen Stil?"

Er bedachte mich mit einem Seitenblick und grinste. „Ich habe einen Ruf aufrechtzuhalten. Aber es liegt nicht nur daran. Ich denke, um eine alte Freundschaft wieder aufleben zu lassen, braucht es Grandeur, und das Savoy ist dafür gerade angemessen genug."

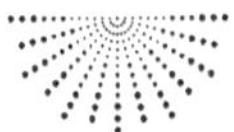

KAPITEL ZWEI

Ich genoss den letzten Löffel Pfirsich Melba und seufzte satt und zufrieden. Seit das Essen serviert worden war, hatte ich alles andere im Savoy, die Musik, die tanzenden Gäste, das Gemurmel im Hintergrund, nicht mehr wirklich wahrgenommen. Ich hatte den köstlichen Scones, dem Kuchen und den saftigen Sandwiches mehr Aufmerksamkeit gewidmet als Jasper. Nun legte ich das Besteck auf den Tisch. „Das war wunderbar. So wunderbar, dass ich fürchte, keine gute Gesprächspartnerin gewesen zu sein."

Jasper trank einen Schluck Tee. „Mach dir keine Sorgen. Es ist schön, wenn endlich mal eine Lady richtig isst. Ich verstehe gar nicht, wie die Mädchen der feinen Gesellschaft überhaupt überleben können. Die meisten ernähren sich von Tee, Champagner und dem gelegentlichen Gurkensandwich. Und dann tanzen sie die ganze Nacht. Es ist wirklich erstaunlich."

„Das liegt an der Mode." Ich deutete auf mein eng geschnittenes Kleid. „Alle Frauen achten auf ihre Linie. Doch wenn man eine Anstellung sucht, den ganzen Tag durch die Stadt läuft und möglichst lange mit dem letzten Schilling über die Runden kommen muss, hat man kein Problem mit engen Kleidern." Nun musste ich vor Jasper nichts mehr verheimlichen. Auch wenn er entspannt dasaß und nonchalant den Blick schweifen ließ, war ihm nichts entgangen. Nachdem ich auf wenig damenhafte Weise alles bis hin zum letzten Krümel in mich hineingestopft hatte, wusste er sehr wohl, in welch misslicher Lage ich war.

Weshalb er sich jetzt mit seiner Frage nicht mehr zurückhielt. „Finanzielle Probleme?"

„Ja. Um die Wahrheit zu sagen: Ich habe keinen roten Heller mehr. Ich hatte erst gedacht, ich würde ohne Weiteres eine Anstellung als Gouvernante finden. Doch es ist immer dasselbe Lied. Wenn ich meine Referenzen schicke, scheint alles vielversprechend zu sein, doch wenn mich die Familie kennenlernt, ist plötzlich alles anders und keiner will mich."

„Was mich nicht wundert."

„Wie bitte?"

„Nun, ich bezweifle, dass einer Dame die Vorstellung, dich im Haus zu haben, gefallen könnte."

Ich schob das Kinn vor. „Wie meinst du das? Denkst du etwa, dass ich nicht qualifiziert genug bin?"

„Nein. Ich meine, dass du zu attraktiv bist."

Meine Wangen begannen zu glühen, verlegen spielte ich mit dem Löffel. „Unsinn."

Jasper lachte. „Oh doch, ich bin mir sicher, dass es daran liegt, altes Mädchen. Vielleicht hättest du dein Haar nicht schneiden lassen dürfen. Dann könntest du es zu einem strengen Dutt hochbinden, und wenn du dir dann noch ein unscheinbares Kleid anziehst ..." Er neigte den Kopf und musterte mich. „Nein, selbst dann könntest du deine Augen nicht verbergen."

Ich zog die Brauen hoch. Sein Ton war nicht mehr so nonchalant. Er lehnte sich zurück und sagte heiter: „Das war wohl dein Fehler. Vielleicht hättest du es gleich vorab erwähnen sollen. *Attraktive Frau mit faszinierenden blauen Augen sucht Anstellung als Hauslehrerin.* Damit hättest du dir viele vergeudete Stunden ersparen können."

„Ich will lieber nicht wissen, welche Antworten ich auf ein derartiges Stellengesuch bekommen hätte."

Er grinste. „Wahrscheinlich ziemlich unangemessene."

„Ja, in vielfacher Hinsicht."

„Entschuldige, ich sollte keine Scherze darüber machen." Er wurde wieder ernster. „Hast du dich auch auf andere Stellen beworben?"

Ich richtete mich auf. „Ja, ich habe mich als Büroangestellte, Verkäuferin und Kassiererin beworben, doch anscheinend glaubt niemand, dass eine junge Frau mit klassischer Schulbildung und dem Benehmen einer Lady eine gute Kandidatin für solche Positionen ist. Da sind mir meine Augen leider auch keine große Hilfe. Sogar als Hausangestellte habe ich mich beworben, doch man hat mir gesagt, dass das nicht geht, weil es zum Aufruhr unter der Dienerschaft führen würde."

„Das ist wohl wahr." Jasper beugte sich über den Tisch. „Und es wäre eine Verschwendung, wenn du Silber putzt und Gäste ins Haus führst. Du brauchst eine Stellung, bei der du deinen erstklassigen Verstand einsetzen kannst. Du hast Peter und mich immer in den Schatten gestellt, wenn dein Vater uns unterrichtet hat."

„Leider scheint sonst niemand der Ansicht zu sein, dass mein Verstand für eine solche Stelle – oder irgendeine Stelle! – geeignet ist. Hätte ich wenigstens eine Ausbildung als Schreibkraft oder Sekretärin genossen. Ich würde ja einen Stenographiekurs belegen, doch das dauert zu lange."

„Ist es so schlimm? Kannst du nicht doch nach Tate House zurückkehren?"

„Nein, dorthin will ich nicht mehr. Es ist furchtbar. Sonia – meine Stiefmutter – will mich nicht im Haus haben. Sie will mich mit dem Vikar aus dem Ort verkuppeln."

„Und wäre der nichts für dich?"

„Er hat einen riesigen Adamsapfel, der immer so seltsam auf und ab zappelt, dass ich mich kaum auf das Gespräch konzentrieren kann. Er ist außerdem sehr nervös, und um ehrlich zu sein, schwitzt er übermäßig stark. Er mag ja ein netter Kerl sein, aber für mich ist er nichts."

Jasper holte sein Zigarettenetui aus der Tasche. „Ja, du brauchst einen anderen, keinen schwitzenden Vikar." Er bot mir eine Zigarette an.

„Nein danke."

Er ließ das Etui zuschnappen und steckte es wieder ein. „Ich habe ganz vergessen, dass du Asthma hast."

„Nein, nein, keine Sorge, es ist in den letzten Jahren viel besser geworden. Mir zuliebe musst du nicht auf das Rauchen verzichten." Tatsächlich verursachte Zigarettenrauch manchmal eine Enge in meiner Brust. Auch wenn ich unter Anspannung stand, bekam ich schlechter Luft, doch je älter ich wurde, desto weniger Anfälle hatte ich.

Jasper zuckte mit den Achseln. „Ich rauche später. Also, du bist fest entschlossen, Tate House zu meiden?"

„Sonia ist so autoritär. Sie war Krankenschwester, und du weißt ja, wie herrisch die sein können. Wenn ich nach Tate House zurückkehrte, würde innerhalb von zwei Wochen das Aufgebot bestellt werden, für mich und den Vikar oder sonst irgendwen. Und ich lasse das nicht zu, niemand darf über mein Leben bestimmen!"

Mir wurde plötzlich klar, wie schrill meine Stimme klang und dass ein paar Leute in meine Richtung geblickt hatten. Ich entspannte meine Schultern und lehnte mich in meinem Stuhl zurück. „Ich muss vielleicht den Morris verkaufen." Mein Geburtstag war ein paar Tage nach Gwens, und solange ich zurückdenken konnte, hatte Onkel Leo uns beiden das gleiche Geschenk gemacht. Letztes Jahr waren es Autos gewesen, Morris Cowleys. Mintgrün für Gwen und Vergissmeinnichtblau für mich. Viel zu extravagant. Als ich protestierte, hatte er in barschem Ton gesagt: „Für Caroline und mich gehörst du zur Familie. Ich will nichts mehr darüber hören." Der Wagen war eines der wenigen Dinge von Wert, die ich besaß. Außer

Mutters Perlen vielleicht, doch die würde ich nicht verkaufen, ganz gleich, was geschah.

„Du hast ihn in London?"

„Den Morris? Nein, der ist in Nether Woodsmoor. Sozusagen im Trockendock. Er läuft nicht, und ich kann es mir nicht leisten, ihn reparieren zu lassen." Vater war pleite, und ich wollte Onkel Leo nicht um das Geld bitten. Es war eine Sache, ein Geschenk zu bekommen, jedoch eine andere, dieses Geschenk unterhalten zu müssen. Es war wahrscheinlich Glück, dass der Wagen kurz vor meiner Entscheidung, nach London aufzubrechen, liegengeblieben war. Ich hätte nicht das Geld gehabt, ihn in der Stadt unterzustellen.

„Hast du überlegt, ihn zu–"

Hinter meinem rechten Ohr ertönte ein Schrei, und eine gertenschlanke Frau in gelbem Chiffon fegte in mein Blickfeld. Sie blieb dicht neben Jaspers Stuhl stehen. Ein passender Turban bedeckte ihren Kopf mit Ausnahme einiger perfekt gedrehter goldener Locken, die sich gegen ihre Wangen kringelten und ihre Adlernase einrahmten. Kajal umrahmte ihre engstehenden grünen Augen, und ihre Lippen waren leuchtend rot. „Jasper, Darling. Was für ein Vergnügen, Sie hier zu finden."

Jasper stand auf. „Freut mich auch, Sie zu sehen. Lady Pamela, das ist eine gute Freundin, Olive Belgrave. Olive, Lady Pamela Withers."

Lady Pamela machte sich kaum die Mühe, den Kopf zu drehen. „Hocherfreut." Sie tippte auf Jaspers Arm. „Jetzt sagen Sie mir bitte, dass Sie auch auf Sebastians Silber- und Goldparty sein werden." Sie zeigte mit einem rot lackierten Finger auf seine Brust. „Und sagen Sie mir nicht, dass Sie keine Einladung bekommen haben, weil ich Sebastian ausdrücklich gebeten habe, Ihnen eine zu schicken."

„Sie haben es ihm befohlen, nicht wahr?", fragte Jasper.

„Natürlich. Und Sebastian tut immer, was ich will. Die meisten Männer tun das", sagte sie als Nebenbemerkung zu mir.

„Nicht ich, fürchte ich", sagte Jasper. „Ich habe schon eine anderweitige Verpflichtung."

Lady Pamelas rote Lippen verzogen sich zu einem Schmollmund. „Sagen Sie ab. Sie wissen, dass Sebastians Partys göttlich sind. Sie können Sie sich nicht entgehen lassen, Darling. Sie werden es für immer bereuen, wenn Sie es tun. Oh, da ist Thea. Ich muss weiter." Sie entfernte sich einen halben Schritt, dann blickte Sie über ihre Schulter zurück. „So schön Sie kennenzulernen ... Olivia."

„Olive. Olive Belgrave", sagte ich, doch Lady Pamela rauschte bereits mit wehendem Chiffon davon.

Ich zog meine Augenbrauen hoch, als er wieder Platz nahm.

„Ich habe keine Entschuldigung oder Erklärung", sagte er. „Das ist die berühmt-berüchtigte Lady Pamela."

„Ich habe von ihr gehört."

„Und wahrscheinlich nichts Gutes", sagte Jasper. „Sie hat einen schnelllebigen Freundeskreis."

„Ungefähr deine Geschwindigkeit, nicht wahr?"

„Du stellst zu viele Fragen, Olive."

„Im Gegenteil. Wir haben die ganze Zeit über mich gesprochen. Schrecklich unhöflich von mir. Sag mir, was du getrieben hast, seit ich dich das letzte Mal gesehen habe."

„Nichts von Bedeutung. Ich gehe in den Club und dann an den meisten Tagen wieder nach Hause. Gelegentlich strenge ich mich an und gehe zu einer belanglosen Party. Ich bin furchtbar nutzlos. Wenn die Kommunisten an die Macht kommen, bin ich sicher einer der ersten, die sie an den Galgen bringen werden."

„Das glaube ich nicht einen Moment – dass du nichts Nützliches tust. Ich kenne dich seit Jahren. Du siehst vielleicht so aus, als würdest du faulenzen, doch dein Geist ist immer beschäftigt – planen und Ränke schmieden, das ist, was du tust. Jetzt erzähl. Ich weiß, dass du in deinem Club mehr tust, als nur Zeitungen zu lesen und Karten zu spielen."

Seine Haltung änderte sich, und die entspannte Atmosphäre zwischen uns verschwand. Obwohl er sich keinen Zentimeter bewegte, fühlte es sich an, als hätte er seinen Stuhl physisch von mir weggerückt. Seine Stimme blieb jedoch unbeschwert. „Ich versichere dir, ich bin jetzt ein langweiliger alter Hund."

„Ich weigere mich immer noch, das zu glauben. Und jetzt raus mit der Wahrheit."

Er kniff seine Augen zusammen. „Gut ... Lass mich nachdenken. Du meinst etwas Nützliches, nehme ich an? Hmm, dachte ich mir." Er trommelte auf den Tisch. „Hier ist was – ich beschäftige mich mit Kunst."

„Du warst schon immer hervorragend im Karikaturenzeichnen."

Er sah schockiert aus. „Nicht ich, mein liebes Mädchen. Ich sponsere Künstler." Er blickte auf seine Uhr im neuen Stil, ein Armband am Handgelenk. „Ich fürchte, ich muss gehen."

„Musst du für dein Nachmittagsschläfchen in deinen Club?"

„Böses Mädchen", sagte er. „Ich hätte wissen sollen, dass du dich über einen alten Mann lustig machen würdest. Hast du keinen Respekt vor Älteren?"

„Den habe ich, doch wenn du eines bist, dann sicher nicht alt."

Als wir das Savoy ein paar Augenblicke später verließen, sagte Jasper in ernstem Ton: „Tut mir leid wegen deiner ... Schwierigkeiten. Ich werde die Ohren offenhalten."

„Nach jemandem, der eine belesene und wohlerzogene junge Frau ohne Schreibmaschinen- oder Kurzschriftkenntnisse sucht. Meine Güte, wenn ich es so laut ausspreche, wäre es ein Wunder, wenn mich irgendjemand einstellen wollte."

„Verkaufe dich nicht unter Wert."

„Richtig. Ich habe einen erstklassigen Verstand. Ich werde das auf jeden Fall in mein Stellengesuch einfügen, direkt unter die Zeile über meine Augen."

Er rückte seinen Hut zurecht. „Ich sehe jetzt, dass du mich das nicht vergessen lassen wirst, nicht wahr?"

„Niemals."

„Also gut. Ich werde das als Erinnerung nehmen, keine

unaufgeforderten Ratschläge mehr zu erteilen. So etwas kommt selten gut an – Ratschläge, meine ich, erbeten oder unaufgefordert", sagte er, doch ich nahm ihn nicht ernst, weil er dabei dieses Glitzern im Auge hatte.

Er ging mit mir bis zur Station der Untergrundbahn, wo wir uns verabschiedeten. Ich fuhr in einem selig gesättigten Zustand nach Hause. Es war Wochen her, seit ich einen richtigen Nachmittagstee gehabt hatte. Als ich zu Hause ankam, reichte mir Mrs. Gutler einen kleinen Umschlag. „Ich hoffe, es sind keine schlechten Nachrichten."

Eine kalte Welle der Angst traf mich. Alles, woran ich denken konnte, war das Telegramm, das ich in Amerika mit der Nachricht von Onkel Leo erhalten hatte, dass Vater schwer krank war und ich so bald wie möglich nach England zurückkehren sollte.

Während des Kriegs hatten wir vor diesen kleinen Umschlägen stets große Angst gehabt. Solch eine Nachricht konnte das Leben schlagartig verändern. Zum Glück informierte uns das Telegramm bezüglich Peter damals nur darüber, dass er verwundet war. Er war nicht gefallen. Doch meine Cousine Gwen hatte damals die Nachricht erhalten, dass ihr Verlobter als vermisst galt. Ich riss den Umschlag auf, bevor meine Gedanken weiter abdrifteten.

Eine Nachricht von Gwen.

Ich brauche deine Hilfe. Dringend. Bitte komm sofort nach Parkview.

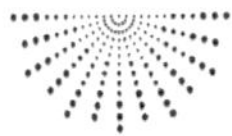

KAPITEL DREI

Ross, der Chauffeur von Parkview, öffnete die Tür der Limousine. „Wünschen Sie wirklich nicht, dass ich warte?"

Ich stieg aus und blieb in der Auffahrt von Tate House stehen. „Nein danke. Bitte fahren Sie mit dem Gepäck schon weiter nach Parkview."

Er schloss die Wagentür und kratzte sich am Haaransatz. „Sind Sie sicher?" Nachdem der frühere Chauffeur von Parkview nicht aus der Schlacht von Loos zurückgekehrt war, hatte Ross zusätzlich die Aufgabe übernommen, die Automobile des Anwesens zu fahren. Dafür legte er seine Gärtnerkleidung ab und zog sich Hose und Jackett an. So hatte er mich am Bahnhof in Upper Benning abgeholt. Allerdings hatte er anscheinend keine Zeit mehr gehabt, die Fingernägel zu säubern und die Erde darunter zu entfernen. „Ich warte gerne." Er blickte zum strahlend blauen Himmel.

„Nein, bitte fahren Sie nur. Ich freue mich auf den kleinen Spaziergang nach Parkview", erklärte ich, während ich zum Tate House blickte, das im Schatten der umgebenden Bäume lag.

„Wie Sie wünschen, Miss." Ross berührte seine Mütze, dann

öffnete er die Fahrertür. Seinem Ton konnte ich entnehmen, dass er mein Verhalten unangebracht hielt. Offenbar war er der Meinung, dass Gäste von Parkview mit dem Wagen abgeholt werden und nicht allein durch die Landschaft wandern sollten. Dabei war er sonst nicht so altmodisch oder bedingungslos unterwürfig. Doch es war nun einmal nichts mehr so wie früher, vor allem nicht mehr seit dem Krieg. Ross kannte mich schon, seit ich als kleines Mädchen mit meinen Cousinen in Parkview Hall gespielt hatte. Wenn wir früher durch den Garten gestürmt waren, hatte Ross uns bedenkenlos ausgeschimpft und aus den Blumenbeeten gescheucht.

Ich blickte dem Wagen hinterher, bis er hinter der Kurve im Schatten der Bäume verschwunden war. Dann drehte ich mich zum Tate House um. Am liebsten wäre ich direkt nach Parkview gefahren, doch ich konnte schlecht nach Nether Woodsmoor kommen, ohne Vater einen Besuch abzustatten. Was leider auch bedeutete, dass ich Sonia begegnen würde. Ich straffte meine Schultern und streckte den Rücken durch.

Die Haustür war nicht abgeschlossen, weshalb ich einfach eintrat. Die schönen Landschaftsbilder in der Eingangshalle waren verschwunden. Eine neue Tapete in Erbsengrün zierte die Wände, ein schwerer Spiegel mit prunkvollem Goldrahmen sprang mir förmlich entgegen. Gegen die Wand gelehnt standen am Boden ein paar Bilder. Anhand ihrer Größe erkannte ich, dass es die alten Landschaftsgemälde sein mussten, bis auf ein größeres. Ich blätterte sie durch, und als ich den letzten Rahmen von der Wand kippte, hielt ich wutentbrannt die Luft an. Es war das Bild meiner Mutter, vor den Beeten stehend, mit der Gartenschere in der einen und einem Strauß Rosen in der anderen Hand. Ihr Lächeln strahlte mir von der Leinwand entgegen. Es war das Lieblingsbild meines Vaters, das in seinem Büro gehangen hatte.

Ich lehnte es vorsichtig wieder an die Wand. Hier hatte Sonia die Hände im Spiel, dessen war ich mir sicher. Ich ging durch den Flur zum Arbeitszimmer meines Vaters, wo ich den vertrauten Geruch der alten, in Leder gebundenen Bücher inhalierte, der sich mit etwas anderem mischte – dem Duft von Bienenwachs.

Ich blieb stehen. Vater saß nicht am Schreibtisch, dessen Oberfläche vollkommen leer war. Anstatt der Papiere, die sonst darauf verstreut lagen, und der hohen Bücherstapel stand nur die Lampe auf dem Tisch. Das ganze Zimmer war so ordentlich. Auch auf den Sesseln vor dem Kamin lagen weder Zeitungen noch Magazine, auf dem Beistelltischchen keine Bücher. Das war der beste Beweis für Sonias dominante Natur. Seit Vater nach einer großzügigen Erbschaft eines entfernten Onkels die Arbeit als Vikar aufgegeben hatte und ins Tate House gezogen war, wo er sich seither ausschließlich seinem Bibelkommentar widmete, war es niemandem erlaubt gewesen, sein Arbeitszimmer aufzuräumen.

Durch die offenen Fenstertüren im hinteren Teil des Zimmers drangen Stimmen herein. Ich ging an dem polierten Schreibtisch vorbei, an dem mein Vater so viele Stunden an seinen Kommentaren gearbeitet hatte. Doch auch auf der Terrasse war niemand, weshalb ich ein paar Schritte um die Ecke ging, zu jener Stelle auf der Südseite des Hauses, wo ich selbst am liebsten meine Sommernachmittage verbracht hatte. Tatsächlich saß Vater dort an dem schmiedeeisernen Tisch. Er hatte seine Papiere und Bücher vor sich ausgebreitet und mit Steinen, Muscheln und sogar einem großen Bernstein beschwert.

Als ich näher kam, blickte er auf, und sofort breitete sich ein Lächeln auf seinem Gesicht aus. „Olive! Hast du uns benachrichtigt, dass du kommst?"

„Nein, ich habe gestern ein Telegramm von Gwen bekommen und bin gleich hergefahren." Für das Zugticket hatte ich zwar tief in die ohnehin nur noch mager bestückte Tasche greifen müssen, doch ich hatte eine so eindringliche Bitte von Gwen natürlich nicht ignorieren können. Immerhin würde ich mir während meines Aufenthalts die Ausgaben fürs Essen sparen. Und nachdem ich in London noch nichts erreicht hatte, würden mich die paar Tage hier nicht großartig zurückwerfen. Weiter zurück ging es ohnehin nicht.

Ich gab Vater einen Kuss auf die Wange und setzte mich zu ihm. „Ich bleibe ein paar Tage in Parkview." Ich hatte Gwen ein Telegramm geschickt und sie über meinen bevorstehenden Aufenthalt in Kenntnis gesetzt.

Stimmen wurden durch die Luft herübergetragen und Vater blickte zum Garten. „Unser Aushilfsgärtner ist gerade hier und Sonia gibt ihm Anweisungen. Sie kommt sicher bald zu uns." Tate House lag auf einem kleinen Hügel, sodass man von dort über ganz Nether Woodsmoor blicken konnte. Die Auffahrt war von Bäumen gesäumt und auch vor dem Haus standen welche, während die terrassenförmigen Gärten auf der Rückseite des Hauses angelegt worden waren. Mutter hatte dort unzählige Stunden verbracht und auf dem Hang ein üppiges Blumenmeer angelegt.

„Wegen mir musst du sie nicht stören."

Vaters Gesicht war schmaler geworden, die Wangen waren eingefallen. Der dünne Hals, der zerbrechlich aus dem zu weiten Kragen herausragte, erinnerte mich wegen der vielen Falten an den einer Schildkröte. Vater nahm seine Drahtbrille ab und rieb sich die Augen. Ohne die Brille wirkte er hilflos und alt.

Die Stimmen kamen näher und jetzt konnte man Sonias unangenehme Stimme deutlich heraushören. „Ich will, dass die Rosen auf die Südseite des Hauses umgepflanzt werden … ein Spalier."

Ich sah Vater an. „Du lässt zu, dass sie Mutters Rosen umsetzt?"

„Tate House ist jetzt auch ihr Zuhause."

Das machte mich wütend. „Soll das etwa heißen, dass sie hier alles verändern darf? Und dabei jede Erinnerung an Mutter auslöscht? Wenn sie fertig ist, wird von Mutter keine Spur mehr übrig sein. Ich habe gesehen, dass sie sogar ihr Porträt von der Wand genommen hat."

Er legte seine Hand mit der dünnen Pergamenthaut auf meine. Sie war federleicht, und erneut überkam mich ein Schauder bei dem Gedanken daran, wie krank er gewesen war. „Wir haben unsere eigene Erinnerung an deine Mutter. Das ist das Wichtigste. Ich dachte, dass du das Gemälde vielleicht haben willst? Sonia wollte es säubern lassen."

„Oh." Meine brodelnden Emotionen beruhigten sich bei dem Gedanken daran, dass ich es bekommen würde.

„Sonia kann uns die Erinnerungen nicht nehmen", wiederholte er. „Sie wird immer bei uns sein. Die Rosensträucher sind nur …" Er zuckte mit den knochigen Schultern. „Nur Rosensträucher."

Natürlich hatte er Recht, doch es gefiel mir dennoch ganz und gar nicht. Ich legte die andere Hand auf seine. „Du machst es mir schwer, mit dir zu streiten. Du bist viel zu vernünftig."

Sonia kam vom Garten zu uns herauf. Während sie ihre Handschuhe auszog, entdeckte sie mich und wurde langsamer. Ihre Mundwinkel waren ohnehin meist nach unten gezogen, doch jetzt verfinsterte sich ihr Gesichtsausdruck noch mehr. „Olive, ich wusste gar nicht, dass du kommst." Es klang wie ein Vorwurf.

„Es war auch nicht geplant."

Vater erklärte: „Olive verbringt ein paar Tage in Parkview."

Jetzt glättete sich ihre Stirn ein wenig. „Wie nett."

Ein sanfter Windstoß fuhr in die Seiten des aufgeschlagenen Buches auf dem Tisch und drohte, es zu verblättern. Vater wollte es festhalten, doch Sonia war schneller und legte ein Lesezeichen zwischen die Seiten. „Der Tee wird gleich gebracht." Damit klappte sie das Buch zu und räumte es auf den Stapel zu den anderen. „Du darfst dich nicht überanstrengen."

Ich wartete auf Vaters Protest. Er ließ sich nur ungern von seiner Arbeit abhalten. Früher war es mir oft schwergefallen, ihn zum Dinner zu holen, selbst wenn wir Gäste hatten. Jetzt lächelte er jedoch nur und setzte die Brille wieder auf.

„Natürlich, meine Liebe."

Innerlich schüttelte ich den Kopf und wunderte mich über die Veränderungen, die Sonia in der kurzen Zeit, seit sie die neue Herrin von Tate House war, bewirkt hatte. Der Tee wurde von einem mir unbekannten Hausmädchen serviert. Als es gegangen war, fragte ich: „Ist sie neu? Ich kenne sie nicht."

„Ja", erwiderte Sonia. „Sie wird gerade angelernt. Susan ist letzte Woche nach London gezogen." Sonia reichte mir eine Tasse. „Irgendwer hat ihr diesen Floh ins Ohr gesetzt. Niemand will mehr auf dem Land bleiben, nicht einmal in so einer guten Stellung wie dieser. Sie wollen lieber als Fabrikmädchen arbeiten."

Diese spitze Bemerkung galt eindeutig mir, und ich wollte mich gerade verteidigen, als Vater sich räusperte. „Und wie gefällt dir London, Olive?"

„Ja, hast du eine Anstellung gefunden?", fragte Sonia in einem Tonfall, der verriet, dass sie auf diese Frage natürlich ein Nein erwartete.

„Es gibt noch nichts Konkretes, doch ich habe mehrere Optionen."

Sonia zog die Augenbrauen hoch. „Oh, du bist so gefragt, dass du nicht weißt, welches Stellenangebot du annehmen sollst?"

Ich hob das Kinn. „Ich bin sicher, dass ich innerhalb der nächsten Wochen aufregende Neuigkeiten haben werde."

Sonia reichte Vater höchst konzentriert ein Stück Mohnkuchen, während ich ihm einen schuldbewussten Blick zuwarf. Vater war immer sehr umgänglich und meist in seiner eigenen Welt, doch es gab gewisse Dinge, die er nicht tolerierte. Dazu gehörten Lügen, Heuchelei, Betrug. Doch er nahm lediglich das Kuchenstück entgegen und schien meinen schuldigen Blick nicht zu bemerken.

Sonia wählte ein Sandwich aus. „Ich hoffe nur, du findest

eine anständige Position in einem Büro oder einer Bank. Wenn du schon unbedingt darauf *bestehst,* zu arbeiten, musst du auch daran denken, welches Bild das auf deinen Vater wirft."

Vater entgegnete: „Olive hat mich immer stolz gemacht. Ich bin mir sicher, dass das, was sie findet, sehr angemessen sein wird."

Sonia zog die spitzenbesetzte Manschette ihrer hochgeschlossenen Bluse zurecht, zu der sie einen Rock mit hohem, engem Bund trug – nach der Mode des letzten Jahrzehnts. Ihre bauschigen Haare waren zu einem Knoten aufgetürmt wie zu Zeiten von Edward VII. Wahrscheinlich wollte sie absichtlich etwas altmodisch wirken. Sie war schließlich nur zehn Jahre älter als ich. Möglicherweise war ihre Art, sich zu kleiden, und die Frisur bewusst so gewählt, um reifer zu wirken.

Sie inspizierte ihr Sandwich und zupfte ein Stück Rinde ab, das übersehen worden war. „Möchtest du vielleicht zum Dinner bleiben? Der Vikar kommt auch. Sicher wäre er sehr erfreut, dich wiederzusehen."

„Nein", erwiderte ich. „Tut mir leid. Gwen hat schon andere Vorkehrungen getroffen." Dabei wusste ich gar nicht, ob dem tatsächlich so war. Doch ich würde den Abend nicht neben dem schwitzenden Vikar und seinem zappelnden Adamsapfel verbringen. „Ich sollte mich jetzt besser auf den Weg machen. Ross hat mich in Upper Benning abgeholt und mein Gepäck nach Parkview gefahren. Sicherlich fragt sich Gwen schon, wo ich bleibe."

„Das passt wunderbar, denn jetzt ist es ohnehin Zeit für deinen Vater, sich ein bisschen auszuruhen." Sonia konnte ihre Erleichterung kaum verbergen.

„Du musst dir wirklich keine Umstände machen, Sonia. Ich kann mich genauso gut hier ausruhen", sagte Vater.

Sie legte die Hand auf seinen Arm. „Du darfst dich nicht überanstrengen. Wenn du in deine Bücher versinkst, verlierst du jegliches Zeitgefühl. Und ehe du dich's versiehst, hast du schon zu viel gearbeitet."

Ich wartete darauf, dass Vater ihre Hand abschüttelte, doch stattdessen warf er Sonia einen liebevollen Blick zu, den sie ebenso liebevoll erwiderte.

Daraufhin stellte ich energisch die Tasse ab. „Ich sollte mich wirklich auf den Weg machen."

Ich gab Vater einen Kuss auf die Wange, verabschiedete mich von Sonia und ging durch das Haus zum Ausgang. Ich folgte der Allee in Richtung Brücke, hinter der die Ländereien von Parkview lagen. Die Sonne brannte auf meinen hutbedeckten Kopf und wärmte meine Schultern. Dieser Blick, den die beiden gewechselt hatten, war mir durch Mark und Bein gefahren. Es war, als hätten sie einen Kreis um sich gezogen, mit dem sie mich ausschlossen.

Mehr als zehn Jahre lang hatte es nur Vater und mich gegeben. Doch nun hatte sich Sonia dazwischen gedrängt und mich hinausgeschoben. Ich ging schneller, um dieser Kränkung davonzulaufen. Unterwegs versuchte ich, meine Gedanken auf den bevorstehenden Besuch in Parkview zu lenken. Tante Caroline war zwar eine nette Frau, doch sie hatte wenig Interesse an der Haushaltsführung, weshalb Gwen diejenige war, die sich sehr kompetent und mit Hingabe um die täglichen Belange von Parkview kümmerte. Warum meine Cousine jetzt jedoch meine Hilfe brauchte, konnte ich mir wirklich nicht vorstellen.

KAPITEL VIER

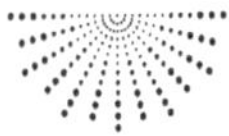

uf der Brücke stützte ich die Ellbogen auf die warmen Steine des Geländers und sah zu, wie das Wasser, das sich um die Kalksteinpfeiler teilte, wieder zusammenfloss und dynamische Wirbel bildete. Nur das Plätschern des Flusses und das Rascheln der Blätter im Wind war zu hören. Ich stieß mich vom Geländer ab. Auf der anderen Seite der Brücke führte der Weg entlang der Bäume weiter. Doch ich bog ab und ging in den Wald, um die Abkürzung zu nehmen, die mich schneller nach Parkview bringen würde.

Das Tor in der Mauer, die das Gut von Parkview umgab, war auf dieser Seite von Efeu überwuchert und kaum zu sehen, doch ich wusste genau, wo es war. Ich zog einige Efeuranken beiseite, schob zwei Finger in eine Mulde in der Steinmauer, tastete nach etwas Metallischem und zog einen schweren Schlüssel heraus. Damit schloss ich das Tor auf, legte den Schlüssel wieder in sein Versteck zurück und ging weiter durch den dichten Wald. Kurze Zeit später hatte ich die letzten Eichen hinter mir gelassen und erreichte die Auffahrt zum Haus.

Ich blieb stehen und betrachtete die eleganten Linien des georgianischen Herrenhauses mit dem Säulenvorbau, dem Ziergiebel, dem geteilten Treppenaufgang. Das Gebäude hatte sich nicht verändert, allerdings wirkte der Park ein wenig vernachlässigt. Der Rasen um das Haus herum war gemäht, doch dort, wo ich jetzt stand, sah man Unkraut zwischen dem Kies wachsen. Die Büsche waren auch schon länger nicht mehr geschnitten worden.

In der Ferne sah ich einen Mann, der eine Tweedjacke und eine Schiebermütze trug. Er ging in Begleitung zweier Hunde einen bewaldeten Hügel hinauf. Ich kniff die Augen zusammen, konnte aber dennoch nicht ausmachen, wer er war. Es hätte Onkel Leo sein können, der gerne über das Gut wanderte, um nach dem Rechten zu sehen. Vielleicht war es aber auch mein Cousin Peter, der vor seinen Kriegserinnerungen davonlief und nach Bewegung an der frischen Luft abends besser einschlafen konnte.

Als ich mich dem Haus näherte, öffnete sich die Eingangstür und meine Cousine Gwen eilte mit ausgebreiteten Armen eine der beiden geschwungenen Treppen herunter. Ihre Haare waren noch nicht nach der neuesten Mode zu einem kinnlangen Bob geschnitten. Sie trug ihr blondes Haar lieber in der Mitte gescheitelt und im Nacken zu einem Dutt gebunden. Dafür war ihr cremefarbenes, weit geschnittenes Leinenkleid mit tiefsitzender Taille ausgesprochen modisch.

Gwen nahm meine Hand und drückte sie. „Danke, dass du sofort gekommen bist."

„Das ist doch selbstverständlich, ein solches Telegramm von dir könnte ich nie ignorieren."

Gwen war groß und schlank. Mit ihrer sanften, ruhigen Art gehörte sie zu den angenehmsten Menschen, die ich kannte. Heute aber verrieten ihre braunen Augen, dass sie sich Sorgen machte. „Wie froh ich bin, dich zu sehen. Es ist eigentlich schon zu spät, aber wenigstens bist du jetzt da."

„Zu spät? Warum, was ist passiert?"

„Es geht um Violet."

„Geht es nicht immer um Violet?", scherzte ich. Sie war fünf Jahre jünger als Gwen und ich. Früher war sie uns immer hinterhergelaufen, weil sie mit uns spielen und genau dasselbe tun wollte wie wir.

„Sie war schon immer eine kleine Nervensäge, aber jetzt ist die Situation schlimmer", sagte Gwen.

„Juhu! Olive, ich bin hier!" Ich drehte mich um. An der Balustrade der Terrasse an der Seite des Hauses stand besagte junge Dame und winkte stürmisch. „Olive, du musst *sofort* zu mir kommen! Ich habe wundervolle Neuigkeiten."

„Gib ihr doch wenigstens einen kurzen Augenblick Zeit, Violet. Olive war noch nicht einmal in ihrem Zimmer", rief Gwen zurück.

„Aber es kann nicht warten", protestierte Violet.

Ich winkte ab. „Schon gut. Lieber gehe ich gleich zu ihr, denn wir wissen ja nur allzu gut, dass ich ohnehin keine Ruhe hätte."

„Das ist wohl wahr. Violet wird dir sicher sofort erzählen, worum es geht."

Wir gingen also um das Haus herum, und als wir die Terrasse erreichten, hüpfte uns Violet schon entgegen. Sie klemmte ihren blauen Croquetschläger unter den rechten Arm, streckte mir die linke Hand entgegen und spreizte die Finger. „Ich bin verlobt!" Ein rechteckiger Diamant funkelte im Sonnenlicht.

„Violet", mahnte Gwen, „du hast sie noch nicht einmal begrüßt."

Violet schüttelte den Kopf, die kurzen Locken berührten dabei ihre geröteten Wangen. Sie hatte zwar dieselbe helle Haarfarbe wie Gwen, doch mehr Ähnlichkeiten gab es zwischen den beiden Schwestern nicht. Violet war kleiner und etwas rundlicher als ihre Schwester und sie strotzte nur so vor Energie und Lebensfreude.

„Es geht nicht anders, es ist einfach viel zu aufregend! Komm, du kannst ihn gleich kennenlernen, er ist auch hier." Sie packte mich am Handgelenk und zog mich ungestüm quer über die Terrasse zur Freitreppe, die in den parkähnlichen Garten hinter dem Haus führte. Auf dem Rasen hinter den Blumenrabatten war ein Croquetspiel aufgebaut. Ein dunkelhaariger Mann in weißer Tenniskleidung schob gerade mit dem Fuß einen roten Croquetball näher zu einem der kleinen Drahttore.

„Alfred!", rief Violet. „Komm, ich will dir Olive vorstellen."

Während wir über den Rasen liefen, hakte sich Violet bei mir unter und sagte vertraut: „Sieht er nicht gut aus? Er ist einfach der *wunderbarste* Mann, den es gibt. Wenn wir auf einer Party sind, hält er schon ein Glas für mich bereit, bevor ich ihn überhaupt bitte, mir etwas zu trinken zu bringen. Und er ist ein fantastischer Tänzer. Außerdem hat er ein schickes Automobil."

„Alles Attribute, die man sich von einem Ehemann erhofft", antwortete ich.

Gwen lachte auf, wofür Violet sie mit einem finsteren Blick bedachte. Alfred kam uns mit breitem Lächeln entgegen, wobei in seinem sonnengebräunten Gesicht eine Reihe perfekter Zähne aufblitzte. Violet ließ meinen Arm los und stellte sich neben Alfred, um uns vorzustellen.

„Herzlichen Glückwunsch", sagte ich und bemerkte neben Alfreds Strahlen Gwens wenig erheiterten Gesichtsausdruck.

Er legte den Arm um Violet und zog sie an sich. „Ich bin der glücklichste Mann der Welt."

Violet sah mich an. „Ist er nicht bezaubernd?" Sie gab ihm einen Kuss auf die Wange. „Wir werden im August heiraten", sagte sie und blickte Alfred dabei tief in die Augen.

Gwen verschränkte die Arme. „Noch ist nichts festgelegt."

Violet zog eine Schnute. „Papa ist so altmodisch! Aber ich werde ihn schon noch umstimmen." Sie schmiegte sich an Alfreds Seite.

„Lasst euch nicht länger beim Croquetspiel stören", sagte Gwen.

Violet legte die Hand auf Alfreds Brust und schob ihn vor sich her. „Gut, und ich werde dich schlagen." Sie wirbelte den Schläger in der Luft und rannte zu den Toren.

„Möchten die Damen vielleicht mitspielen?" Alfred deutete

mit seinem roten Schläger zu einer Auswahl anderer, die auf der Terrasse lagen. „Wir haben noch Platz für weitere Spieler."

„Nein, danke", antwortete Gwen, ohne lange zu überlegen. „Ich bin sicher, dass Olive erst einen Tee möchte."

Ich hätte nicht gedacht, dass Alfreds Lächeln breiter werden könnte, doch jetzt zeigte er sogar noch mehr Zähne. „Vielleicht können wir später ein Doppel spielen?"

„Ich fürchte, ich habe leichte Kopfschmerzen. Ich sollte heute besser im Schatten bleiben." Gwen ging zur Terrasse zurück und ich beeilte mich, mit ihr Schritt zu halten.

„Fühlst du dich wirklich nicht gut?"

Ein bisschen schuldbewusst gab sie zu: „Diese Kopfschmerzen sind nicht körperlich, sondern im übertragenen Sinne gemeint." Während wir uns an einen Tisch im Schatten setzten, auf dem Tee für uns bereitgestellt worden war, blickte sie zu Alfred zurück.

„Also, gut aussehend ist er ja tatsächlich", sagte ich.

Gwen klingelte nach dem Hausmädchen, das meinen Hut, die Handschuhe und meine Tasche nahm, um sie auf mein Zimmer zu bringen. Dann schenkte mir Gwen eine Tasse Tee ein. „Ich fürchte nur, dass das sein einziger Pluspunkt ist. Leider ist es alles, was für Violet zählt."

„Du vergisst, dass er ein sehr schickes Automobil hat und wie ein junger Gott tanzt."

Gwen reichte mir lachend den Tee. Ich nahm die Tasse, obwohl ich schon meinen Nachmittagstee zu mir genommen hatte. Nach den vielen Wochen, während derer mein Magen vor Hunger geknurrt hatte, würde ich keinen Tropfen Tee und vor allem keinen Krümel Essen ablehnen. Ich saß bequem auf dem schmiedeeisernen Stuhl, trank Tee und fühlte mich umsorgt. Zum ersten Mal in meinem Leben wurde ich mir der gediegenen Atmosphäre von Parkview bewusst.

Unten auf dem Rasen hielt Alfred Violets Hand, während sie auf einem Fuß balancierte, um den Riemen an ihrem Schuh festzuziehen. „Er scheint sehr um Violet zu werben."

Gwen beobachtete die beiden eine Weile. Schließlich fragte sie: „Was hältst du von ihm? Wie ist dein erster Eindruck?"

„Er lächelt zu viel."

„Wusste ich doch, dass ich mich auf dich verlassen kann und du den Braten sofort riechst."

Ich schnupperte. „Ich rieche nichts."

„Du weißt genau, was ich meine", schalt mich Gwen. „Ich habe dich hergebeten, damit du Violet überredest, die Verlobung zu überdenken, denn auf deinen Rat hört sie immer. Nun ja, meistens. Nur leider ist es jetzt zu spät. Sie hat die Verlobungsanzeige bereits an die Zeitungen geschickt."

„Ich glaube, niemand kann Violet umstimmen, wenn sie sich etwas in den Kopf gesetzt hat. Sie scheint fest entschlossen zu sein, was Alfred angeht."

„Ja, genau das ist das Problem. Wenn Mutter und ich versuchen, es ihr auszureden, sträubt sie sich."

Wie aufs Stichwort kam Tante Caroline durch den Garten zu uns herauf. In der einen Hand hielt sie eine Kiste mit Farben, in der anderen eine Leinwand, auf der feuchte Ölfarbe glänzte. „Ach, willkommen, Olive. Wir sind so froh, dass du kommen konntest. Achtung, meine Liebe, die Farbe ist noch frisch." Sie hielt die Leinwand von sich, während ich ihr einen Kuss auf die Wange gab.

„Ich habe mich sehr über die Einladung gefreut."

Sie lehnte das Bild gegen die gemauerte Balustrade, dann stellte sie die Kiste mit den Malutensilien auf dem Tisch ab und ließ sich auf einen der Stühle sinken. Das Bild zeigte eine Mischung aus Klecksen und Spritzern in leuchtenden Farben. Vielleicht sollte es das Dickicht eines Waldes darstellen. Oder eine Schildkröte? Doch es war besser, nicht nachzufragen.

Tante Caroline war die Schwester meines Vaters. Wenn er und sie nebeneinander standen, konnte man kaum Ähnlichkeiten entdecken. Vater war dunkelhaarig und schmächtig, sie war dagegen blond und recht groß, dazu schöne glatte Haut, die beide Töchter von ihr geerbt hatten. Die rundliche Figur hatte Violet von ihr. Was Tante Caroline und Vater allerdings durchaus gemeinsam hatten, war die Fähigkeit, sich dermaßen in eine Sache zu vertiefen, dass alles, was um sie herum geschah, in den Hintergrund rückte und in Vergessenheit geriet. Wie oft hatte ich Vater seinen Nachmittagstee gebracht und er hatte mich mit diesem abwesenden Blick angesehen. Tante Caroline sah uns jetzt ebenso abwesend an. „Tee?", fragte sie verdutzt. „Ja, ist es denn wirklich schon so spät?"

Gwen reichte ihr eine Tasse. „Ja, das ist es."

Das Croquetspiel war immer noch in vollem Gange. Das dumpfe Klacken des Schlägers, wenn er auf die Kugel traf, wehte zu uns herüber. Violets blauer Ball flog weit übers Feld. Sie klopfte auf Alfreds Arm. „Wie gemein von dir!"

Alfreds Antwort darauf schallte zu uns hinauf: „Darling, du weißt doch, dass ich gewinnen will."

Tante Caroline setzte klirrend die Tasse ab und plötzlich war ihr Blick wieder geschärft. „Ich traue diesem jungen Mann nicht über den Weg."

Auch das war ein Unterschied zwischen Vater und Tante Caroline. Sie konnte viel schneller aus ihrem Nebel auftauchen und meldete sich dann oft mit einem überraschend klaren Bemerkung zu Wort. „Wer ist dieser Alfred Eton? Das würde ich allzu gerne wissen", sagte sie. „Er benimmt sich manchmal recht ungeschliffen, was einige Fragen aufwirft."

„Was meinst du, Mutter?"

„Hast du nicht gesehen, wie er sich benommen hat, als Violet ihn mir vorgestellt hat? Er hat nicht gewartet, bis *ich* ihm die Hand hinhielt, sondern hat seine Hand als Erster ausgestreckt."

„Ach, Mama", erwiderte Gwen. „Sei doch nicht so altmodisch. Wahrscheinlich war er nur nervös."

„Und gestern hat er, als alle zum Dinner heruntergekommen sind, Violet nicht den Vortritt gelassen."

„Mittlerweile ist alles nicht mehr so förmlich wie früher", sagte Gwen. „Vielleicht siehst du das zu streng."

Doch Tante Caroline antwortete: „Wie dem auch sei, jedenfalls lässt sein Benehmen zu wünschen übrig. Und ganz zu schweigen von seinen Freunden. Diesen Fotografen – Sebastian Blakely – würde ich nicht gerade als guten Umgang bezeichnen."

„Sebastian ist Alfreds Pate", erklärte Gwen.

„Und vor allen Dingen: Was für eine Familie ist das, aus der er stammt?" Tante Caroline nahm sich ein Macaron, betrachtete es und legte es auf ihren Teller. „Zu meiner Zeit habt man einander zu Hause umworben, nicht auswärts. Wir kannten die Familien des anderen. Doch Alfred ist so vage. Diese ganze Geschichte über Indien. Nur weil er auf einem anderen Kontinent aufgewachsen ist, heißt das ja noch lange nicht, dass er nicht mehr von sich preisgeben könnte."

„Sein Vater war Beamter", erklärte mir Gwen. „Immerhin habe ich ihm dieses Detail entlocken können."

Tante Caroline beugte sich über ihre Tasse. „Doch ob er hier gute Aussichten hat? Er hat hier nur diesen Gesellschaftsfotografen, für den er als Assistent arbeitet, und das ist sicherlich keine gute Grundlage, um einen Haushalt einzurichten."

Tante Caroline wandte sich zu mir. „Ich möchte einen Detektiv beauftragen, aber dein Onkel Leo will nichts davon wissen. Er denkt, ihr jungen Leute solltet euer eigenes Leben führen und ich solle mich heraushalten. Doch ich lasse nicht zu, dass meine Tochter jemanden heiratet, über den ich nichts weiß."

Ich neigte den Kopf. „Selbst wenn Onkel Leo nichts davon wissen will, kann ich eigentlich nicht glauben, dass du nicht doch etwas unternehmen wirst."

Tante Caroline tauschte einen Blick mit Gwen, dann schenkte sie mir ein Lächeln. „Du hattest schon immer eine sehr gute Beobachtungsgabe, Olive. Und richtig, ich habe versucht, etwas über einen Detektiv in Erfahrung zu bringen, nur weiß ich leider nicht so recht, wie ich es angehen soll. Meine

Freundin Antonia sagt, es würde einige hundert Pfund kosten, einen Detektiv zu engagieren."

Mein Blick fiel auf das teure Porzellan und das Silberbesteck, auf die elegante Hausfassade. „Die Kosten sind doch sicherlich kein Hindernis?" Parkview mochte an manchen Ecken etwas verwahrlost sein, doch sicherlich gab es keine größeren finanziellen Probleme.

„Natürlich nicht, meine Liebe. Ich könnte das Geld aus meiner Hauswirtschaftskasse nehmen."

Bei dieser Bemerkung lächelte ich Gwen zu. Wir wussten beide, dass Gwen das Budget verwaltete, nicht meine Tante.

„Aber ich weiß einfach nicht, wie ich einen Detektiv finden soll", fuhr Tante Caroline fort. „Ich möchte mit derartigen Leuten nichts zu tun haben, du weißt schon, Leuten, die nicht aus unserer Gesellschaftsschicht stammen. Andererseits bedarf die Situation mit diesem zweifelhaften jungen Mann durchaus gewisser Maßnahmen."

Ich war satt und zufrieden, von dem Stück Kuchen und den Sandwiches, die ich gegessen hatte. Doch die Dringlichkeit, mit der Tante Caroline über die Sache sprach, vertrieb die wohlige Entspannung und beschleunigte meinen Puls. Ich richtete mich auf. „Ich mache das."

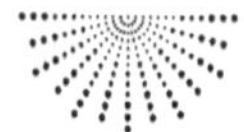

KAPITEL FÜNF

„Ich kann etwas über Alfreds Herkunft in Erfahrung bringen", sagte ich. „Falls du es in Erwägung ziehen würdest, mich dafür zu bezahlen."

Der zweifelnde Gesichtsausdruck auf Tante Carolines Gesicht wurde intensiver. „Ich weiß nicht, Liebes. Es erscheint mir nicht gerade angemessen. Und wer weiß, wohin das führen würde. Wenn er tatsächlich ein solcher Mensch ist, wie ich vermute, dann könntest du es mit ziemlich ungehobelten Zeitgenossen zu tun bekommen."

„Unsinn", mischte sich Gwen ein. „Ich finde, es ist eine hervorragende Idee. Olive hat eine Gabe dafür, Dinge aufzuspüren. Weißt du noch, wie sie letztes Jahr die Saphire von Lady Sofia gefunden hat?"

Tante Caroline nickte. „Ja, und es wäre in der Tat recht peinlich gewesen, wenn es auf andere Weise herausgekommen wäre." Sie musterte mich. „Den Vorfall hatte ich ganz vergessen."

„Olive ist klug und sie hat ein ausgezeichnetes Wahrnehmungsvermögen. Sie muss nur mit ein paar Leuten plaudern und herausfinden, ob Alfred die Wahrheit sagt."

Ihre Worte stärkten mein Selbstvertrauen. So eine Cousine

wie sie würde sich jeder wünschen. Gwen war so großherzig, dass es fast schon eine Schwäche darstellte, doch sie machte niemals leere Komplimente. Sie sagte nur, was sie tatsächlich auch meinte. Ich wandte mich Tante Caroline zu. „Es würde mir nichts ausmachen. Ehrlich gesagt könnte ich ein bisschen Abwechslung gut vertragen – eine bezahlte Arbeit, um genau zu sein, denn was das betrifft, sieht es in London ziemlich trist für mich aus."

„Hast du denn nichts in Aussicht?"

„Leider nicht." Vor Tante Caroline fiel es mir leichter, die Wahrheit zu sagen, als bei Sonia und meinem Vater.

„Nun, ich nehme an, es kann nicht schaden, wenn du ein paar Fragen stellen würdest." Meine Tante nickte, dann schob sie ihren Stuhl zurück. „Also gut, du kannst einen Versuch wagen. Wenn er erfolglos bleibt, kann ich immer noch einen Privatdetektiv beauftragen." Bei diesem Gedanken sah man ihr die Abscheu an, dann hellte sich ihr Gesicht wieder auf. „Was hoffentlich nicht nötig sein wird. Denkst du, fünfzig Pfund reichen für den Anfang?"

Ich verschluckte mich am Tee, erholte mich aber schnell. „Das wäre mehr als genug. Eigentlich ..."

„Wenn wir es als einen seriösen Auftrag betrachten, brauchst du einen ausreichenden Vorschuss." Tante Caroline nahm ihr Macaron. „Gwen, sei so lieb und kümmere dich darum, ja?"

Eine schwere Last fiel von meinen Schultern. Ich würde meine Miete bezahlen und mir anständiges Essen leisten können.

„Natürlich, Mutter." Gwen griff nach der Teekanne, um nachzuschenken. „Ich wusste doch, dass es gut war, Olive herzubitten. Ich bin überzeugt davon, dass sie innerhalb kürzester Zeit alles in Erfahrung bringen wird. Wie willst du anfangen?"

„Ich denke, am besten bei Alfred selbst."

EINE GELEGENHEIT ZU FINDEN, mit Alfred zu sprechen, erwies sich als große Herausforderung. Violet und Alfred wollten ständig Zeit miteinander verbringen, und das am liebsten *allein*. Nach ihrem Tennisspiel, das sie im Anschluss an ihre Croquetrunde in Angriff genommen hatten, konnte ich sie nirgends finden. Während des Abendessens saß ich am anderen Ende des Tisches und hatte wieder keine Möglichkeit, mit ihm zu reden. Erst im Salon bekam ich endlich meine Gelegenheit.

Sie hatten sich in die hinterste Ecke zurückgezogen und saßen auf der Chaiselongue. Ihre Arme berührten sich, während sie sich Grammophonplatten ansahen. Violet hatte es sich in den Kopf gesetzt, zu tanzen, ganz gleich, ob genügend männliche Tanzpartner vorhanden waren oder nicht. Peter hatte sich entschuldigen lassen und auf seinem Zimmer gegessen, und Onkel Leo hatte die Teilnahme rundheraus abgelehnt. „Mir fehlt die Leichtfüßigkeit, wie dir deine Mutter sicher bestätigen wird", sagte er. Und tatsächlich bestätigte Tante Caroline den Wahrheitsgehalt dieser Aussage in so einem nüchternen Tonfall, wie man ihn nur nach vielen Ehejahren haben konnte.

Ich setzte mich in den Sessel neben Violet und bot an, die Platten, die sie aussortierten, zu halten. Nachdem wir ein paar Worte über das nachmittägliche Tennisspiel gewechselt hatten, fragte ich: „Violet, hast du schon Alfreds Familie kennengelernt?"

Sie blickte nicht auf. „Alfred hat keine Familie mehr."

„Oh, das tut mir leid ..."

Alfred stieß Violet mit der Schulter an. „Das kannst du nicht so unverblümt sagen. Damit schockierst du deine Mitmenschen."

Violet hob den Kopf, ihre Augen wurden groß. „Aber es ist doch wahr."

„Natürlich, doch das kann man nicht so nebenbei erwähnen." Er wandte sich mir zu. „Schon gut. Schauen Sie nicht so entsetzt drein. Meine Eltern sind in Indien bei einem Fährunglück ums Leben gekommen."

Violet reichte mir ein paar Platten. „Nichts außer Opern und klassischer Musik. Wirklich tragisch. Also, das mit Alfreds Eltern, meine ich. Er ist ganz allein auf der Welt."

„Dafür habe ich ja jetzt dich, Violet." Alfred bedachte sie mit einem innigen Blick, den Violet mit klimpernden Wimpern erwiderte.

Ich räusperte mich. „Das heißt also, Sie haben auch sonst keine Familie? Niemanden, den Sie zur Hochzeit einladen können?" Ich hoffte, dass die Erwähnung der Hochzeit meine Neugierde kaschieren würde.

Alfred gab Violet eine Schallplatte. „Die hier ist nicht schlecht." An mich gewandt sagte er: „Mein Vater hatte keine Geschwister, genau wie mein Großvater, und der ist schon lange tot. Auch meine Großmutter lebt nicht mehr. Und meine Mutter war ein Waisenkind. Die Geschichte meiner Eltern hatte einen traurigen Anfang, doch ein glückliches Ende, weil sie sich schließlich gefunden haben. Sie haben sich vor der Abreise nach Indien kennengelernt und nach wenigen Wochen geheiratet."

„Und sie sind nie wieder nach England zurückgekehrt?"

„Das wollten sie gar nicht. Ich auch nicht, bis ich letztes Jahr einen Brief von meinem Paten erhalten habe. Er hatte von dem Unglück erfahren und mich eingeladen, nach England zu kommen."

„Sebastian ist ein Schatz", warf Violet ein. „Auch wenn er nicht will, dass man das bemerkt. Er benimmt sich schroff und kritisch, doch zu Alfred ist er wirklich ganz reizend. Er hat ihm geholfen, die Wohnung in South Regent Mansions zu finden, und er hat ihn sogar als seinen Assistenten eingestellt."

„Ist das der Gesellschaftsfotograf Sebastian Blakely?"

„Ja. Er macht die *wundervollsten* Fotografien. Er schafft es, wirklich jeden gut aussehen zu lassen."

„Was wohl eine sehr gefragte Fähigkeit ist."

Violet drückte Alfreds Arm. „Du *musst* Sebastian überreden, dir seine Tricks beizubringen. Dann kannst du dein eigenes Geschäft aufbauen, und bald werden alle alten Gesellschaftsmatronen darauf bestehen, nur noch von dir fotografiert zu werden."

„Das würde er mir übelnehmen", erwiderte Alfred.

„Alles ist erlaubt", winkte sie ab.

„Ich glaube, das bezieht sich nur auf die Liebe und den Krieg", merkte ich an.

„Ach nein, es bezieht sich auch auf das Geschäft", erwiderte Violet gleichmütig und wandte sich wieder den Schallplatten zu.

Alfred schüttelte amüsiert den Kopf. Um die Unterhaltung am Laufen zu halten, fragte ich: „Das heißt, Sie haben Mr. Blakely gar nicht gekannt, bevor Sie seinen Brief erhalten haben?"

„Nein, aber mir war klar, wenn ich doch einmal nach England reisen wollte, wäre das die Gelegenheit. Und warum nicht? In Indien hat mich nichts mehr gehalten. Um ehrlich zu sein, ich wusste nicht, was mich hier erwarten würde. Doch ich kann nur bestätigen, dass Sebastian in der Tat sehr großzügig ist. Er hat mir geholfen, hier Fuß zu fassen, und er hat mich in die Gesellschaft eingeführt." Wieder sah er Violet an.

Bevor sie sich in ihren Blicken verloren, sagte ich schnell: „Indien muss ein faszinierendes Land sein. Was haben Ihre Eltern denn dort gemacht?"

Nur zögerlich riss sich Alfred von Violets Anblick los. „Vater war Buchhalter. Er hatte einen Posten in der Verwaltung."

„Und wo haben Sie gelebt?"

Violet klopfte mit der Schallplatte auf mein Bein. „Das hat er doch schon gesagt, du Dummchen. In Indien." Sie betonte dabei jede Silbe, als wäre ich schwerhörig.

„Ich meine, in welcher Stadt?"

„In Delhi."

„Und wie war es in Delhi?"

„Unerträglich heiß."

Violet legte die letzte Platte auf ihrem Schoß weg und zog einen Schmollmund. „Die sind alle furchtbar langweilig." Sie seufzte. „Wenigstens können wir uns schon auf Sebastians Gold und Silberparty freuen. Kommst du auch?", fragte Violet.

„Nein, ich kenne ihn nicht."

„Ach, das ist egal. Sebastian wird nichts dagegen haben."

„Aber ich habe keine Einladung."

Violet wischte meinen Einwand mit einer Geste weg. „Es handelt sich nicht um so eine steife, altmodische Angelegenheit. Du kannst uns einfach begleiten. Wir bleiben für ein verlängertes Wochenende und übernachten bei Sebastian auf Archly Manor. Ich bin mir ganz sicher, dass er nichts dagegen hat, wenn du mitkommst. Die Party ist am Freitagabend und du musst etwas Goldenes oder Silberfarbenes anziehen. Gwen kommt auch, obwohl ich mir sicher bin, dass sie mich nur im Auge behalten will. Normalerweise macht sie sich ja nichts aus solchen Festlichkeiten. Wenn du mitkommst, folgt mir Gwen vielleicht nicht auf Schritt und Tritt. Sebastians Partys sind die allerbesten. Letztes Mal haben wir Scharade gespielt und es war *großartig*."

„Eigentlich war das schon keine Scharade mehr", murmelte Alfred.

„Richtig, aber es war so lustig, so viel Spaß hatte ich noch nie." Violet hüpfte beinahe auf und ab, als sie sich mir zuwandte. „Wir hatten schon alles Mögliche geraten, und dann ging Sebastian in sein Studio und kam im langen Kleid komplett mit Handschuhen, Perücke und einem riesigen, mit Blumen überladenen Hut wieder. Der arme James – Sebastians Sekretär – musste sich artig aufs Sofa setzen. Und Sebastian tat ganz geziert und schüttelte James' Hand. Er hat Queen Mary dargestellt!"

„Dieser Sebastian scheint ja ein ganz besonderer Charakter zu sein."

„Oh, das ist er wirklich. Ich sage ihm, dass du auch kommst." Mit leuchtendem Gesicht wandte sie sich Alfred zu.

„Jetzt habe ich eine Idee: Du könntest uns etwas am Klavier vorspielen."

Alfred antwortete darauf: „Aber dann könnten wir doch gar nicht zusammen tanzen, mein dummes Gänschen."

„Das stimmt natürlich. Ach, vergiss das Tanzen, du spielst und wir singen ein Duett. Etwas Unterhaltsames." Sie nahm seine Hand, zog ihn von der Chaise und ließ mich mit dem Stapel Schallplatten sitzen.

Alfred war ein talentierter Klavierspieler und er hatte eine gute Stimme. Er und Violet spielten den ganzen Abend für uns. Später zog ich mich in mein Zimmer zurück und setzte mich dort an den Schreibtisch. Ich nahm ein sauberes Blatt Papier und schrieb alles nieder, was ich über Alfred in Erfahrung gebracht hatte. Die Liste war jämmerlich kurz, aber immerhin ein Anfang.

WÄHREND DER NÄCHSTEN zwei Tage versuchte ich mein Bestes, immer wieder einmal Alfreds Jugend, seine Zeit in Indien, seine Eltern zur Sprache zu bringen. Doch ich schaffte es einfach nicht, ihm mehr zu entlocken als das, was er bereits gesagt hatte. Das Einzige, was er über Indien sagte, war, dass es entweder furchtbar heiß oder furchtbar regnerisch gewesen sei. Seine Kindheit in Delhi sei glücklich gewesen, seinem Vater habe die Arbeit als Buchhalter gefallen, seine Mutter habe sich dem kolonialen Gesellschaftsleben gewidmet.

Weitere Informationen konnte ich einfach nicht aus ihm herausholen, weder die Namen irgendwelcher Freunde oder Bekannter noch etwas über die Position seines Vaters. Nicht einmal den Ort, an dem sich seine Eltern kennengelernt hatten, verriet er.

Freitagmorgen wagte ich während des Frühstücks einen neuen Vorstoß. Alfred aß ein Ei, Violet, die neben ihm saß, strich gerade Butter auf ihren Toast. „Ich würde so gerne mehr über Ihre Zeit in Indien hören, Alfred."

Violet durchschnitt mit dem Messer die Luft. „Ich wusste gar nicht, dass du dich so für Indien interessierst, Olive. Woher kommt dieses Interesse? Willst du auch dorthin reisen? Ich habe gehört, dass man da viel leichter einen Ehemann findet."

Tante Caroline, die gerade die Morgenpost durchsah, ließ die Briefe sinken und warf Violet einen warnenden Blick zu. „Das Wetter ist heute ausgezeichnet. Ich denke, es bleibt den ganzen Tag so schön. Wollen wir heute ein Picknick veranstalten?"

„Ja, das wäre knorke", antwortete Violet.

„Violet, bitte", schalt Tante Caroline. „Verwende doch nicht solche furchtbaren Ausdrücke. Das ist nicht sehr damenhaft. Wirst du uns beim Picknick Gesellschaft leisten, Olive?"

„Es klingt nach einem wunderbaren Nachmittag, aber ich muss leider ablehnen. Ich habe andere Verpflichtungen."

Später ging ich nach oben und klingelte nach dem Hausmädchen, damit es mir beim Packen half. Anschließend suchte ich Tante Caroline und fand sie wieder im Tagessalon, wo sie gerade dabei war, die Malfarben durchzusehen, die sie zum Picknick mitnehmen wollte.

„Ich fahre nach London zurück", verkündete ich. „Ich denke, es wäre ungeschickt, Alfred weiter auszufragen. Es ist zu auffällig."

Tante Caroline hielt mit den Pinseln in der Hand inne und seufzte. „Ja, das hat Violet heute Morgen leider deutlich gemacht. Aber was hast du vor?"

„Ich fahre nach South Regent Mansions und will sehen, was ich dort herausfinden kann. Wann Alfred eingezogen ist, wer ihn besucht hat, solche Dinge."

„Ja, das ist wohl der nächste logische Schritt."

„Gwen holt mich morgen ab und wir treffen Violet und Alfred auf Archly Manor zu dieser Party."

„Ich bin nicht gerade erfreut über diese Abendgesellschaft.

Solche Extravaganz scheint mir nicht angemessen in einer Zeit, in der sich so viele Menschen solche Schwierigkeiten haben." Sie steckte die Pinsel in eine Schachtel. „Doch ich weiß wohl, dass man Violet besser keine Steine in den Weg legt. Schon beim kleinsten Anlass würde sie sich für Romeos Julia halten, und wer weiß, was dann passiert."

„Sehr weise von dir. Die Rolle würde sie sicher mit größter Inbrunst spielen. Ich werde Gwen alles berichten, was ich herausfinde."

„Wunderbar", sagte Tante Caroline, ohne noch einmal von ihren Farben aufzublicken.

„SOUTH REGENT MANSIONS BITTE", sagte ich, als ich am Nachmittag in ein Londoner Taxi stieg. Die fünfzig Pfund, die Gwen mir aus der Haushaltskasse gezahlt hatte, befanden sich in meiner Handtasche, und die hielt ich mit beiden Händen sicher auf meinem Schoß fest. *Fünfzig Pfund!* Für mich war das eine enorme Summe. Vor ein paar Jahren hätte ich darüber gelächelt, doch seit ich jeden Schilling umdrehen musste, wusste ich den Wert jedes einzelnen Pfunds sehr zu schätzen. Und jetzt hatte ich *fünfzig* davon.

Das Taxi fuhr an einem Bekleidungsgeschäft vorbei, in dem wunderschöne Hüte und bezaubernde Mäntel ausgestellt waren. Ich wandte den Blick ab und seufzte. Das Geld war für die Ermittlungen vorgesehen. Ich durfte es nicht aus dem Fenster werfen. Eine Fahrt mit dem Taxi war das Äußerste. Nun, das und vielleicht ein gutes Abendessen. Ausgaben für Transport und Essen waren schließlich legitim.

Das Taxi hielt vor einer Reihe eleganter Häuser im Londoner Stadtviertel Mayfair an. Wenn Alfred es sich leisten konnte, hier zu wohnen, musste er gut situiert sein. Ich bezahlte und gab dem Fahrer ein großzügiges Trinkgeld. Wie herrlich, wenn man nicht geizen musste.

KAPITEL SECHS

Nachdem ich noch nie jemanden bestochen hatte, wusste ich nicht so recht, wie man dabei vorging. Einfach zu sagen, man hätte vor, ein kleines Schmiergeld zu zahlen, war wahrscheinlich zu plump. Nachdem der Portier der South Regent Mansions mehrfach wiederholt hatte, dass er wirklich nichts über Alfred sagen konnte, öffnete ich meine Tasche und ließ eine Fünf-Pfund-Note blitzen. Oder sollte ich ihm zwei dieser Scheine anbieten? Nein, besser klein anfangen. Ich ließ den Blick durch die elegante, aber menschenleere Eingangshalle schweifen, in der sicher bald mehr los sein würde. Dann zog ich den glatten Schein heraus und drückte ihn in meiner Hand zusammen, sodass ein sattes, knisterndes Geräusch ertönte und der Portier hinsah.

„Sind Sie sicher, dass Sie mir sonst gar nichts über Alfred Eton sagen können?" Immerhin hatte der Mann bereits bestätigt, dass Alfred ein Bewohner des Hauses war, doch das war alles, was ich aus ihm herausbekommen hatte.

„Nichts, Miss." Mit der flachen Stirn, den breiten Wangen und dem Bart, der seine Oberlippe bedeckte und an beiden Seiten des Mundes abfiel, erinnerte er mich an ein Walross. Seine schmalen Schultern und breiten Hüften unterstrichen den

Eindruck noch mehr. „Ich weiß wirklich nichts weiter, Miss."
Langsam hob er den Blick wieder. „Ich arbeite erst einen Monat
hier. Mr. Eton ist eingezogen, bevor ich angefangen habe,
darum weiß ich nicht, wann er angekommen ist."

„Was ist mit Freunden oder Bekannten? Mr. Eton muss doch
ab und zu Besuch bekommen?"

Er glättete sich nachdenklich den Schnurrbart. „Nein, nichts,
was die Diskretion preiszugeben erlauben würde." Der Aufzug
ratterte und begann offenbar seine Abwärtsfahrt. Der Portier
blickte zur Eingangstüre und hoffte offensichtlich, dass ich
endlich gehen würde.

Ich kniff die Augen zusammen. „Bekommt er vielleicht
manchmal Damenbesuch und Sie wollen deshalb nichts sagen?"

„Es wäre nicht angebracht, darüber zu reden", antwortete er
mit einem Tonfall, der deutlich machte, dass ich nun endgültig
nichts mehr aus ihm herausbekommen würde.

Ich streckte ihm die Hand entgegen. „Danke, dass Sie mit
mir gesprochen haben."

Überrascht zog er die Augenbrauen hoch, dann nahm er
meine Hand, während ich ihm den Geldschein in seine drückte.
„Vielleicht können Sie ja die Augen offen halten und mich infor-
mieren, wenn es irgendwelche Neuigkeiten gibt. Ich komme
bald wieder vorbei." Wegen seines Schnauzbarts konnte man es
nicht mit Gewissheit sagen, doch ich war mir fast sicher, ihn
darunter lächeln zu sehen.

Es war zwar nicht das Ergebnis, das ich mir erhofft hatte,
doch immerhin hatte ich nun einen Verbündeten in den South
Regent Mansions. Als ich durch Mayfair spazierte, überlegte
ich, wie ich den Betrag in meiner Ausgabenliste verbuchen
sollte. Über den Posten *Bestechung* wäre Tante Caroline wohl
wenig begeistert. Vielleicht sollte ich die Ausgabe lieber als
Anreizzahlung deklarieren. Ja, das klang besser.

Ich ging, bis ich zu einer Telefonzelle kam, von der aus ich
zwei Anrufe tätigte. Als Erstes rief ich bei Essie Matthews an.
Sie war nicht daheim, doch das Hausmädchen teilte mir mit,

dass sich Essie gerade einen neuen Hut aussuche und nannte mir ihre Lieblingshutmacher.

Anschließend rief ich Jasper an. Sein Butler nahm ab. Als ich ihn darum bat, Jasper ans Telefon zu rufen, erwiderte Grigsby: „Ich muss nachsehen, ob er gerade verfügbar ist."

Ein paar Augenblicke später tönte Jaspers Stimme in der Leitung. „Hat dein Butler generell etwas dagegen, wenn dich Frauen anrufen, oder hat er nur etwas gegen mich?"

„Olive, altes Mädchen! So hab doch ein Nachsehen mit dem alten Grigsby. Es ist seine Pflicht, meine Tugend zu beschützen. Wie geht es dir?"

„Ich habe einen Auftrag", sagte ich. „Nur vorübergehend, aber er ist gut bezahlt."

„Das klingt spannend, wenn nicht gar skandalös."

„Es ist ein ganz und gar respektabler Auftrag. Ich arbeite für Tante Caroline."

„Schön – solange sie nicht vergisst, dich zu bezahlen."

„Ich habe einen Vorschuss bekommen."

„Aus dir wird tatsächlich noch eine sehr tüchtige Geschäftsfrau werden."

„Ich würde dir gern alles erzählen und ich wollte dich auch um einen kleinen Gefallen bitten. Hast du Zeit, mich nachher zu treffen?"

„Nichts lieber als das. Ich verlasse jederzeit gerne die fade Atmosphäre meines Clubs, um dich zu sehen, meine Liebe."

Ich steuerte die Läden an, die mir Essies Hausmädchen genannt hatte, und überlegte, wie lange es dauern würde, Essie ausfindig zu machen. „Sagen wir in einer Stunde im Hyde Park, in der Nähe von Speaker's Corner?"

„Du möchtest spazieren gehen?"

„Der Tag ist viel zu schön, um ihn drinnen zu verbringen."

„Du warst schon immer von der aktiven Sorte. Doch wahrscheinlich würde mir ein gemächlicher Spaziergang auch nicht schaden."

Im zweiten Hutladen entdeckte ich Essie. Sie trug einen

Zweispitz mit nach hinten geschlagener Krempe der ihren brünetten Pagenkopf vollständig bedeckte. Essie hatte ein rundliches Gesicht, zimtbraune Augen und rosafarbene Wangen. Sie war gerade dabei, das Mädchen, das Modell stand, kritisch zu betrachten. Es hatte einen ausladenden Strohhut mit rosafarbenem Band und ein paar Nelken auf. Essie machte mit dem Finger eine Drehbewegung in der Luft. „Bitte die Rückseite."

Während sich das Hutmodell langsam im Kreis drehte, war ich sehr froh, dass ich nicht diejenige war, die unter diesem Hut stehen musste. Essie nickte. „Ich nehme ihn." Als das Mädchen ging, näherte ich mich Essie, die mich gleich erspähte und mit ausgebreiteten Armen auf mich zukam. „Olive, wo hast du dich nur herumgetrieben? Ich habe dich seit dem Ball der Duchess of Seton nicht mehr gesehen."

„Ich war ein paar Tage in Parkview." Es war besser, wenn man Essie nicht alles erzählte.

„Ah, dort ist es wunderschön. Und das glückliche Paar ist auch da, nicht wahr?"

„Wie immer bist du bestens informiert."

„Ich gebe mir Mühe."

Im Aufsatzschreiben war sie vielleicht nicht gerade die Beste gewesen, doch für Neuigkeiten für die Klatschpresse hatte sie durchaus ein Händchen. Und ich wusste, dass sie die Erste wäre, die Gerüchte oder echte Informationen – egal welcher Art – über Alfred erfahren hätte. Nun war nur die Frage, wie ich diese Informationen aus ihr herausbekommen sollte, ohne dass sie bemerkte, was ich tat.

„Haben Violet und Alfred schon einen Hochzeitstermin festgelegt?", wollte Essie wissen.

Ich berührte die Blüten eines ausgestellten Hutes. „Noch nicht. Alfred scheint wirklich ein netter junger Mann zu sein."

„Oh ja. So gutaussehend und immer so fröhlich. Ich denke, er und Violet werden hervorragend zusammenpassen."

„Er hat auch eine sehr interessante Vergangenheit."

Essie legte die Hand auf die Brust, neigte den Kopf und

sagte theatralisch: „Das romantische Indien." Sie beugte sich zu mir. „Natürlich würde ich nicht selbst dort leben wollen, doch es immer für eine außergewöhnliche Geschichte gut. Sein Vater war *sehr* erfolgreich, das weißt du, oder?"

Ich musste nur die Augenbrauen hochziehen, damit sie fortfuhr.

„Kennst du die Geschichte gar nicht?"

„Ich habe nicht alles gehört. Du kennst doch Violet. Sie lebt in der Gegenwart und interessiert sich nicht für die Vergangenheit. Das ist ihr zu langweilig."

„Ja, doch wenn dein verstorbener Schwiegervater in spe ein sehr wohlhabender Geschäftsmann war, dann könnte man sich durchaus dafür interessieren."

„Wirklich? Das wusste ich wirklich nicht."

Essie nickte. „Wie glaubst du, dass sich Alfred sonst die Wohnung in den South Regent Mansions sonst leisten könnte? Außerdem ist er immer gut gekleidet. Und sein Automobil! Hast du es schon gesehen?"

„Nein, aber du bist schon die Zweite, die es erwähnt."

„Wirklich ein Blickfang. Ich muss *unbedingt* eine Fotografie von Alfred und Violet darin in die Finger bekommen. Das wäre was für die Zeitung."

„Da bin ich mir sicher. Junge, der in den Kolonien aufgewachsen ist, kehrt zu seinen Wurzeln nach Derbyshire zurück", sagte ich, wobei ich die Region einfach so nannte, um Essies Reaktion darauf zu testen.

„Nein, nicht Derbyshire. Irgendwo in den Midlands, ein kleines Dorf …" Für einen kurzen Augenblick blickte Essie zur Decke. „Ach, genau, Setherwick heißt es. Jetzt erinnere ich mich wieder, weil ich ihn falsch verstanden hatte und dachte, er hätte Leatherwick gesagt. Aber er hat mich korrigiert und gesagt, es sei *Setherwick*. Ich war noch nie da. Alfred zufolge ist es ein kleines Dorf, kaum ein Fleck auf der Landkarte."

„Hat er Freunde hier?"

Essie drehte einen Hutständer, um die Rückseite des daraufsitzenden Turbans mit Fransen zu betrachten. „Sebastian, natürlich. Sonst fällt mir jedoch niemand ein. Andererseits ist das ja auch nachzuvollziehen, denn wenn man in Indien aufwächst, kann man hier keine Beziehungen haben, die viele Jahre zurückgehen."

„Ja, das ist wohl wahr."

Die Verkäuferin kam zurück, und Essie fragte nun, ob sie auch den Turban auf dem Modell sehen könne, woraufhin ich mich verabschiedete. „Es war so schön, dich zu sehen, Olive. Richte Violet von mir aus, dass ich dringend ein Foto von ihr haben möchte. Ich werde mich bei ihr melden, um etwas zu vereinbaren."

Ich machte mich auf den Weg Richtung Hyde Park. Violet wäre begeistert, wenn ihr Foto in den Zeitungen abgedruckt werden würde. Tante Caroline und Gwen dagegen eher weniger.

Jasper war schon im Park, als ich ankam. Er saß auf einer Bank und blickte durch ein Monokel in die Gegend. Ich setzte mich zu ihm. „Du bist viel zu jung, um ein Monokel zu verwenden."

Er klemmte es in seine Augenhöhle und drehte sich zu mir. „Dabei dachte ich, ich sehe damit distinguiert aus."

„Geckenhaft würde ich es nennen."

„Du liebe Güte, in dem Fall darf mich der alte Grigsby nicht damit erwischen." Er steckte das Monokel weg und bot mir seinen Arm an. „Sollen wir mit unserem Gewaltmarsch beginnen?"

„Ich verspreche dir, dass es nicht zu anstrengend wird."

„Jetzt erzähl mir von diesem Auftrag, den du erhalten hast."

„Das muss aber unter uns bleiben."

„Du weißt, dass ich Geheimnisse für mich behalten kann."

„Das ist der Grund, aus dem ich es dir anvertraue."

Jasper war einer der wenigen Menschen, die ich kannte, die tatsächlich ein Geheimnis für sich behalten konnten. Ich hatte das vor vielen Sommern erfahren, als ich an einer epischen

Geschichte von Liebe und Abenteuer schrieb. Eine Mumie war darin vorgekommen, ein Scheich und natürlich auch eine wunderschöne Frau. Ich hatte mich in Parkview mit meinem Notizbuch auf eine Bank am Fluss gesetzt und dort weiterschreiben wollen.

Dass Jasper und Peter in der Nähe waren, hatte ich gar nicht bemerkt, sonst hätte ich das Buch nicht herausgezogen. Da landete ihr Kricketball im Baum über mir. Ich hatte schon vorher ein Summen gehört, es aber nicht zuordnen können. Jasper kam angerannt, um den Ball zu holen, und von oben aus der Baumkrone kam ein Bienenschwarm in heller Aufregung heruntergeflogen. Ich bekam Panik, rannte sofort zum Fluss. In dem Moment, als ich zum Sprung ansetzte, merkte ich, dass ich immer noch das Notizbuch mit meiner wertvollen Geschichte in der Hand hielt. Ich warf es Jasper zu, der besonnen genug war, zu bemerken, dass die Bienen gar nicht in unsere Richtung flogen. Er fing das Buch auf und ließ mich seelenruhig in den Fluss springen. Als ich vom Schock des kalten Wassers prustend auftauchte, blickte er von den aufgeschlagenen Seiten auf. „Du schreibst einen Roman", stellte er fest.

Ich kletterte das steile Flussufer hinauf. Mit triefend nassem Kleid und schmatzenden Schuhen ging ich durchs hohe Gras und strich mir die Haare aus dem Gesicht. „Wenn du das auch nur einer Menschenseele erzählst …" Ein Sturm von Gefühlen – Entsetzen, Wut, Scham – durchströmte mich, sodass ich noch nicht einmal meinen Satz beenden konnte.

Jasper klappte das Buch zu. „Ich würde nicht im Traum daran denken", sagte er und klang dabei so ernst, dass ich ihm vertraute. Er würde mir nicht ins Gesicht lügen und sich später mit Peter über mich lustig machen. Er gab mir das Notizbuch zurück, dann zog er seine Jacke aus und legte sie mir über die Schultern. „Deine Geheimnisse sind bei mir sicher." Anschließend holte er den Ball und lief durch den Wald in die Richtung, aus der Peter schon nach ihm rief.

Ein quietschendes Geräusch holte mich in die Gegenwart

zurück. Ein Kindermädchen schob einen Kinderwagen, dessen Räder dringend Öl benötigten. Jasper und ich warteten einen Moment, bis sie vorbeigelaufen war, dann berichtete ich ihm von Tante Carolines Bedenken bezüglich Alfred Eton. Abschließend sagte ich: „Und wegen deiner Tätigkeit während des Krieges wende ich mich an dich …"

Er sah mich scharf an.

„Ich meine deine Arbeit für die Marine", fügte ich schnell hinzu. Ich wusste, dass es für ihn ein sensibles Thema war. Manche Leute blickten auf Männer wie Jasper, die nicht an der Front gekämpft hatten, abschätzig herab. Doch Jasper hatte ebenso seinen Beitrag zum Krieg geleistet, wenn auch nicht auf dem Schlachtfeld. „Ich dachte, vielleicht hast du Verbindung zu jemandem, der herausfinden könnte, was Alfreds Vater in Indien gemacht hat."

„Oh. Richtig. Ich könnte mich umhören. Der alte Somerville erinnert sich vielleicht an ihn. Delhi hast du gesagt?"

„Ja."

„Mal sehen, was ich tun kann."

„Hat dein Vater ihn vielleicht gekannt?", erkundigte ich mich nun.

„Nein, Vater war in Bombay."

„Ach so."

Jasper sprach nicht oft von seiner Familie, und sein Tonfall deutete an, dass das Thema für ihn beendet war. Er verlangsamte seine Schritte, die ohnehin nicht schneller waren, als es für einen gemütlichen Spaziergang vonnöten war, noch mehr. „Du musst aber aufpassen." Mit seinem Spazierstock schlug er auf ein Grasbüschel. „Alfred umgibt sich nicht mit der besten Gesellschaft. Er verbringt viel Zeit mit Sebastian und diese Leute sind eher …"

„Schnelllebig. Ja, das hast du schon erwähnt. Aber ich will ihn ja nicht heiraten. Du solltest lieber Violet vor ihm warnen. Wenn es wirklich etwas Anrüchiges gibt, werde ich es herausfinden."

„Genau davor habe ich ja Angst", sagte er.

Diesen Kommentar ignorierte ich lieber. „Es würde Violet auch die Möglichkeit geben, sich von Alfred zu lösen, bevor die Dinge ihren Lauf nehmen."

Jasper blieb stehen und wandte sich mir zu, indem er beide Hände auf den Spazierstock stützte. „Du bist also fest entschlossen?"

„Absolut."

„Ich verstehe." Er richtete sich auf und bot mir erneut seinen Arm an, als wir weitergingen.

„Ich werde zusehen, was ich finden kann."

„Superb. Vielen Dank."

Der Weg führte uns zurück zum Speaker's Corner, wo wir uns verabschiedeten. Ich schüttelte meinen Anflug von Ärger über Jaspers Reaktion ab. Welches Recht hatte er, mir zu sagen, mit wem ich verkehren hatte und mit wem nicht?

Stattdessen versuchte ich, mich auf die Party auf Archly Manor vorzubereiten. Ich hatte einige Abendkleider von Gwen bekommen. Wir hatten fast dieselben Maße, auch wenn Gwen ein paar Zentimeter größer war als ich. An den Kleidern musste lediglich der Saum gekürzt werden, was ich selbst tun konnte. Das Problem war nur, dass keines ihrer Kleider silberfarben oder golden war. Allerdings besaß ich ein ärmelloses weißes Säulenkleid. Mit ein paar kleinen Änderungen würde ich es bestimmt dem Motto der Abendgesellschaft anpassen können.

Dafür musste ich wohl oder übel meinen langsam schwindenden Vorschuss einsetzen. Ich kaufte einen Tüllstoff, der mit goldenen Fäden durchzogen war, und kehrte damit in mein Zimmer zurück, wo ich den Abend mit Nähen verbrachte. Lange, fließende Linien waren gerade modern. Wenn ich aus dem durchsichtigen Stoff ein Überkleid für das weiße Kleid nähte und meine Garderobe mit einem goldenen Band um die Taille und Mutters Perlenkette vervollständigte, wäre ich angemessen angezogen.

Am nächsten Morgen blickte ich aus dem Fenster. Als ich

Gwens mintgrünen Morris Cowley entdeckte, nahm ich meine Taschen und eilte die Treppen hinunter. Meine Unterkunft war zwar sauber und respektabel, doch seit meinem Kurzbesuch in Parkview sah ich meine Wohnstätte mit anderen Augen, und mir war bewusst geworden, wie heruntergekommen das Gebäude wirkte. Ich beeilte mich, an der Tür zu sein, bevor Gwen die Gelegenheit hatte, das Haus zu betreten.

Sie stieg gerade erst aus dem Morris. „Du bist schon fertig?"

„Warum überrascht dich das so?"

„Weil du sonst immer zu spät dran bist."

„Heute eben nicht." Ich verstaute meine Tasche und kletterte auf den Beifahrersitz. „Auf zur Party!"

KAPITEL SIEBEN

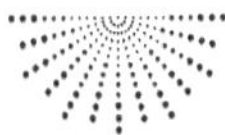

Gwen und ich fuhren von London nach Somerset. Die erste Hälfte der Fahrt verlief ereignislos. Erst als wir von der Landstraße abbogen, merkten wir, wie vage Alfreds Wegbeschreibung war. An einer Kreuzung mit verblichenem Schild, bat ich Gwen: „Fahr langsamer, damit ich es lesen kann. Ich glaube, hier ist die richtige Gabelung."

Gwen trat auf die Bremse, was sie nur selten machte. So ruhig und besonnen Gwen sonst war, hinter dem Steuer verlor sie jegliche Zurückhaltung und bevorzugte maximale Geschwindigkeit. „Wenn wir uns verfahren, drehen wir einfach um", sagte sie immer, was wir heute bereits zweimal getan hatten.

Ich blickte wieder auf das Papier mit der Wegbeschreibung. „Ja, ich glaube, hier müssen wir rechts abbiegen."

Gwen tat wie geheißen, dann stieg sie so vehement wieder auf die Bremse, dass Wegbeschreibung und Landkarte auf den Boden fielen. „Was ist das denn?"

Ich stützte die Hände aufs Armaturenbrett. „Keine Ahnung."

Nach der Kurve stand plötzlich die lebensgroße Figur eines

Harlekins vor uns, der in die Richtung zeigte, in die wir fuhren. Gwen ließ den Wagen langsam weiterrollen.

„Eine Pappmascheefigur", stellte ich fest. Sie war in ein buntes Kostüm und passenden Schlapphut gekleidet.

„Sebastian ist ein bisschen … unkonventionell", sagte Gwen. „Vielleicht soll es ein Hinweis sein, um uns den Weg zu Archly Manor zu zeigen."

„Hilfreicher wäre er an der Kreuzung gewesen", sagte ich.

Gwen richtete ihre Aufmerksamkeit wieder auf die Straße und ließ den Morris weiterrollen. „Sebastian ist ein Künstler. Er interessiert sich mehr für Inszenierungen als für Praktisches."

Wir kamen an drei weiteren Pappmascheefiguren vorbei. Eine Meerjungfrau, ein Ritter und schließlich ein Einhorn, das am Tor von Archly Manor stand. „Sie lenken auf jeden Fall Aufmerksamkeit auf sich", sagte ich, während wir durch das Tor fuhren. „Wie dann erst die Abendgesellschaft wird?"

„Nicht traditionell, das ist gewiss."

Das Anwesen Archly Manor war riesig und es dauerte einige Minuten, bis das Haus in Sichtweite kam. Gwen hielt an, damit ich das Gebäude betrachten konnte.

„Sehr elegant", bemerkte ich. „Vielleicht sollte ich auch Gesellschaftsfotografin werden." Das Gebäude mit der weißen Stuckfassade stand beeindruckend vor dem grünen Hintergrund der umliegenden Parklandschaft. Ein zweistöckiger zurückgesetzter Portikus, der von ionischen Säulen gesäumt war, bildete den zentralen Block des Hauses. Darüber umschloss ein Balkon den gesamten ersten Stock. Zwei Flügel mit jeweils achteckigem Grundriss rahmten den Eingangsblock.

„Wenn man eine reiche Familie hat … Violet hat erzählt, dass Sebastian Archly Manor als Rückzugsort gekauft hat, um vor der Hektik von London fliehen zu können."

„Schade, dass er nicht vom Fotografieren so reich geworden ist. In dem Fall würde ich nämlich auch eine ganz begnadete Fotografin werden."

Schon auf der Zufahrtsstraße zum Haus herrschte reges Treiben. Gwen überholte zwei Lastwagen und bremste stark, um einen Hausangestellten, der eine Schubkarre voller Pflanzen schob, nicht anzufahren. Schließlich kamen wir vor dem Eingangsportal zum Stehen. Ein Hausangestellter öffnete die Wagentür und informierte Gwen darüber, dass er das Automobil in den alten Stallungen parken und anschließend das Gepäck auf unsere Zimmer bringen würde.

Gwen und ich blieben einen Moment stehen und sahen uns um. Auf dem sattgrünen Rasen, der in der Ferne zu einem kleinen See abfiel, waren etliche Gärtner gerade dabei, das Gras zu schneiden, andere knieten in Blumenbeeten, die das Haus umgaben. Männer in Arbeitskleidung und Schiebermützen trugen Kisten, auf denen *Explosionsgefahr* stand, zu einem Bootshaus am See hinunter. Diener eilten ins Haus, kamen mit schweren Pflanztrögen wieder heraus, andere Bedienstete standen auf Leitern und befestigten japanische Lampions an den Bäumen.

Ein Mann erschien im Eingang von Archly Manor, zwei mit Goldpapier umwickelte Champagnerflaschen in den Händen. Er trug einen dreiteiligen Anzug und eine goldene Uhrenkette zierte die Weste. Jetzt klemmte er eine Flasche in die Armbeuge und kam mit ausgestreckter Hand auf Gwen zu. Sein Gang war lässig und strotzte vor Selbstbewusstsein. „Gwen, wie schön, dass Sie kommen konnten." Sein blondes Haar war mittig gescheitelt und mit Pomade aus der Stirn gekämmt. Sein Gesicht war schmal, wenn nicht gar hager. Das Sonnenlicht betonte die markanten Wangenknochen sowie seine tiefliegenden Augen, was ihm ein nahezu totenkopfähnliches Aussehen verlieh. Seine Gesichtshaut war so straff, dass das einen eigenartigen Kontrast zu seinem offensichtlich jungen Alter darstellte. Er war höchstens ein paar Jahre älter als Gwen und ich, vielleicht Anfang dreißig. War er in letzter Zeit krank gewesen?

„Hallo, Sebastian", begrüßte Gwen ihn. „Ich glaube, Sie kennen meine Cousine noch nicht. Das ist Olive."

Ich gab ihm die Hand und er erwiderte den Gruß mit festem Druck. „Ich hoffe, es bereitet keine Unannehmlichkeiten, dass ich mich Ihrer Party im letzten Moment anschließe."

„Ganz im Gegenteil. Hier geht es nicht sehr förmlich zu." Er hielt eine der Champagnerflaschen hoch. „Wir feiern gerade eine bisschen vor, und Sie sind herzlich dazu eingeladen, wenn Sie mögen. Wir machen ein Picknick, weit weg von diesem Durcheinander hier." Er deutete mit der Flasche zu einem Bediensteten, der gerade ein paar gestapelte Stühle trug. „Sie können sich natürlich auch auf Ihr Zimmer zurückziehen, falls die Anreise zu anstrengend war." Er lächelte, doch sein Tonfall verriet eine ironische Note. „Möchten Sie sich lieber ausruhen?"

„Nein, so eine feine Dame bin ich nicht", erwiderte Gwen. „Und Olive braucht genauso wenig Erholung von der Fahrt."

„Stimmt. Ich liebe Picknicken!"

„Großartig. Dann kommen Sie doch gleich mit." Er drehte sich um und führte uns ums Haus herum auf die dem See abgewandte Seite des Anwesens. „Wir sitzen da unter dem großen Kastanienbaum. Wenn Sie mich für einen Augenblick entschuldigen, ich muss noch etwas besprechen, aber ich komme gleich nach." Er ging zu einem der Arbeiter.

Ich sah Gwen mit hochgezogenen Augenbrauen an, während wir zu der Gruppe gingen, das sich unter dem Baum versammelt hatte. „Ich verstehe, warum du ihn nicht magst."

Gwen blieb stehen. „Das habe ich nie behauptet."

„Musst du auch nicht, ich habe es der Art und Weise entnommen, wie du über ihn geredet hast. Nachdem ich ihm jetzt persönlich begegnet bin, erhärtet sich mein Verdacht."

„Tatsächlich? Wie beunruhigend. Glaubst du, er hat auch gemerkt, dass ich ihn nicht mag?"

„Nein. Er ist viel zu sehr mit sich selbst beschäftigt, um sich dafür zu interessieren, was andere von ihm halten."

„Ja. Er ist sehr von sich überzeugt. Deshalb mache ich mir auch Sorgen um Violet. Alfred und Sebastian stehen einander sehr nah und offensichtlich denkt Sebastian an niemand anderen als sich selbst. Ich mache mir Sorgen, dass Alfred genauso ist."

„Du meinst, keiner von beiden interessiert sich für Violets Wohlergehen?"

„Genau das ", sagte Gwen und blickte zu Sebastian zurück, der noch vor dem Haus stand. „Er hält mich für eine langweilige Spielverderberin. Und was sollte der Kommentar, dass ich mich vielleicht ausruhen will? Als wäre ich Violets Anstandsdame, eine alte Jungfer. Nur weil ich nicht so ein buntes Leben führe wie er und seine Freunde, bedeutet das noch lange nicht, dass ich altmodisch bin."

„Mir musst du das nicht sagen."

Sie lächelte. „Tut mir leid. Du hast Recht, ich finde ihn irritierend."

Als wir zu der Gruppe im Schatten des Baumes kamen, setzte sich Violet, die gerade noch auf einer Decke gegen Alfreds Brust gelehnt gelegen hatte, auf. Alfred erhob sich breit grinsend, um uns zu begrüßen. Violet sah eindeutig weniger erfreut aus. „Ich dachte, ihr kommt nicht", sagte sie.

„Dann musst du etwas falsch verstanden haben", erwiderte Gwen. „Ich sagte, dass ich nachkomme. Ich bin nach London gefahren, um Olive abzuholen." Gwen wandte sich mir zu, um mir die beiden Damen vorzustellen, die mit Zeitschriften auf den Knien in Korbstühlen saßen. Eine davon war Lady Pamela. Wie auch an dem Tag, an dem ich sie zusammen mit Jasper im Savoy getroffen hatte, trug sie ein extravagantes Kleid. Diesmal war es fließende Seide mit einem Überkleid aus Spitze. „Lady Pamela und ich haben uns bereits kennengelernt", sagte ich.

Die Frau neigte den Kopf, um mit einem Auge unter der breiten Krempe ihres Strohhutes hervorzuspähen. „Tut mir leid, ich erinnere mich nicht."

„Das war im Savoy."

„Wie schön."

„Zusammen mit Jasper Rimington."

Sie kniff das Auge zu. „Ach richtig, jetzt erinnere ich mich.

Sie waren die Dame in diesem … ähm … interessanten Kleid. Sicher hatten Sie nicht vorgehabt, im Savoy zu speisen. Jasper ist so entzückend, so spontan. Und er umgibt sich mit so … exzentrischen Zeitgenossen." Lady Pamelas Blick wanderte an meinem völlig akzeptablen pastellgrünen Baumwollkleid hinunter. Neben ihrem extravaganten Seidenkleid wirkte es natürlich weniger elegant. Und Lady Pamela tat alles, damit die anderen Leute das ebenfalls bemerkten.

Ich neigte den Kopf. „Dabei dachte ich, Jasper würde sich nur für meine faszinierend blauen Augen und meinen erstklassigen Verstand interessieren."

Gwen hustete, während Lady Pamela das sichtbare Auge zusammenkniff.

Bevor sie etwas erwidern konnte, räusperte sich Gwen und zeigte auf die Frau neben Lady Pamela. „Olive, das ist Mrs. Reid, Sebastians Schwester. Sie wohnt derzeit hier auf Archly Manor, während ihr Mann in Brasilien ist."

Die Frau legte die Zeitschrift beiseite und streckte mir die Hand entgegen. „Nennen Sie mich einfach Thea wie alle hier." Ihr Kleid spielte in derselben Liga wie das von Lady Pamela. Theas brünettes Haar war zu einem Bob geschnitten, doch wahrscheinlich war sie zehn, vielleicht fünfzehn Jahre älter als Lady Pamela, die Mitte zwanzig sein musste. Theas rundliche Wangen zeigten eine leichte Schlaffheit und ihre gepuderte Haut wirkte längst nicht so taufrisch wie Violets Teint.

Ich gab Thea die Hand. „Kommt Ihr Mann bald wieder aus Brasilien zurück?"

„Das dauert noch Monate. Ich würde ja zu ihm reisen, aber dort ist alles so primitiv. Völlig inakzeptabel für Kinder. Außerdem muss jemand die Arbeiten hier beaufsichtigen." Sie wies auf den leeren Stuhl, damit ich neben ihr Platz nahm. „Wir lassen gerade unsere Stadtwohnung in London renovieren. Darum ist sie derzeit nicht bewohnbar, den ganzen Tag gehen die Arbeiter ein und aus. Das ist sehr ermüdend. Und nie machen sie irgendetwas gleich beim ersten Mal richtig." Thea hielt zwei Zeitschriften hoch. „Welche Hausbar soll ich nehmen? Schwarzer Lack mit Bakelit oder Walnuss mit Chrom?"

„Mit keinem der beiden machen Sie etwas falsch", antwortete ich.

Thea blickte kritisch von einer Magazinseite auf die andere. „Ich habe Monsieur Babin beauftragt. Es ist furchtbar schwierig, ihn zu bekommen, wissen Sie, aber er ist auch der Meinung, dass beide ganz umwerfend aussehen würden. Ich kann mich einfach nicht entscheiden."

Lady Pamela drehte sich um, wobei ihr Taschentuch auf den Boden fiel. Gwen wollte es für sie aufheben, doch Lady Pamela zog es in einer abrupten Bewegung fort. „Nimm einfach das Teurere, wie immer."

Thea antwortete: „Stimmt. Wie ich immer sage, wer billig kauft, kauft teuer."

Genau in diesem Moment ließ sich ein vielleicht siebenjähriger Junge von dem ausladenden Baum fallen und landete vor meinen Füßen. Ich erschrak, was ihn sehr zu amüsieren schien.

Thea ließ die Zeitschriften auf ihren Schoß fallen und reckte den Kopf, um eine Person, die hinter dem Baum stand, zu rufen. "Muriel!"

Ich hatte die beiden Leute auf der anderen Seite des breiten Stammes noch gar nicht bemerkt. Jetzt eilte die junge Frau, die Anfang zwanzig sein musste, zu Thea. Ihr graues Kleid mit der hoch geschnittenen Taille und dem weiten Rock wirkte nicht sehr modern. Doch ihre brünetten Haare waren, wie es der neuesten Mode entsprach, zu einem Pagenkopf geschnitten. Sie umrahmten die glatte Haut ihrer Wangen, die sich jetzt rot färbten. Die Frau warf dem Jungen neben mir einen scharfen Blick zu, der sofort versuchte, sich das Lachen zu verkneifen. „Ja, Mrs. Reid?", sagte sie.

Jetzt kam der Mann, der ebenfalls hinter dem Baum gestanden hatte, zu uns. Er hatte eine Stirnglatze, und sein teurer Anzug kaschierte fast, aber nicht ganz, seinen dicklichen Bauch.

„Bring Paul und Rose ins Kinderzimmer. Sie haben jetzt lange genug draußen gespielt", lautete Theas Anweisung.

„Sehr wohl, Mrs. Reid."

Gwen deutete auf die junge Frau und sagte: „Olive, das ist Muriel Webb. Muriel, das ist meine Cousine, Olive Belgrave."

Muriel murmelte ein kurzes „Sehr erfreut", bevor sie sich Paul zuwandte und seine Hand ergriff. Ein kleines Mädchen, ein paar Jahre jünger als Paul, turnte jetzt ohne Hilfe den Baum herunter, wobei sie den letzten Meter geschickt sprang und neben dem Mann mit der Stirnglatze landete. Der wich zurück und untersuchte sofort, ob seine Hose Dreckspritzer abbekommen hatte. „Kommen Sie heute Abend zurück?", fragte Rose.

Er schüttelte den Kopf. „Nein, ich muss in die Stadt."

Thea winkte mit der Zeitschrift. „Rose, belästige Mr. Digby-Stratham nicht und geh jetzt mit Muriel mit. Ich komme später nach oben und sage euch vor der Party gute Nacht."

Als Muriel mit den Kindern ging, rief Thea ihr nach: „Ach, Muriel, haben Sie sich um den Brief gekümmert?"

„Ich habe ihn heute Morgen auf der Post aufgegeben."

„Dann ist gut." Thea wollte sich schon wieder der Gruppe zuwenden, als ihr noch etwas einfiel. „Und was ist mit der gestreiften Tapete? Haben Sie Monsieur Babin deswegen angerufen?"

„Ja. Die Tapete gibt es allerdings nur in Blau, nicht in Gold."

„Wie ärgerlich!", rief Thea und lehnte sich zurück. „Ich hätte sie so gern in Gold gehabt."

Gwen sah meinen Blick und deutete auf den Gentleman mit dem lichten Haar, der zuvor bei Muriel gestanden hatte. „Olive, der Letzte in dieser kleinen Picknickgesellschaft ist Hugh Digby-Stratham."

Wir reichten uns die Hand. „Sie bleiben nicht zur Party?"

Er sah aus, als hätte er plötzlich einen schlechten Geruch in der Nase. „Nein, ich fürchte, ich kann nicht bleiben."

Lady Pamela, die mit ihrem Taschentuch gespielt und es um ihren Finger gewickelt hatte, löste es wieder. „Hugh möchte sagen, dass er nichts von solch profanen Angelegenheiten hält. Er ist zu seriös für derartige Unterhaltung."

Hugh wirkte tatsächlich etwas steif, so wie er mit geradem Rücken dastand und sich mit Bedacht bewegte. Lady Pamelas Anspielung, er sei langweilig, schien ihm nicht zu gefallen. „Ganz im Gegenteil", erwiderte er. „Ich würde furchtbar gerne bleiben, doch die Pflicht ruft." Dann sagte er an mich gewandt: „Tut mir leid, ich muss mich beeilen. Es war mir eine Freude, Sie kennenzulernen." Er verabschiedete sich auch von den anderen, dann marschierte er mit militärisch-zackigem Schritt über den Rasen.

Alfred, der sich nach unserer Begrüßung wieder auf der Decke niedergelassen hatte, warf sich eine Traube in den Mund. „Kaum zu glauben, dass sich Hugh tatsächlich verliebt hat."

„Was ist daran so überraschend?", fragte Gwen, während sie mir den Picknickkorb entgegenhielt, damit ich mir ein Sandwich nehmen konnte. Thea und ich bedienten uns, während Lady Pamela abwinkte und sich in ihrem Stuhl .

Gwen stellte ihren Teller ab. "Ich denke, dass sich Muriel und Hugh ganz prächtig verstehen werden."

Mit gespieltem Schock sagte Alfred: „Aber sie ist doch eine Gouvernante. Ich würde wetten, dass Hugh seine Familie darauf erst vorbereiten muss."

„Muriel ist eine gute Partie", mischte sich Thea ein. „Die Webbs waren eine gut situierte und respektable Familie aus Dartmoor."

„Wieso *waren?*", wollte Violet jetzt wissen.

„Ihre Eltern sind früh gestorben."

„Beide?", hakte Violet nach. „Was ist denn passiert?"

Gwens Augen wurden weit. „Violet!"

Aber Thea winkte ab. „Schon gut, Gwen. Muriel macht das

nichts aus. Schnee von gestern. Ihre Eltern sind bei einem Automobilunfall ums Leben gekommen."

„Wie furchtbar."

„Ja, das war es sicher", murmelte Thea, während sie weiter in ihrem Magazin blätterte.

„Was ist mit ihr passiert?", fragte Violet nach.

Thea riss sich von dem Anblick einer Modewerbung los. „Mit wem?"

„Mit Muriel? Nachdem ihre Eltern gestorben sind?"

„Ach so, Muriel. Sie wurde zu einer Tante geschickt. Angeblich haben sie sich erst nicht verstanden, aber dann haben sie sich miteinander arrangiert." Thea klappte die Zeitschrift zu und nahm sich eine andere vor. „Wegen dieser Erfahrung weiß Muriel genau, wie wichtig Stabilität für Kinder ist. Und sie hilft mir auch mit der Korrespondenz und allen anderen Dingen. Sie ist sehr hilfsbereit und macht alles genau so, wie ich es brauche. Es war wirklich sehr selbstlos von ihr, dass sie mir zuliebe gleich eingesprungen ist, als meine Sekretärin mich verlassen hat."

Das mochte Muriel vielleicht ein wenig anders sehen, dachte ich mir im Stillen. So wie Thea gerade mit Muriel gesprochen und so unterwürfig wie Muriel geantwortet hatte, vermutete ich, dass Muriels Motivation nicht reine Nächstenliebe war, sondern dass sie vorrangig ihre Anstellung als Gouvernante und Sekretärin behalten wollte. Schließlich wusste ich, wie verzweifelt man ohne Arbeit sein konnte.

Schließlich gesellte sich der Hausherr zu uns. Sebastian schenkte Champagner nach und reichte auch Gwen und mir jeweils ein Glas. Er hatte noch die letzten Gesprächsfetzen gehört und sagte: „Muriel ist die perfekte Frau für einen Politiker und genau richtig für Hugh. Sie hält sich im Hintergrund und ist nicht so hübsch, dass sie während dieser ganzen furchtbaren Zeremonien, bei denen Bänder durchgeschnitten oder Ansprachen gehalten werden, die Aufmerksamkeit der Presse oder des Publikums auf sich zieht, wenn alles Augenmerk doch ganz und gar auf Hugh konzentriert sein sollte."

Das war ziemlich gemein, denn Muriel war nicht unattraktiv. Sie hatte vielleicht nicht so die natürliche Schönheit von Lady Pamela und nicht die finanziellen Mittel von Thea, die ihrerseits mit Mode und Kosmetik nachhalf, um jung und schön zu wirken. Andererseits mochte diese Einschätzung vielleicht an Sebastians Fotografenblick liegen, der ihm sagte, ob jemand schön war oder nicht.

Seufzend blätterte Thea um. „Noch ist das zwischen Muriel und Hugh nicht offiziell, aber ich sehe, dass sich die Dinge entwickeln. Sicher werden sie die Hochzeit bald bekanntgeben. Die Digby-Strathams haben erkannt, was für eine vernünftige Frau Muriel ist. Sie ist aufmerksam und gewissenhaft. Allerdings bin ich dann mit der furchtbaren Situation konfrontiert, eine neue Sekretärin *und* eine neue Gouvernante suchen zu müssen. Das ist so mühsam!"

Vor ein, zwei Tagen hätte ich wahrscheinlich versucht, Mrs. Reid davon zu überzeugen, dass ich eine geeignete Kandidatin als Ersatz für Muriel wäre. Jetzt aber war ich nur daran interessiert, mehr über Alfreds Hintergrund herauszufinden, weshalb ich mich zu ihm und Violet auf die Decke setzte, während ich vorgab, mir ein paar Trauben aus dem Picknickkorb nehmen zu wollen.

Sie wirkten nicht begeistert, doch Violet war viel zu gut erzogen und bemühte sich entsprechend, mich in die Unterhaltung mit einzubeziehen. Die drehte sich allerdings nur um die bevorstehende Party und die Abendmode. Nachdem das Thema erschöpfend behandelt worden war, drückte Violet Alfreds Arm. „Am meisten freue ich mich auf das Feuerwerk", verkündete sie und drehte sich dabei zu mir um. „Alfred und ich wollen es vom Balkon auf der Rückseite des Hauses aus ansehen." Sie suchte Alfreds Blick. „Das wird so romantisch."

Alfred warf die Grashalme, mit denen er gespielt hatte, von

sich und sagte mit eher gleichgültigem Tonfall: „Ja, von dort hat man den besten Blick."

„Wir langweilen Alfred mit diesem ganzen Gerede über die Party. Kommen heute Abend auch andere Bekannte von Ihnen, Alfred?"

„Ja, ein paar Leute aus unserem Freundeskreis." Alfred stand auf und streckte Violet die Hand entgegen. „Komm, Violet, lass uns spazieren gehen. Wenn das Feuerwerk auf der Insel installiert ist, brauchen sie die Boote nicht mehr, und wir könnten ein bisschen rudern."

Ich blickte Alfred und Violet nach. Dass sie mich auf ihren kleinen Ruderausflug mitnahmen, konnte ich schlecht verlangen. Außerdem wäre so eine Bitte viel zu auffällig. Deshalb wandte ich meine Aufmerksamkeit Sebastian zu, der gerade mitten in einer Erzählung war: „...hatten ein paar Gentlemen aus der Stadt überredet, ein Wettrennen mit uns zu veranstalten, und schließlich haben sie tatsächlich eingewilligt. Monty wird es abstreiten, aber es war seine Idee. Ich habe also wie ein Schiedsrichter eine Startlinie auf dem Gehweg markiert, dann rief ich: ‚Los!' Und schon sausten sie los. Monty wurde langsamer, um dem Mann einen Vorsprung zu lassen, und als er an einem Polizisten vorbeikam, rief er plötzlich: ‚Haltet den Dieb!' Woraufhin der Polizist dem braven, ahnungslosen Mann hinterhergerannt ist, während Monty und ich in die andere Richtung abgebogen sind."

„Wie wunderbar gemein", freute sich Lady Pamela, „und wie furchtbar ungezogen."

„Ich weiß." Sebastian wandte sich Gwen zu. „Sie finden das sicher nicht gut."

„Es klingt nach einem lustigen Streich", antwortete Gwen.

„Oh ja, lustig war es wirklich."

„Du musst ihnen von dem Streich erzählen, den ihr auf der Universität gespielt habt", forderte Thea ihren Bruder auf. „Der übertrifft alle anderen Geschichten."

„So viel Zeit habe ich nicht. Ich muss sowieso nach dem Rechten sehen gehen …"

„Du *musst* es aber jetzt erzählen." Lady Pamela hüpfte in ihrem Stuhl auf und ab. „Ich bestehe darauf."

„Also gut. Auch wenn ich sicher bin, dass Gwen diesen Scherz ungehörig findet. Und ich kann es auch nicht schönreden, meine einzige Entschuldigung ist, dass ich jung und noch überheblicher war, als ich es jetzt bin."

Gwen verschluckte sich am Tee, doch sie schaffte es, sich sonst nichts weiter anmerken zu lassen. Sebastian sah sie an, dann räusperte er sich. „Es war so: Ein Wissenschaftler kam an die Universität und wurde hofiert und ausgesprochen fürstlich behandelt. Er wurde herumgeführt, ein Festmahl mit teurem Wein zu seinen Ehren veranstaltet und so weiter. Ein paar Wochen später hat unsere Uni dann ganz überraschend Besuch eines Nobelpreisträgers bekommen, ein Chemiker aus Deutschland, Dr. Klaus Klausenstein." Theatralisch hob er die Hand und sprach den Namen mit deutschem Akzent aus.

„Wer ist das?", wollte Lady Pamela wissen.

„Niemand!", gab Sebastian zur Antwort. „Wir haben ihn erfunden." Er legte die Hand auf die Brust und verneigte sich. „Der gute Doktor steht direkt vor Ihnen."

„Und niemand hat Sie erkannt?", wollte Gwen wissen.

„Nein, ich hatte eine Brille auf und einen großen Hut tief ins Gesicht gezogen. Außerdem hatte ich mir einen fabelhaften Bart angeklebt."

„Sprechen Sie denn Deutsch?", fragte ich.

„Kein einziges Wort", antwortete Sebastian und grinste so breit, dass es schien, als würde die Haut bald reißen. „Ich habe nur genickt und gelächelt. Selbst der Dekan hat es mir abgekauft. Es lief alles blendend, bis Dr. Heidelberg kam und mit mir reden wollte."

„Und dann?" Ich ahnte schon die Antwort. Sebastian war einfach zu gewitzt, um erwischt zu werden.

„Ich hatte einen ‚Assistenten‘ dabei, einen Freund, der nicht an dieser Uni studiert hat. Er hat für mich ‚übersetzt‘ und sagte, dass mir plötzlich unwohl sei und ich sofort gehen müsse. Genau wie jetzt auch", schloss er seine Rede und alle lachten.

Sebastian erhob sich und sagte, er müsse die Vorbereitungen weiter beaufsichtigen. Auch Lady Pamela sprang auf. „Und ich muss noch überlegen, was ich zur Party anziehe." Sie wandte sich Thea zu. „Du musst mitkommen und dir meine Kleider ansehen. Vielleicht das silberbestickte Kleid, das ich letzten Monat in Paris gekauft habe? Oder ist das zu viel des Guten?"

Thea erhob sich und strich den Rock glatt. „Für Sebastians Party ist nichts zu viel des Guten."

Eine Weile später stand ich in dem Zimmer, das man mir zugewiesen hatte. Es war in sanften Grüntönen gehalten und mit einem massiven Himmelbett ausgestattet. Ich betrachtete mich im Spiegel. Dasselbe Hausmädchen, das zuvor meine dürftigen Habseligkeiten ausgepackt hatte, reichte mir die lange Perlenkette meiner Mutter, die einzige, die ich besaß. Die Perlen berührten kühl meinen Nacken, und ich schlang die Kette doppelt um meinen Hals, sodass sie oben eng anlag, während der restliche Teil in einer losen Schlinge baumelte. Anschließend puderte ich mir die Nase und trug einen dezenten Lippenstift auf.

Jane, das junge Hausmädchen, stand hinter mir. Ihre weißblonden Locken spitzten unter der Haube hervor. Im schwachen Licht sah ich ihr schwarzes Kleid kaum, nur meine weißen Handschuhe, die sie in den Händen hielt, leuchteten davor. Die Perlenkette schwang hin und her, als ich mich umdrehte, um die Handschuhe entgegenzunehmen.

„Kann ich sonst noch etwas tun, Miss?"

„Das ist alles. Vielen Dank."

Jane ging und schloss leise die Tür hinter sich.

Ich zog die Handschuhe bis über die Ellbogen. Im Gegensatz zu Lady Pamela hatte ich keine Schwierigkeiten, was die Kleiderwahl für den Abend betraf. Keine Wahl zu haben konnte das Leben sehr vereinfachen. Im schummrigen Licht meines kläglichen Zimmers in London hatte das Kleid recht ansprechend ausgesehen, doch hier, im eleganten Herrenhaus Archly Manor, wirkte es ein wenig hausbacken. Ich befestigte das Band an der Taille, dann machte ich mich auf den Weg zum Salon. Schließlich war ich nicht hier, um mit meinen Kleidern aufzufallen, sondern um etwas über Alfred herauszufinden, und diese Party würde die perfekte Gelegenheit dazu bieten.

KAPITEL ACHT

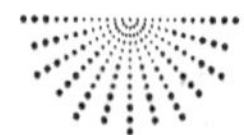

Ich kam ins Wohnzimmer und war überrascht, wie gediegen es mit der blauen Stofftapete wirkte, denn ich hätte mehr Exzentrik erwartet. Anscheinend beschränkte sich Sebastians unkonventioneller Geschmack auf Pappmascheefiguren. Ich blickte mich um. Meine Nähkünste ließen in Anbetracht der aufwendigen Abendkleider von Lady Pamela und Thea doch sehr zu wünschen übrig und ich fühlte mich schäbig neben ihnen. Wenigstens war ich mit meiner langen Perlenkette goldrichtig gelegen, denn auch die anderen Frauen trugen mehrere Stränge um den Hals geschlungen.

Sebastian reichte mir einen Cocktail. „Sie sehen entzückend aus."

Ich nippte an meinem Getränk und überlegte, ob er diese Äußerung ernst meinte oder ob er sich über mich lustig machte. „Danke."

„Gerade Linien stehen Ihnen."

Da Sebastian für seine zynischen Bemerkungen bekannt war, hielt ich das für einen Versuch, mich aufzuziehen. Doch er schien ganz unvoreingenommen meine Garderobe zu betrachten, und so sprach ich ihm eine künstlerische Perspektive zu und fasste seine Bemerkung nicht als hübsch verpackte Beleidigung auf.

Thea kam zu mir und befühlte den Tüllstoff meines Überkleides. „Hübsch. Wo haben Sie den gefunden?"

„In einem kleinen Laden in London."

„Sie müssen mir unbedingt den Namen des Geschäfts geben." Mit ihrem Glas deutete sie zu Sebastian. „Mein Bruder sagt immer, ich soll auf Schnörkel und Rüschen verzichten, aber ich mag sie so sehr."

Theas Kleid hatte zwar einen schlichten Schnitt, doch eine schwindelerregende Kombination aus Goldstickerei, Stiftperlen und Applikationen an Ausschnitt und Saum zierten es. In ihrem Haar steckte eine Spange mit einer Feder. Außerdem war Theas Perlenkette so lang, dass sie bis zur Taille des Kleides reichte.

Die Höflichkeit verlangte, ihr ebenfalls ein Kompliment auszusprechen, doch das einzige Wort, das mir einfiel, wenn ich ihr Kleid ansah, war *überwältigend*. Stattdessen brachte ich hervor: „Ihre Perlen sind wunderschön."

Sebastian hob sein Glas, um mir für diesen Kommentar zuzuprosten, seine Augen funkelten erheitert, doch er verkniff sich ein Lachen.

Thea berührte ihre Kette. „Die hat mir mein Mann von einer Geschäftsreise aus Shanghai mitgebracht. Hundertfünfzig perfekt passende Perlen. Kaufe stets nur das Beste, sage ich immer. Mein Mann ist derselben Meinung. Wenn man mindere Qualität kauft, spart man am falschen Ende."

„Es reicht doch, wenn er ständig seine Maxime wiederholt, musst du das auch tun, wenn er nicht hier ist?"

„Also wirklich, Sebastian, du bist unverbesserlich. Ich weiß gar nicht, warum ich mich mit dir abgebe."

„Weil ich dir ein Dach über dem Kopf gewähre und dich und deine beiden Plagegeister durchfüttere." Sebastian bot mir seinen Arm an. „Kommen Sie, Olive. Haben Sie schon die anderen Hausgäste kennengelernt?" Als wir uns von Thea entfernten, die vor Empörung nach Luft schnappte, sagte er vertraulich: „Gut gemacht, meine Liebe. Theas Perlen sind tatsächlich sehr exquisit und das Einzige, was heute Abend an ihr bewundernswert ist. Sicher nicht dieses furchtbare Kleid."

Sebastian führte mich durch den Raum und stellte mich zwei weiteren Hausgästen vor, die eben erst eingetroffen waren. Einer von ihnen war Monty Park. Er war groß, hatte blondes Haar und ein herzliches Lachen. Ich kannte ihn von einer Jagdgesellschaft. Wir hatten bei der Abendveranstaltung miteinander getanzt, wobei er mir mit vollem Gewicht auf die Zehen getreten war. Den anderen jungen Mann, der Tug hieß, kannte ich nicht. Er war klein, rothaarig und schien nur Augen für Lady Pamela zu haben. Man sah, wie sehr er sich bemühen musste, sich von ihrem Anblick loszureißen, als Sebastian mich mit ihm bekanntmachte.

Ich hatte leider keine weitere Gelegenheit, mich mit Monty oder Tug zu unterhalten, weil Mr. Babcock, der Butler, uns zu Tisch bat.

Im Speisezimmer mit seiner edlen Mahagonivertäfelung, den roten Tapeten und einer wunderschönen Stuckdecke nahmen zehn Personen an der langen Tafel Platz. Der arbeitsame Hugh erschien zwar nicht zum Essen, dafür aber James Henley, Sebastians Sekretär, ein ernster Mann mit Brille. Er bekam den Platz neben mir zugewiesen und erzählte ausführlich, wie schwierig die Installation der elektrischen Leitungen auf Archly Manor war, ohne dabei Parkett, Stuck oder Wandverkleidung zu beschädigen.

„Das klingt nach einer großen Herausforderung", sagte ich.

„Ja, das war es." James blickte zu Muriel, die gegenüber von ihm saß. „Sie haben ja noch das Ende der Arbeiten mitbekommen, als Sie aus Paris zurückgekommen sind. – Muriel kann Ihnen sagen, welches Chaos hier geherrscht hat."

„Ja, bei all dem Hämmern und Klopfen konnte man hier kaum unterrichten", bestätigte Muriel.

Darauf folgte Schweigen, das sich zu sehr auszudehnen drohte und mich nach einem neuen Thema suchen ließ, um die

Unterhaltung am Laufen zu halten. „Reisen Sie oft, Muriel? Waren Sie schon mal in Amerika?"

„Oh nein. Ich reise nur mit Mrs. Reid. Ich habe sie nach Paris begleitet."

„Ich verstehe. Hat es Ihnen gefallen?"

„Ja, sehr."

Als Monty mir eine Frage stellte, war ich froh, ihm meine Aufmerksamkeit widmen zu können, denn das Gespräch mit Muriel verlief sehr schleppend. Monty erinnerte sich noch an die Jagdgesellschaft. „Ich fürchte, ich habe keinen guten Eindruck hinterlassen", sagte er. „Oder vielmehr, einen zu tiefen Eindruck – auf Ihren Schuhen. Ich muss mich entschuldigen. Tanzen ist nicht meine Stärke."

„Was machen Sie dann zum Zeitvertreib?"

„Ich liebe Sport. Golf. Und Pferde."

„Pferde kaufen oder reiten?", fragte ich.

Doch bevor Monty antworten konnte, mischte sich Alfred ein: „Oder vielleicht Pferdewetten?"

So gequält wie Monty lächelte, hatte ich den Eindruck, dass er Alfreds Kommentar nicht guthieß. „Alles drei." Er starrte Alfred einen Moment lang an und sagte: „Es gibt kein Gesetz, das irgendetwas davon verbietet, oder?"

„Nein, das gibt es nicht", sagte Alfred und sein breites Lächeln dehnte sich noch ein bisschen weiter aus.

„Lasst uns doch nicht über Pferde sprechen", rief Violet und wandte sich an Sebastian. „Kommen heute Abend Musiker? Oder müssen wir uns mit dem Grammofon zufriedengeben?"

„Meine Liebe, würde ich eine Party ohne richtige Musik veranstalten? Natürlich habe ich ein nettes, kleines Orchester aus London einbestellt. Sie bauen gerade auf."

„Fabelhaft", seufzte Violet.

„Vielleicht kann uns Muriel heute Abend etwas vorsingen?", fragte Alfred.

Muriel wurde rot. „Heute Abend soll getanzt werden."

Violet, die neben Alfred saß, klopfte ihm auf den Arm. „Wie

ungezogen von dir. Warum sagst du denn so was? Du weißt doch, dass Muriel nicht … also, ich meine …"

Muriel lächelte Violet an. „Sie dürfen es schon sagen, Violet. Ich treffe keinen einzigen Ton, aber Alfred zieht mich gerne damit auf."

„Das sollte er besser lassen", sagte Violet, doch dann wandte sie sich mit einem freudigen Hüpfer wieder ihrem Verlobten zu. „Allerdings bringt es mich auf die Idee, dass *du* doch heute singen könntest, Alfred!"

Alfred schüttelte den Kopf. „Nein, Muriel hat Recht. Heute Abend soll getanzt werden."

Lady Pamela, die neben Sebastian saß, legte ihm die Hand auf den Arm. „Ich möchte diese Musik aus Amerika kennenlernen, die man dort spielt. Du warst doch vor Kurzem erst in Übersee. Erzähl uns davon."

„Das war vor etlichen Monaten", entgegnete Sebastian.

Lady Pamela zuckte mit den Achseln und spielte mit ihrer Kette. „Aber du hast doch Musik gehört? Du bist auch zu Revue-Vorstellungen gegangen, oder nicht?" Jetzt strich sie sich die Haare glatt. Sie schien ihre Hände nicht stillhalten zu können und war ständig dabei, mit irgendetwas zu spielen, an ihren Ringen zu drehen, das Besteck zu verschieben.

„Natürlich."

„Na, dann berichte uns davon."

Lady Pamela winkte ab, als der Hausdiener ihr den nächsten Gang anbieten wollte. Ich saß schräg gegenüber von ihr und konnte sehen, dass sie sehr wenig aß, genau so wie es Jasper über die jungen Damen der besseren Gesellschaft erwähnt hatte. Genau genommen stocherte sie eher in ihrem Essen herum und aß nur wenige Bissen davon.

Sebastian grinste Lady Pamela an. „Skandalöses Zeug, das kann ich euch sagen. Sie tanzen ganz wild, mit wedelnden Armen und Beinen. Die Zeitungen schreiben, dass das zum Niedergang der Gesellschaft führen wird."

„Superb! Das *musst* du uns zeigen", sagte Lady Pamela.

„Oh nein, ich bin nicht sehr talentiert. Dazu müsstest du in die Clubs gehen. Etwas Wilderes als Foxtrott wirst du bei mir kaum sehen."

„Spielverderber", sagte Lady Pamela und zog eine beleidigte Schnute.

~

NACH DEM ABENDESSEN FING ES AN, wilder zuzugehen. Ein Auto nach dem anderen fuhr vor und lud glitzernde Partygänger aus. Wie ein Heuschreckenschwarm stürzten sie sich aufs Buffet in der Empfangshalle. Sie tanzten zur Musik im Ballsaal, strömten auf die Terrassen hinaus. Als die Räume immer voller wurden, quollen die Gäste auch in den Garten. Überall auf dem Rasen bis zum See hinunter standen Leute.

Während die Zahl der Gäste stetig wuchs, sah ich mich im Ballsaal um. Dass ich hier auf Monty und Tug treffen würde, war unrealistisch, so voll war es mittlerweile. Nach dem Essen hatte mich Violet gebeten, ihre Frisur zu richten, da ein Kamm herausgefallen war. Ich hatte sie beiläufig gefragt, ob Monty und Tug gute Freunde von Alfred seien. „Ich glaube schon. Er erwähnt sie öfters", hatte sie gesagt. Violet war wild entschlossen, keinen Tanz auszulassen, und sie und Alfred waren pausenlos auf der Tanzfläche, wo sie, so gut es in dem Meer aus glitzernder Abendgarderobe möglich war, ihre Drehungen vollzogen. Leider war weder Monty noch Tug in der Nähe, und ich konnte keinen der beiden ausfindig machen.

Vielleicht waren sie in einem anderen Raum, also ging ich in Richtung der Empfangshalle im Rokokostil, an deren Wänden georgianische Porträts und goldgerahmte Landschaftsgemälde hingen. Auch andere Gäste drängten sich durch den Gang. Aus der Halle kam Jubel, Gekreisch, Applaus. Mitten im Tumult saß eine Frau auf einem Stuhl, still an die Wand gelehnt. Es war Thea, die den Kopf zur Seite neigte und mit den Fingerspitzen ihre Stirn massierte.

Ich ging zu ihr. „Geht es Ihnen nicht gut?"

Thea bewegte den Kopf nur wenige Zentimeter und kniff die Augen zusammen, als sie mich ansah. „Nein, ich fühle mich nicht gut. Eine Migräneattacke, fürchte ich."

Sie war blass und hatte einen gequälten Gesichtsausdruck. Eine Gruppe gackernder junger Frauen lief an uns vorbei. Wieder verzog Thea das Gesicht und bedeckte die Augen mit der Hand.

„Kann ich irgendetwas für Sie tun?"

„Lady Pamela wollte mir eines ihrer Kopfschmerzpulver bringen. Sie sagt, es wirkt Wunder, doch jetzt ist sie verschwunden." Thea zeigte zum Ende des Ganges, ohne die Augen zu öffnen. „Ich glaube, sie wollte ins Speisezimmer."

„Ich gehe sie suchen."

Das Speisezimmer war leer, bis auf zwei Personen – eine Frau, die am Ende der Tafel auf dem Schoß eines Mannes saß. Die beiden waren sehr miteinander ... beschäftigt und bemerkten mich nicht. Ich ging zum nächsten Raum, ein kleineres Lesezimmer. Als ich die Tür öffnete, fuhr Lady Pamela, die über ein rundes Kirschholztischchen gebeugt stand, erschrocken hoch. Die beiden anderen Frauen wirkten ebenfalls ertappt.

„Lady Pamela", sagte ich. „Thea wartet auf Sie."

Lady Pamela rauschte auf mich zu, nahm meine Hände und drehte sich mit mir im Kreis. „Oh, Olivia, habe ich Ihnen nicht gesagt, dass Sebastian die göttlichsten Gesellschaften veranstaltet? Einfach nur göttlich!"

Ich war viel zu überrascht, um sie zu korrigieren und ihr zu sagen, dass ich Olive hieß. Dann bemerkte ich ihre stark geweiteten Pupillen, die von der grünen Iris nur einen dünnen Rand übrigließen. Lady Pamela wirbelte mich ein weiteres Mal herum, und als sie mich losließ, stieß ich so gegen das kleine Tischchen, dass die Blumenvase darauf ins Wanken geriet. Lady Pamela flatterte mit den zwei anderen jungen Damen hinaus, während ich die Vase rettete. Doch dann erschien sie noch einmal in der Tür. „Meine Handtasche muss noch …"

„Ja, hier ist sie." Es musste ihre Tasche sein, denn die glänzenden schwarzen und silbernen Pailletten waren dieselben wie auf ihrem Kleid. Sie lag halb geöffnet auf dem Tisch, der Inhalt war herausgerutscht. Ich legte eine Puderdose und ein Zigarettenetui wieder hinein und griff nach dem Taschentuch. Als ich den hauchdünnen Stoff in der Hand hielt, fielen zwei glitzernde Schmucksteine heraus, quadratische Smaragde, umsäumt von kleinen Diamanten. Der Schliff der grünen Edelsteine spiegelte das Licht auf die polierte Tischoberfläche. Es war eigenartig, dass Lady Pamela diese wunderschönen Kleiderspangen nicht trug, doch vielleicht war sie der Meinung gewesen, dass Grün nicht zu ihrem schwarzen Kleid passte. Ich legte den Schmuck in die Tasche, die mir Lady Pamela jetzt aus der Hand riss, bevor sie wieder hinauseilte.

Meine Finger fühlten sich staubig an. Als ich sie gegen den Daumen rieb, merkte ich, dass sie von einer dünnen Puderschicht bedeckt waren. Ich schaltete die Lampe neben dem Blumenarrangement an. Ein weißes Pulver bedeckte an manchen Stellen die sonst glänzende Oberfläche des Tisches.

Ich ging zu Thea zurück und fand sie in derselben Position vor, wie ich sie zurückgelassen hatte. „Haben Sie das Kopfschmerzmittel?"

„Nein. Und ich denke, Sie sollten von Lady Pamela besser kein Pulver nehmen, egal welcher Art. Aber sicherlich hat die Haushälterin etwas für Sie."

„Ja, wahrscheinlich hat Mrs. Foster etwas. Vielleicht sollte ich besser auf mein Zimmer gehen." Sie sagte das, als würde es sich um eine Arktisüberquerung handeln. Die Lichter in der Empfangshalle blendeten sie anscheinend so sehr, dass sie kaum die Augen offenhalten konnte. Bei jedem Geräusch zuckte sie zusammen.

In diesem tosenden Gemenge konnte ich sie schlecht allein lassen. „Ich helfe Ihnen." Ich legte die Hand unter ihren Ellenbogen, half ihr auf und führte ich sie dann langsam durch den Gang zur Empfangshalle.

„Um Himmels willen", stöhnte Thea, als wir die Halle erreichten.

Oben auf dem Treppenabsatz saß mitten auf dem roten Läufer, der sich die gesamte Treppe hinunter zog, ein junger Mann im Abendanzug auf einem Silbertablett. Jeder hätte auf einem großen Serviertablett sitzend komisch ausgesehen, doch vor der stuckverzierten Wand mit den steifen Ahnenporträts wirkte die Szene geradezu grotesk.

Irgendjemand aus der Menge rief: „Los!", und schon holperte der Mann auf seinem Tablett wie auf einem Schlitten die Treppe herunter. Es erinnerte mich an einen Cowboy auf einem Wildpferd, auch wenn ich das natürlich noch nie gesehen hatte. Mit lautem Scheppern landete er unter dem tosenden Applaus der Zuschauer auf dem Marmorboden.

Thea krallte sich an meinem Arm fest. „Ich weiß nicht, ob ich … Ich meine, denken Sie, wir kommen überhaupt durch?"

„Ich sorge schon dafür." Ich drehte mich um und rief laut: „Entschuldigung, bitte lassen Sie uns durch. Verzeihung, sie braucht frische Luft."

Ich zählte darauf, dass die feierfreudigen Gäste durchaus damit vertraut waren, dass manch einer einen über den Durst trank. Tatsächlich machten sie uns Platz. Ich führte Thea am Ellbogen die Treppe hoch. Als wir am Absatz ankamen, brach erneutes Getöse aus, während das Spiel fortgesetzt wurde.

Ein Hausdiener streckte einhaltgebietend die Hand aus, um uns aufzuhalten, doch dann erkannte er Thea und ließ uns durch. „Warum blockiert er die Treppe?"

„Ach, Sebastian macht das immer, wenn er eine Gesellschaft gibt", sagte Thea schwach. Man merkte ihr an, welche Mühe sie das Treppensteigen kostete, weshalb ich nicht weiter fragte, doch sie fuhr fort: „Niemand hat Zutritt zu den oberen Stockwerken, das ist seine einzige Regel. Oben ist sein Studio und seine Fotografieausrüstung. Da ist er sehr eigen. Der Rest des

Hauses ist ihm egal, doch wenn irgendetwas, das mit seinen Fotografien zu tun hat, kaputtgehen würde, wäre er außer sich."

„Gibt es denn keine anderen Treppen nach oben? Die Dienerschaft hat doch sicher eine eigene?"

„Natürlich. Aber auch dort hält ein Diener die Gäste fern. Sebastian ist sehr gründlich. Er geht kein Risiko ein, wenn es um seine kostbaren Fotografien geht."

Thea zeigte, welches Zimmer sie bewohnte. Ich klingelte nach einer Bediensteten, während sich Thea langsam auf einem Sessel niederließ. „Ihr Mädchen wird gleich hier sein", sagte ich, während ich bis auf eine Tischlampe alle Lichter im Zimmer ausschaltete.

Thea sprach jetzt mit geschlossenen Augen und massierte sich die Schläfen. „Mein Mädchen ist nicht mitgekommen. Sie ist krank und bei ihrer Schwester in London geblieben."

„Soll ich vielleicht nach Muriel rufen lassen?"

„Nein, sie kümmert sich um die Kinder, und es wäre mir lieber, wenn sie bei ihnen bleibt. An einem Abend wie diesem wird Paul versucht sein, sich heimlich aus dem Haus zu schleichen, um das Feuerwerk zu sehen. Sie soll ihn lieber im Auge behalten."

Jane kam herein. Sie hatte die Tür aufgeworfen und konnte gerade verhindern, dass sie laut gegen die Wand krachte. Dann schloss sie sie sanft und blieb einen kurzen Moment mit dem Rücken zu uns stehen. Ihre Schultern hoben und senkten sich, während sie offenbar tief durchatmete. Beim Ankleiden für das Abendessen war sie unterwürfig und hilfsbereit gewesen, jetzt aber wirkte sie verändert. Als sie sich umdrehte, waren ihre Wangen gerötet, die Augen funkelten. Ich erklärte ihr, dass Thea ein Kopfschmerzpulver brauchte und möglicherweise auch einen Schlaftrunk. Jetzt schien sie sich wieder gefasst zu haben. „Sehr wohl, Madam. Ich kümmere mich sofort darum."

Ich verließ das Zimmer, wich den Gästen auf der Treppe aus und kehrte in den Ballsaal zurück. Nach der gedämpften Stille in Theas Zimmer fand ich das Getöse im Ballsaal wenig angenehm. Die Musik war zu laut und das Gemenge so dicht, dass ich in alle Richtungen geschoben wurde und ich kaum etwas sehen konnte. Ich drängte mich an zwei Gästen vorbei und stieß plötzlich gegen Tug. „Ich habe nach Ihnen gesucht", sagte ich.

Er beugte sich viel zu dicht zu mir herunter, sodass ich seinen sauren, alkoholischen Atem riechen konnte. „Das freut mich. Wie wäre es mit einem Tänzchen?"

Ich dachte an die fünfzig Pfund von Tante Caroline. „Einverstanden." Wenigstens wurde ein schneller Takt gespielt und ich würde ihn leichter auf Abstand halten können.

Das Lied war schon zur Hälfte vorbei, als wir uns durch das Gehopse auf der Tanzfläche schoben. Bei der erstbesten Gelegenheit fragte ich: „Kennen Sie Alfred schon lange?"

Er schüttelte den Kopf. „Ich weiß nicht, wo Alfred ist."

„Nein, ich sagte ..."

Aber Tug redete weiter: „Er und Violet hatten einen Streit. Ärger im Paradies."

„Oh nein." Da ließ ich mich gerne von meiner ursprünglichen Frage ablenken. „Worüber denn?" Ein Streit zwischen Alfred und Violet war möglicherweise nichts Schlechtes – wenn sich die beiden voneinander trennten, müssten sich Tante Caroline und Gwen keine Sorgen mehr machen. Allerdings würde es auch bedeuten, dass ich keine Arbeit mehr hätte. Doch diesen Gedanken verdrängte ich vorerst.

„Keine Ahnung. Wahrscheinlich über eine Frau."

„Wie kommen Sie denn darauf?"

„Nun ja, Alfred ist ein ziemlicher Frauenheld ..." Er blinzelte. Die Erinnerung daran, dass ich eine Verwandte von Violet war, drang wohl gerade bis zu seinem alkoholgebeizten Gehirn vor. „Ich meine ..."

„Natürlich." Meinetwegen hätte er sich ruhig weiter vor Peinlichkeit winden können, doch er war ein guter Informant, und so kam ich ihm zur Rettung. „Wie lange kennen Sie Alfred schon?", fragte ich und musste dabei fast schreien, um die Musik zu übertönen.

„Seit einer Weile. Schwierig, den Überblick über die Zeit zu behalten."

„Wo haben Sie ihn kennengelernt?"

„Auf einer Party."

Das Lied war zu Ende und nun ging eine Welle der Aufregung durch die tanzenden Paare. Das Wort *Feuerwerk* machte die Runde. Ich wurde mit den anderen Leuten ins Freie gespült. Tug und ich wurden dabei voneinander getrennt, worüber ich nicht wirklich traurig war. Ich löste mich von der Menge und ging die Treppen zum Garten hinunter, um nach Gwen Ausschau zu halten. Zuletzt hatte ich sie im Ballsaal gesehen, wo sie Violet im Auge behalten hatte.

„Hallo, Olive."

Als ich mich umdrehte, stand Monty vor mir. Er zündete sich eine Zigarette an, und die Flamme erleuchtete für einen Augenblick sein Gesicht, dann bot er mir das Etui an. "Möchten Sie eine?"

"Nein, vielen Dank."

Er klappte das Feuerzeug zu und steckte es wieder ein. „Ich glaube, von dort drüben bei den Bäumen haben wir die beste Sicht aufs Feuerwerk."

Ein Heulen zischte durch die Luft, dann explodierte der Himmel in einem funkelnden Lichtermeer.

„Wie gefällt Ihnen die Party?", fragte ich. Im Gegensatz zu Tug schien Monty so nüchtern wie zuvor zu sein.

Seine Zigarette glimmte rot auf, dann blies Monty den Rauch in die andere Richtung. „Sebastian macht aus stets ein großes Ereignis aus seinen Partys." Feuerwerksraketen schossen durch die Luft und eine nach der anderen zauberte ein Sternenmeer an den schwarzen Himmel. Das Funkeln spiegelte sich im See wider. Weiße Schwaden zogen übers Wasser, dich noch war der Rauch nicht so beißend, dass er einen Asthmaanfall auslösen würde.

„Wo ist eigentlich der Gastgeber? Ich habe Sebastian gar nicht mehr gesehen."

„Wahrscheinlich auf dem Balkon. Von da hat man die beste Sicht."

Monty blickte über die Schulter zum Haus zurück. „Was in aller Welt …?"

Er klang so erschrocken, dass ich mich ebenfalls umdrehte. Zwei Gestalten rangen auf dem Balkon miteinander. Im schwachen Licht, das aus der offenen Tür fiel, sah man nur die Silhouetten. Wieder pfiff ein Feuerwerkskörper durch die Luft, bevor er hell über dem Haus explodierte und für einen kurzen Moment zeigte, dass es sich bei den beiden Gestalten um einen Mann mit dunklem Haar im Abendanzug und um eine Frau mit blondem Pagenkopf und glitzerndem Kleid handelte. Und just in dem Moment, in dem die funkelnden Lichter erloschen, flog eine der beiden Gestalten über die Balustrade.

KAPITEL NEUN

Einen Moment lang blieb ich wie angewurzelt stehen. Dann sprintete ich zum Haus, während sich meine Gedanken überschlugen. Violet und Alfred – sie hatten vorgehabt, das Feuerwerk vom Balkon aus anzusehen. War das etwa Violet gewesen?

Monty war ebenfalls losgerannt. Wir hielten auf die Lichtflecken zu, die aus den hellerleuchteten Fenstern fielen. Als ich die Stufen zur Terrasse erreichte, wurde meine Brust eng, und wieder einmal legte sich das altbekannte Band um meine Lunge und zog sich immer fester zu. Nach Luft ringend versuchte ich, mich zu beruhigen.

Monty hatte nicht bemerkt, dass ich langsamer geworden war. Er war mit seinen langen Schritten schon die Stufen hinaufgestürmt. Mein Atem normalisierte sich und ich lief langsamer weiter. Als ich oben angekommen war, hatte Monty bereits die Stelle unterhalb des Balkons erreicht.

Einen Moment lang blieb er regungslos stehen und starrte auf den Boden. Dann drehte er sich mit der Hand vor dem Mund um. Ich hatte jetzt meinen Atem wieder unter Kontrolle und trat zu ihm, doch er stellte sich mir in den Weg und hielt mich am Oberarm fest. „Gehen Sie nicht dorthin!"

Ich musste nicht näher kommen, denn ich sah auch so, dass es sich bei der Person auf dem Boden um einen Mann handelte. Sein Rumpf lag im Schatten, doch seine schwarzgekleideten Beine waren vom Licht der Fenster erhellt. Der unnatürliche Winkel und die völlige Reglosigkeit konnten nur eines bedeuten.

Doch es war nicht Violet! Ich holte Luft, was mir jetzt besser gelang. „Wer ist es?"

„Alfred."

Ich blickte hinauf zum Balkon, der jetzt leer war. Immer noch explodierten Feuerwerkskörper über unseren Köpfen und erhellten für wenige Augenblicke das Haus und Alfreds Leichnam. Ich drehte mich um und schluckte schwer. Ich hatte solche Angst gehabt, dass es sich vielleicht um Violet handeln könnte, dass ich jetzt vor Erleichterung zitterte. Auch wenn die ganze Situation schrecklich war, spürte ich große Dankbarkeit dafür, dass es nicht meine Cousine war, die dort leblos am Boden lag. Doch ich konnte kaum fassen, was passiert war. Es war so … surreal. Menschen wurden nicht einfach von Balkonen gestoßen. Und trotzdem lag dort, nur wenige Schritte von mir entfernt, still und regungslos Alfred.

„… die Polizei."

Montys Worte drangen in mein Bewusstsein. „Wie bitte? Oh, die Polizei. Ja, natürlich." Jemand musste die Polizei rufen.

Monty sagte zu mir: „Gehen Sie zu Babcock, dem Butler. Sagen Sie ihm, dass er die Polizei anrufen soll. Können Sie das?"

Dass er meine Fähigkeit infrage stellte, veranlasste mich, meinen Rücken zu straffen. „Natürlich! Und wenn ich Babcock nicht finde, rufe ich selbst an."

Monty zog die Augenbrauen hoch, während ich mich schon auf den Weg machte, bevor er noch eine Gelegenheit hatte, etwas zu erwidern. Ich hörte noch, wie er einen Hausdiener anwies, Alfreds Leichnam abzuschirmen und dafür zu sorgen, dass alle Leute, die oben waren, auch oben blieben. Monty hatte natürlich Recht. Jemand – genauer gesagt eine Frau – hatte Alfred vom Balkon gestoßen und möglicherweise war sie noch oben.

Als ich über die Terrasse eilte, rutschte ich aus. Zum Glück konnte ich mich gerade noch rechtzeitig fangen. Vor meinen Füßen lag ein Strang von ungefähr zehn glänzenden Perlen, der jetzt in der Fuge zwischen die Steinplatten gerutscht war. Die Perlen sahen wertvoll aus und ich wollte sie nicht dort liegen lassen. Da ich keine Handtasche hatte und auch mein Kleid keine Aufbewahrungsmöglichkeit aufwies, überlegte ich kurz, dann ließ ich den Strang in den Handschuh gleiten, wo er kühl meine Haut berührte.

Die Musiker hatten eine Pause eingelegt, weshalb gerade niemand im Ballsaal war. Ich rannte weiter zur Empfangshalle, in der die Möbel zur Seite gerückt waren. Auf den Tischen und den Treppenstufen standen benutzte Gläser und halbleere Teller herum. Babcock sammelte gerade das große Silbertablett ein, das die Gäste am Fuß der Treppe zurückgelassen hatten. Eilig trat ich zu ihm. „Sie müssen die Polizei rufen, sie muss sofort kommen. Ein Mann – Alfred Eton – ist ermordet worden. Er wurde vom Balkon gestoßen."

Babcock richtete sich langsam mit dem Tablett in der Hand auf. Ein Butler war immer um einen unbeteiligten Gesichtsausdruck bemüht, doch ich hatte ihn wohl genug erschreckt, dass er jetzt immerhin die Augenbrauen hochzog. „Wie bedauerlich. Ich kümmere mich umgehend darum."

„Danke." Ich war schon auf den Treppenstufen. „Und wahrscheinlich sollten Sie auch Sebastian suchen und ihn wissen lassen, was passiert ist."

„Natürlich, Madam."

Er klemmte das Tablett unter den Arm und ging zum Telefon unter der Treppe. Der Diener, der immer noch Wache hielt, erkannte mich als Hausgast und trat zur Seite, um mich durchzulassen. Noch jemand kam die Stufen hochgerannt. Es war Monty. Er wies den Diener an, niemanden hinuntergehen zu lassen. Da ich mir zu viele Gedanken um Violet machte, blieb ich nicht stehen, um noch einmal mit Monty zu sprechen.

Oben im Flur sah ich zu den Zimmern auf der Rückseite des Hauses, von denen aus man den See und das Feuerwerk überblickte. Die Tür von Alfreds Zimmer stand weit offen, es war leer. Die beiden anderen Räume auf dieser Seite waren die von Lady Pamela und Thea. Dort würde sich Violet wohl nicht aufhalten, doch vielleicht irrte ich mich? Oder war Violet gar nicht mit Alfred nach oben gegangen, um das Feuerwerk zu sehen? Um sicherzugehen, würde ich trotzdem in ihrem Zimmer nachsehen. Violet, Gwen und ich hatten die Zimmer auf der Vorderseite zugewiesen bekommen.

Eine Tür öffnete sich. Lady Pamela kam aus ihrem Zimmer und sofort fürchtete ich, dass sie wieder Ringelreihen mit mir tanzen würde. Doch ihr war offensichtlich nicht nach solchen Spielereien zumute. Als sie näherkam, sah ich, dass ihre Pupillen immer noch geweitet waren. Jetzt schien sie jedoch weniger euphorisch, sondern eher zornig zu sein. Außerdem trug sie ein anderes Kleid, ein rosafarbenes mit winzigen Perlen.

Sie bemerkte meinen Blick. „Tug, dieser Tölpel, hat seinen Drink über mich geschüttet", erklärte sie, dann ging sie.

Ich klopfte an Violets Tür, während Lady Pamelas herrische Stimme zu hören war: „Lassen Sie mich sofort durch." Offenbar folgte der Hausdiener seinen Anweisungen, während Monty mit ruhiger Stimme etwas zu ihr sagte.

„Herein."

Ich betrat Violets Zimmer, das meinem zwar ähnelte, doch in der Farbe von blühendem Lavendel gehalten war. Violet saß mit dem Rücken zu mir an einem kleinen Schreibtisch, der zwischen zwei langen Fenstern stand. Sie beugte sich über den Tisch, ihre Füllfeder kratzte auf einem Papier. „Kommst du, um dich zu entschuldigen?" Ihr Tonfall klang eisig.

„Nein."

Sofort drehte sie sich um. „Ich dachte, du bist Alfred."

So vertraut waren sie und Alfred also, dass sie dachte, er

würde in ihr Zimmer kommen. Anscheinend war ihre Beziehung viel intimer, als Tante Caroline oder Gwen geahnt hatten. „Was machst du?", fragte ich. Es war untypisch für Violet, dass sie sich in ihr Zimmer zurückzog, während draußen gefeiert wurde.

„Ich schreibe einen Brief an Alfred, in dem ich ihm erkläre, wie wütend ich bin."

„Oh." Ich räusperte mich. „Ich fürchte, ich habe schlechte Nachrichten für dich." Ich hielt inne, weil ich nicht wusste, wie ich fortfahren sollte. So nüchtern, wie ich es Babcock gesagt hatte, konnte ich es ihr kaum sagen. Meine Nachricht würde sie fassungslos machen. Bei dem Gedanken, was sie gleich erfahren würde, wurde mir übel.

Da klopfte es an der Durchgangstür, die Violets Zimmer und das von Gwen miteinander verband.

„Violet, bist du hier?" Die Tür öffnete sich einen Spalt, Gwen streckte den Kopf hinein. „Dachte ich mir doch, dass ich Stimmen gehört habe. Hallo, Olive, ich habe dich seit Stunden nicht mehr gesehen."

„Ja, ich habe mich auch schon gefragt, wo du steckst."

„In der Küche hat es eine Situation gegeben, darum habe ich ein wenig ausgeholfen."

„So etwas kannst auch nur du tun, auf dem Ball von anderen Leuten arbeiten", sagte ich, dankbar für die kurze Ablenkung.

„Ich konnte doch die arme Köchin nicht im Stich lassen. Sie hat nicht gewusst, wie viele Leute zu dieser Abendgesellschaft kommen würden."

Violet schloss die Klappe des Sekretärs und drehte sich zu uns um. „Dann muss sie neu sein. Sebastians Partys sind doch immer so groß. Es spricht sich herum und jedes Mal kommen noch mehr Leute. Eigentlich geht es heute noch recht zahm zu. Wahrscheinlich werden die Gäste den Abend trotz des Feuerwerks schon bald vergessen haben."

Das schreckliche Gefühl in meinem Bauch verstärkte sich.

Diese Feier würde niemand so schnell vergessen. „Violet, ich fürchte, ich habe schlechte Nachrichten …"

Doch Violet war vom Stuhl aufgesprungen und ging zu Gwen. „Was hast du mit deiner Hand gemacht?"

Gwen kam ganz herein und streckte ihre Hand, die in ein Tuch gewickelt war, aus. „Jemand hat ein Champagnerglas fallen lassen, und als ich die Scherben aufheben wollte, habe ich mich geschnitten."

„Ach, Gwen", schalt Violet, „warum hast du denn keinen Diener gerufen, damit er sich darum kümmert?"

Ich nahm vorsichtig das Tuch weg, um Gwens Hand zu untersuchen. „Weil Gwen alles selbst erledigen und niemandem Unannehmlichkeiten bereiten will. Aber zum Glück sieht es nicht so schlimm aus. Die Wunde scheint nicht sehr tief zu sein, sie blutet schon fast nicht mehr." Ein langer Schnitt erstreckte sich vom Daumenansatz bis zum Handgelenk.

„Es ist nichts", sagte sie. „Ich wollte mir gerade ein Pflaster holen." Gwen tupfte mit dem Tuch die Wunde ab. „Ich komme gleich wieder. Und dann können wir runtergehen und gemeinsam das Feuerwerk zu Ende ansehen, ja?"

„Das ist keine gute Idee", erwiderte ich. „Es überrascht mich, dass sie überhaupt weitermachen." Obwohl wir von dieser Seite des Hauses nur die Auffahrt und nicht das Feuerwerk über dem See sehen konnten, konnte man das Knallen und Heulen hören. „Aber ich nehme an, es ist noch niemand geschickt worden, um ihnen zu sagen, dass sie aufhören sollen."

„Aber warum sollten sie denn aufhören?", fragte Violet erstaunt.

„Es hat einen …" Ich wollte erst Unfall sagen, aber das stimmte ja nicht. Alfreds Sturz vom Balkon war schließlich kein Unfall gewesen.

Gwen sah mich schief an. „Was ist los, Olive? Du bist so blass. Fühlst du dich nicht wohl?"

„Mir geht es gut. Es ist … Kommt, setzt euch." Ich zog beide zu den Sesseln vor dem Kamin und drängte sie sanft, sich zu setzen. Dann zog ich für mich den Schreibtischstuhl heran. Nachdem ich tief durchgeatmet hatte, nahm ich Violets Hände. „Es tut mir furchtbar leid, dir das sagen zu müssen. Alfred wurde vom Balkon gestoßen und …"

Violet blinzelte. „Was?"

„Alfred ist vom Balkon gestoßen worden …"

Sie sprang auf. „Wo ist er? Ich muss zu ihm. Warum hast du mir das nicht gleich gesagt, als du reingekommen bist?"

Sie wollte zur Tür, aber ich hielt sie fest. „Er ist … das heißt … er hat den Sturz nicht überlebt."

Entsetzt sog Gwen die Luft ein. Violet starrte mich einen Moment lang nur an, dann wurde ihr Gesicht hart. „Ich weiß ja, dass diese Leute hier immer irgendwelche Streiche spielen, aber so einer ist grausam. Wie kannst du nur so etwas sagen?"

„Es ist kein Streich." Ich hatte erwartet, dass sie zusammenbrechen würde, und hatte mich darauf vorbereitet, sie zu halten, ihr beruhigend übers Haar zu streichen, während sie an meiner Schulter schluchzte. Doch Violet starrte mich nur an, als würde das, was ich sagte, keinen Sinn ergeben.

„Das kann doch gar nicht sein. Er kann nicht tot sein. Er ist hier, auf der anderen Seite des Flurs, in seinem Zimmer. Wir wollten das Feuerwerk ansehen, aber Alfred war unerträglich."

„Also warst du mit ihm auf dem Balkon?", fragte ich. „Wer war noch bei euch?"

„Niemand. Ich meine, ich bin gar nicht auf den Balkon gegangen. Wir haben uns gestritten, bevor das Feuerwerk angefangen hat. Er war so stur. Ich konnte es nicht länger ertragen, also bin ich … ich habe ihn stehen lassen und bin in mein Zimmer gegangen. Er ist immer noch da, auf dem Balkon vor seinem Zimmer. Er muss da sein. Wenn ihm was geschehen wäre, würde ich es doch wissen." Sie legte die Hand auf die Brust. „Ich würde es hier fühlen."

„Es tut mir leid, Violet."

„Nein. Nimm es zurück." Ihr Ton war streng. „Es ist nicht wahr!"

Sanft sprach ich auf sie ein: „Ich lüge dich nicht an."

Jetzt veränderte sich Violets Gesichtsausdruck. Sie runzelte die Stirn. „Nein. Du irrst dich", sagte sie, klang aber nicht mehr so sicher.

Gwen war aufgestanden. Sie legte den Arm um Violet, schob sie auf den Sessel zurück und drückte sie sanft hinunter. Mit der unverletzten Hand nahm sie die Decke vom Bett und legte sie über Violets Schoß.

Violet sah mich lange an, dann fragte sie: „Was ist passiert?"

Ich berichtete, was ich vom Garten aus gesehen hatte, beschrieb jedoch Alfreds reglosen Körper auf der Terrasse nicht genauer.

„Er ist gestoßen worden?", wiederholte Violet. „Das heißt, er ist ermordet worden? Jemand hat ihn getötet?"

„Ja."

Gwen klingelte nach dem Dienstmädchen, wahrscheinlich um nach einer Tasse Tee oder einem Schlaftrunk für Violet zu fragen.

Unterdessen murmelte Violet vor sich hin: „Dann stimmt es also doch."

„Was stimmt doch, Violet?", fragte ich.

„Nichts", flüsterte sie, „das spielt jetzt keine Rolle mehr."

ALS DIE BEAMTEN KAMEN, ließen sie sich die Namen aller Gäste geben, die anschließend nach Hause geschickt wurden. Es war fast drei Uhr morgens, als es an Violets Zimmertür klopfte. Die Polizisten hatte Gwen und mich angewiesen, in Violets Zimmer zu bleiben, bis wir zur Vernehmung gerufen wurden.

Violet saß zusammengesunken auf dem Sessel. Sie hatte geweint, doch jetzt starrte sie nur ins Leere, in Gedanken versunken. Gwen hatte sie umsorgt und versucht, sie zu einem

Beruhigungspulver zu überreden, doch Violet hatte nur den Kopf geschüttelt. Sie bewegte sich nicht, reagierte nicht einmal, als ein Dienstmädchen mit dunklen Locken und einer langen Nase ins Zimmer kam. „Der Inspector möchte Sie jetzt sehen, Miss Olive."

Ich stand auf. „Wo ist er?"

„Er wartet im Arbeitszimmer von Mr. Blakely. Ich bringe Sie hin."

Ich folgte dem Mädchen. Vor Alfreds Zimmer stand ein Constable. Im Vorbeigehen warf ich einen Blick hinein. Im Raum befanden sich eine Menge Leute. Im Schein einer Taschenlampe sah ich kurz den Balkon.

Der Diener, der zuvor die Treppe bewacht hatte, war verschwunden. Wir stiegen über die Reste, die die Partygesellschaft auf den Stufen hinterlassen hatte, ins Erdgeschoss hinunter. Unten trug ein Dienstmädchen ein Tablett mit Teegeschirr durch die Halle. Das beruhigende Aroma von frisch aufgebrühtem Tee stieg mir in die Nase. Ich musste an Violets trance-artigen Zustand denken und sagte zu dem Hausmädchen neben mir: „Würden Sie bitte Jane ausrichten, dass sie eine frische Kanne Tee auf Violets Zimmer bringen soll?"

Das Mädchen knetete ihre Schürze, ihr Blick huschte unsicher umher. „Das kann ich nicht."

„Wieso können Sie nicht?"

„Ich meine, ich kann mich gerne selbst drum kümmern, aber ich kann es Jane nicht ausrichten. Sie ist weg."

„Weg?"

Das Mädchen senkte die Stimme. „Jane hat ihre Sachen gepackt und ist gegangen. Sie ist zur Tür hinaus, das habe ich selbst gesehen. Und vorher hat sie das Telefon unter der Treppe benutzt, obwohl wir das eigentlich nicht dürfen. Sie hat Mr. Brown angerufen, dann ist sie gegangen."

„Mr. Brown?"

„Der Taxifahrer hier im Ort. Jane hat Mr. Brown gesagt, dass er am Tor warten soll."

„Wann war das?"

„Kurz vor Mitternacht, vor dem Feuerwerk." Das Dienstmädchen mit dem Teetablett kam jetzt aus dem kleinen Zimmer, das Sebastians Arbeitszimmer sein musste. Sie ließ die Tür offen stehen. „Der Inspector erwartet Sie. Ich kümmere mich um den Tee für Miss Violet", sagte meine Begleitung. Sie war schüchtern, denn anstatt mich ins Zimmer zu führen und mich anzukündigen, ließ sie mich draußen stehen, zog den Kopf ein und ging.

Eine männliche Stimme polterte: „Ich halte nichts von diesen wilden jungen Leuten, sie machen nur Ärger. Seit Mr. Blakely in die Gegend gezogen ist, hat es noch keinen Moment Ruhe gegeben. Seitdem rasen zu jeder Tages-- und Nachtzeit Automobile durch den Ort. Constable Phiney hat letzten Monat sogar einige Subjekte aus dem Brunnen vertreiben müssen. Sie haben nach Mitternacht darin herumgeplanscht. Glauben Sie mir, das hier ist nur der Streit eines Liebespaars, der aus dem Ruder gelaufen ist. Wahrscheinlich war die junge Frau betrunken oder hat Drogen genommen. Dann hat sie ihrem Zukünftigen einen Stoß versetzt. Genau so wird es passiert sein."

Ich war empört. Wie konnte er wagen zu behaupten, dass Violet betrunken war oder gar Drogen genommen hatte! Der Polizist hatte noch nicht einmal mit ihr gesprochen, er wusste überhaupt nichts über sie.

Eine andere, ebenfalls männliche Stimme, antwortete: „Wir werden sehen, Inspector. Wir erledigen heute Nacht unseren Teil der Arbeit, dann rufen wir Scotland Yard dazu. Da hier die feine Gesellschaft beteiligt ist, ist es besser, wenn die sich darum kümmern."

Es würde Violet nichts nutzen, wenn ich mich aus der Ruhe bringen ließ. Ich atmete beherrscht ein und schluckte den Ärger hinunter, den ich um Violets willen verspürte. Dann klopfte ich an die offene Tür. Ein rundlicher Mann mit Glatze saß hinter dem Schreibtisch. Er hob kaum den Blick von der aufgeklappten Taschenuhr vor sich.

Der zweite Mann trug einen Tweedanzug, hatte struppiges braunes Haar und einen imposanten Schnauzbart. Er war höflicher, denn immerhin erhob er sich von seinem Stuhl, den er offenbar vom Schreibmaschinentisch herübergezogen hatte. Er streckte mir die Hand entgegen. „Ich bin Chief Constable Warren."

Ich gab ihm die Hand. „Olive Belgrave. Freut mich, Sie kennenzulernen."

„Das ist Inspector Jennings."

Der Mann hinter dem Schreibtisch hob seinen massigen Körper wenige Zentimeter an, dann deutete er auf den Stuhl vor dem Tisch. „Setzen Sie sich."

„Ich bin froh, dass Sie mich sehen möchten", sagte ich. „Denn eines kann ich Ihnen sagen: Violet war es nicht."

Der Inspector hob seine fleischige Hand. „Jetzt wollen wir mal nichts überstürzen." Er sah auf die Uhr. „Zunächst nennen Sie mir mal Ihren Namen und Ihre Anschrift." Er nickte dem Mann in der Ecke zu, einem jungen Constable mit gerötetem Gesicht, der eifrig den Bleistift bereithielt.

Ich nannte meinen Namen und meine Londoner Adresse, was den Inspector veranlasste, die Augenbrauen hochzuziehen. „Nicht gerade die beste Gegend, was?"

„Ich wohne nur vorübergehend dort."

„Und diese Miss Violet Stone ist mit Ihnen verwandt?"

„Sie ist meine Cousine, genau wie ihre Schwester Gwen."

„Dann versteht man ja, dass Sie diese … Violet Stone verteidigen wollen."

„Natürlich. Aber es entspricht auch der Wahrheit. Ich kenne Violet. Sie würde so etwas niemals tun. Sie hat mir gesagt, dass sie Alfred im Flur stehengelassen hat und auf ihr Zimmer gegangen ist."

„Sie gibt also zu, sich im ersten Stock aufgehalten zu haben?"

„In ihrem Zimmer, nicht auf dem Balkon."

Der Mann stieß einen Laut aus, mit dem er seinem Unglauben Ausdruck verlieh, dann blickte er wieder auf die Uhr. „Gut. Sprechen wir über den Balkon. Ich höre, dass Sie alles vom Rasen aus gesehen haben?"

„Ja, das Wenige, das man in der Dunkelheit sehen konnte." Ich beschrieb die Auseinandersetzung und dass ich, als das Feuerwerk das Haus erhellt hat, kurz die Personen ausmachen konnte.

Inspector Jennings trommelte mit seinen dicken Fingern auf den Schreibtisch. „Und ihre Cousine Violet, hat sie blonde Haare?"

„Das schon, doch das bedeutet nicht, dass sie die Frau auf dem Balkon war. Viele der weiblichen Gäste hatten blonde Haare."

„Aber Ihre Violet war die Einzige, die mit dem Opfer gestritten hat." Inspector Jennings schenkte mir ein gekünsteltes Lächeln, dann blickte er erneut auf die Taschenuhr. „Ich denke, wir haben genug Zeit mit Ihnen verbracht, Miss … ähm … Belgrave. Das wäre dann alles." Er warf dem Constable einen Blick zu. „Lassen Sie sie nach oben begleiten. Und schicken Sie mir als Nächstes die Verlobte."

KAPITEL ZEHN

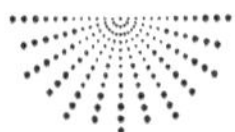

Ich schreckte hoch. Warum hatte ich im Sessel geschlafen? Das Zimmer war dunkel, doch durch die grünen Vorhänge fielen Sonnenstrahlen herein. Langsam erinnerte mich wieder … Archly Manor, Alfreds Tod, dieser Inspector, der es sich in den Kopf gesetzt hatte, dass Violet eine Mörderin war.

Ich richtete mich auf und rieb meinen Nacken.

Gwen hatte gestern Nacht darauf bestanden, Violet zur Vernehmung bei Inspector Jennings zu begleiten. Ich war in mein Zimmer zurückgekehrt, hatte mich in den Sessel neben dem Kamin gesetzt und die Verbindungstür zu Gwens Zimmer offen gelassen, weil ich dachte, ich würde die beiden hören, wenn sie zurückkehrten, doch ich musste eingeschlafen sein.

Jetzt stand ich auf, rollte die Schultern und streckte mich. Ich trug immer noch das weiße Kleid mit dem goldenen Tüll, der jetzt recht verknittert war. Ich ging zum Fenster, zog die Vorhänge zurück und blinzelte in die blendend helle Sonne.

Es war ein wunderschöner Sommertag, der Himmel über den Bäumen war strahlend blau. Als ich das Fenster öffnete, wehte die Morgenbrise die Vorhänge ins Zimmer. Auf dem

Rasen lagen ein paar Papierlaternen verstreut, die von den Bäumen gefallen waren. Der Morgentau hatte sie befeuchtet und jetzt waren sie zusammengefallen und boten einen traurigen Anblick.

Ein Hausangestellter ging über die Wiese und sammelte die Laternen ein. Er beseitigte auch weitere Reste des Abends, Zigarettenstummel, liegengelassene Gläser und Teller. Das laute Brummen eines Motors dröhnte durch die Luft, dann erschien ein Lastwagen mit der Aufschrift eines Lieferdienstes. Er fuhr vom Hintereingang des Hauses zum Haupttor. Die Polizei musste wohl auf der Terrasse und im Erdgeschoss fertig sein. Am Abend hatten sie niemanden zur Nordseite des Hauses gelassen, wo Alfred vom Balkon gestürzt war.

Ich schloss das Fenster und ging zur Durchgangstür, die immer noch offen stand. Gwen saß mit der Bürste in der Hand vor dem Frisiertisch und starrte in den Spiegel. "Oh gut, du bist schon auf", sagte sie, als sie mich entdeckte. "Ich wollte dich nicht wecken, als wir vom Gespräch mit dem Inspector zurückgekommen sind."

„Wie ist es gelaufen?"

Gwen legte die Bürste weg und rieb sich die Stirn. „Furchtbar. Dieser widerwärtige Inspector glaubt, dass Violet diejenige war, die Alfred gestoßen hat. Ich glaube, er hat sie nur deshalb nicht gleich gestern Abend verhaftet, weil heute ein Inspector von Scotland Yard kommt."

„So kam es mir auch vor. Er verdächtigt Violet, aber das ist absurd. Es waren so viele Gäste hier, und wer weiß, wie viele von ihnen oben waren."

Gwen blickte auf. „Aber wie? Sebastian hatte doch einen Diener an der Haupttreppe postiert und auch an der Dienstbotentreppe, damit wirklich niemand in den ersten Stock oder weiter hochgeht."

„Schon, aber wer sagt uns, dass nicht irgendwer heimlich an den Wachen vorbeigeschlichen ist oder sie vielleicht bestochen hat? Und selbst wenn wir nur an die Leute denken, die ein Recht hatten, nach oben zu gehen, war Violet sicher nicht die Einzige, die sich dort aufgehalten hat."

„War sonst noch jemand im ersten Stock, als es passiert ist?"

„Ja, eine Menge Leute."

„Wer?"

„Lady Pamela, zum Beispiel. Sie kam gerade aus ihrem Zimmer, als ich nach oben gegangen bin, um Violet zu suchen. Thea hatte sich mit Kopfschmerzen aufs Zimmer zurückgezogen und Jane hat sich um sie gekümmert. Und wer weiß, wer sonst noch da war? Hinter den geschlossenen Türen hätte jeder lauern können."

„Ich war auch oben." Gwen lächelte kurz. „Aber dass ich oder sonst irgendwer oben war, wird diesen Mann nicht weiter beeindrucken. Der Inspector scheint sich ziemlich sicher zu sein." Gwen griff wieder nach der Bürste, legte sie dann aber gleich neben den Kamm. „Ich habe Mama angerufen. Es war schrecklich. Sie macht sich solche Sorgen. Dazu kommt noch, dass Vater krank ist", sagte Gwen mit zittriger Stimme.

„Was hat er?"

„Der Arzt sagt, es könnte vielleicht", Gwen holte tief Luft, „die Grippe sein."

„Oh, Gwen. Tut mir leid, das ist ja furchtbar. Aber ich bin sicher, dass er sich wieder erholen wird." Nach der schrecklichen Epidemie vor wenigen Jahren jagte mir allein das Wort *Grippe* immer noch einen kalten Schauer über den Rücken.

Gwen blinzelte und schniefte. „Ja, ich hoffe, dass er sich wieder erholt. Es kommt wahrscheinlich davon, dass er ständig über das Anwesen streift. Mama sagte, vor ein paar Tagen sei es besonders feucht gewesen, und da war er den ganzen Tag draußen. Violet sage ich vorerst lieber nichts. Im Moment hat sie genug andere Sorgen." Gwen nahm ihr Taschentuch und putzte sich die Nase. „Der Arzt hat ganz Parkview unter Quarantäne gestellt. Sonst wären meine Eltern schon längst auf dem Weg hierher. Vater hat trotz Fieber auch gleich seinen Rechtsanwalt kontaktiert, doch der ist gerade in Irland." Gwen warf das Taschentuch auf den Frisiertisch. „Es ist alles so schrecklich. Wenn sich das in Nether Woodsmoor herumspricht, wird Mutter am Boden zerstört sein. Dieses Gerede! Du weißt ja, wie ungeheuerlich manche Menschen sein können."

„Ja, die Leute können schrecklich gemein sein, besonders in einem kleinen Dorf." Ich presste die Lippen aufeinander, denn ich erinnerte mich nur zu gut an das Gerede in Nether Woods-moor, als ich noch Kind war. Gerede über meine Mutter, über mich. Mama war einmal in Hosen mit dem Fahrrad durch den Ort gefahren. Kurz danach lästerten zwei alte Frauen in der Apotheke darüber, während ich hinter ihnen stand. Sie hatten mich nicht bemerkt, und da sagte Mrs. Nettlebury zu Mrs. Taylor: „Aber was soll man erwarten? Sie ist schließlich *Amerikanerin*. Gewöhnlich – entspricht einfach nicht unserem Niveau. Ich weiß gar nicht, was der gute Vikar in ihr sieht." Da schon so etwas Nebensächliches wie der Kleidungsstil meiner Mutter die Leute zum Reden brachte, wollte ich mir gar nicht erst ausma-len, wie die Dorfbewohner reagieren würden, wenn sie erfuh-ren, dass Violet als Tatverdächtige für den Mord an Alfred galt.

Ich setzte mich auf das Bett. „Mach dir keine Sorgen um deinen Vater. Onkel Leo ist stark wie ein Ochse. In ein paar Tagen geht es ihm sicher wieder gut. Denk nur, was für ein grauenvoller Patient er ist. Da kannst du froh sein, dass nicht du diejenige bist, die ihn zur Bettruhe zwingen muss."

Gwen spielte wieder nervös mit der Bürste, doch sie versuchte wenigstens, mir ein Lächeln zu schenken. „Ja, das ist wohl wahr."

„Und was die Meinung des Inspectors … Nun, wir müssen eben einen anderen Verdächtigen finden."

Gwen ließ die Bürste los. „Glaubst du, das ist möglich? Einen anderen Verdächtigen finden? Wäre das überhaupt fair? Die Aufmerksamkeit auf einen anderen zu lenken?"

„Gwen, meine Liebe, hör auf, so weichherzig zu sein. Ist es

denn fair, dass Violet verdächtigt wird, nur weil sie sich im selben Stockwerk aufgehalten hat? Denn das ist alles, was gegen sie spricht", sagte ich.

Gwen runzelte die Stirn. „Nein, es ist nicht richtig, dass sie beschlossen haben, dass Violet die Täterin sein muss, obwohl es keinerlei Beweise dafür gibt." Ihr Gesicht hellte sich auf, jetzt drehte sie sich zu mir um. „Du kannst es tun."

„Natürlich würde ich alles tun, um Violet zu helfen." Wir waren zusammen aufgewachsen. Gwen, Violet und Peter waren wie Geschwister für mich. Und Gwen hatte Recht, was den Skandal betraf. Das Gerede würde Tante Caroline zugrunde richten. An Onkel Leo perlte so etwas ab, doch Tante Caroline konnte sich nicht so sehr in ihren Bildern verlieren, dass sie nicht doch das Brennen derartigen Klatsches spürte.

Gwen schien jetzt aufgeregt zu sein. „Nein, ich meine, du kannst der Sache nachgehen. Eine richtige Ermittlung, so wie du etwas über Alfred in Erfahrung bringen wolltest."

„Aber das war etwas anderes. Ich sollte nur Informationen über seinen Hintergrund einholen."

„So anders ist das gar nicht", entgegnete Gwen. „Du hast ja sogar schon ein paar Details aufgedeckt, wie zum Beispiel, wer sich im ersten Stock aufgehalten hat. Jetzt musst du nur noch herausfinden, wer ein Motiv hatte, Alfred vom Balkon zu stoßen."

„Wenn du es so sagst, klingt es gar nicht so, als würde man sich in eine polizeiliche Ermittlung einmischen."

„Es wäre ja auch überhaupt kein Einmischen. Du würdest nur ein paar Fragen stellen." Sie setzte sich neben mich aufs Bett. „Ich weiß nicht, ob du schon gehört hast, dass sich Violet und Alfred gestritten haben. Ein paar Leute haben es mitbekommen."

„Tug hat es erwähnt."

Ein dunkler Ausdruck huschte über Gwens Gesicht. „Kein angenehmer Zeitgenosse."

„Hast du auch mit ihm getanzt?"

„Du meinst, ob ich versucht habe, ihn auf Abstand zu halten, um den Zigarettengestank in seinem Atem nicht riechen zu müssen?" Sie grinste, dann wurde sie wieder ernst. „Der Streit zwischen Violet und Alfred ... Nun, Violet ist ja in der Tat sehr aufbrausend, doch sie hätte Alfred nie im Leben etwas antun wollen."

„Ja, da hast du Recht."

„Doch plötzlich bekommt dieser Streit eine große Bedeutung, zumindest in den Augen des Inspectors. Letzte Nacht hat er Violet immer wieder danach gefragt. Sie hat ausgesagt, dass es nur darum gegangen ist, ob sie einen Tanz aussetzen sollten oder nicht, doch das glaube ich keine Sekunde lang. Es sprechen also drei Dinge gegen Violet: ihre Beziehung zu Alfred, die Tatsache, dass sie oben war, und der Streit."

„Der Inspector von Scotland Yard wird es hoffentlich anders sehen als der Dorfpolizist. Vielleicht hat er einen weiteren Horizont."

„Und wenn nicht? Nein, du musst es tun." Gwen setzte sich kerzengerade hin und wieder erhellte sich ihre Miene. „Ich bezahle dich dafür!"

Ich öffnete den Mund, um zu protestieren, doch Gwen drückte meine Hand. „Ich weiß doch, dass du Geld brauchst."

„Ich denke nicht ..."

„Keine Widerrede. Sieh es als Erweiterung deiner früheren Zusage, etwas über Alfred in Erfahrung zu bringen", sagte Gwen, während sie sich um eine autoritäre Stimme bemühte. Dann ließ sie jedoch die Schultern wieder sinken und die Sorgenfalten auf ihrer Stirn kehrten zurück. „Du machst es doch, nicht wahr? Du bist so gut in solchen Dingen. Ich bin da hoffnungslos, aber du hast großartige Fähigkeiten und wirst alles herausfinden."

„So großartig war ich nicht, was Informationen über Alfred angeht. Ich bin eher in einer Sackgasse gelandet."

„Bitte! Wir arbeiten zusammen. Du kannst das viel besser, aber ich unterstütze dich, wie ich nur kann."

„Ja, du siehst in allen Menschen nur das Beste. Wenn ich die Sache dir überlassen würde, würdest du es nicht übers Herz bringen, jemanden zu verdächtigen."

Gwen lachte. „Na ja, wenn meine Schwester betroffen ist, vielleicht schon. Aber du hast Recht, ich will immer nur das Gute sehen."

Ich konnte meine Cousine nicht im Stich lassen. Ich tätschelte Gwens Hand. „Während ich, als kaltherziges arbeitendes Mädchen, keine solchen Bedenken habe."

ICH BADETE und entschied mich für das pastellgelbe Kleid, das an den Ärmeln und am Kragen weiß abgesetzt war. Für ein Vorstellungsgespräch war es zu fröhlich, doch für ein Wochenende auf dem Land schien es mir bestens geeignet. Gegen die dunklen Ringe unter meinen Augen konnte ich nichts tun, doch ich puderte mein Gesicht und trug dezente Farbe auf die Lippen auf. Als ich eine lange Stiftperlenkette umlegte, erinnerte ich mich plötzlich an den Perlenstrang, den ich auf der Terrasse gefunden hatte. Wahrscheinlich hätte ich ihn dem Inspector geben sollen, doch nach seinen Anspielungen auf Violets Schuld hatte ich ihn lieber behalten. Ich würde die Perlen später dem Inspector von Scotland Yard aushändigen. Sie steckten noch immer in meinem Handschuh, denn nach all der Aufregung um Alfreds Tod war kein Hausmädchen gekommen, um das Zimmer zu reinigen und die Kleider aufzuräumen.

Ich ging zur Kommode und schüttelte den Handschuh aus. Die Perlen, milchweiß und perfekt aneinandergereiht, rollten über das Holz. Dann ließ ich den Strang in meine Handtasche gleiten. Er sollte meine geringste Sorge sein. Wenn der Inspector von Scotland Yard genauso unvernünftig war, würde ich ihn überzeugen müssen, dass er die Ermittlungen fortführte und nach weiteren Verdächtigen suchte. Ich hatte es Gwen versprochen und ich würde mein Wort auch halten. Am sinnvollsten erschien es mir, bei den Gästen anzufangen, die sich zur fraglichen Zeit im ersten Stock aufgehalten hatten.

Es war erst kurz nach acht. Sicherlich würde Lady Pamela erst in ein paar Stunden aus ihrem Zimmer kommen und auch Thea schlief wahrscheinlich noch, weshalb ich mit den beiden vorerst nicht weiterkommen würde, doch ich konnte erste Erkundigungen über Jane anstellen. Sie war aufgewühlt gewesen, als sie in Theas Zimmer gekommen war, und angeblich hatte sie kurz danach Archly Manor verlassen. Ich klingelte nach einer Tasse Tee. Sie wurde von dem Hausmädchen mit den dunklen Locken und der langen Nase gebracht, das mich gestern zum Inspector geführt hatte. Ob sie überhaupt geschlafen hatte? Während die junge Frau das Tablett abstellte, fragte ich: „Ist Jane zurückgekommen?"

„Nein, Miss. Ich glaube nicht, dass sie zurückkommen wird. Sie ist bestimmt nach London zu ihrer Schwester gefahren und wird dort bleiben."

„Ist Jane früher schon öfter nach London gefahren?"

„Ja, so oft sie konnte. Ihre Schwester arbeitet bei einer Bank. Jane hat immer gesagt, dass sie eines Tages auch dort arbeiten würde. Ich hielt das für eine Träumerei, aber jetzt ist es wohl wahr geworden. Und Mr. Eton hat so streng mit ihr gesprochen, da überrascht es mich nicht, dass sie gefahren ist."

Davon hatte ich noch gar nichts gehört. „Zwischen Jane und Mr. Eton ist etwas vorgefallen?"

„Ach, es war nichts, ich bin sicher ... vielleicht ein kleines Missverständnis." Sie ging zur Tür. „Wenn das alles ist ..."

„Nein, warten Sie. Es ist wichtig. Jane und Alfred hatten einen Streit?"

Das Mädchen nickte.

„Worüber?"

„Ich weiß es nicht, Miss. Ich habe die beiden nur am Ende des Ganges gesehen. Mr. Eton stand nah bei Jane. Er war wütend, so wie er die Augenbrauen zusammengezogen hat und sie mit dem Finger gestoßen hat. Jane hat seine Hand weggewischt und irgendetwas gesagt. Dann ist sie weggegangen. Das ist alles, was ich mitbekommen habe. Worüber sie gesprochen haben, habe ich nicht gehört."

Nachdem ich von ihr nicht mehr in Erfahrung bringen konnte, ließ ich sie gehen. Ich trank Tee und aß gebutterten Toast. Anschließend ging ich in hinaus in den Flur und klopfte an Violets Tür. Ich hatte Gwen geraten, sich ein bisschen hinzulegen und auszuruhen, denn sie hatte überhaupt nicht geschlafen. Die Türen auf der anderen Seite des Ganges waren verschlossen, nur unter Alfreds Tür sah man Licht.

Ich klopfte ein weiteres Mal bei Violet an. Als keine Antwort kam, spähte ich vorsichtig ins Zimmer. Violet saß in ihrem fliederfarbenen Morgenmantel mit angezogenen Beinen im Sessel vor dem knisternden Kaminfeuer. Sie hatte den Kopf gegen die Lehne gestützt und blickte nur kurz zu mir, dann wandte sie sich wieder dem Feuer zu.

„Um Himmels willen, Violet, es ist furchtbar heiß hier drinnen."

„Mir wird einfach nicht warm."

„Dann solltest du dich vielleicht anziehen und mit nach draußen kommen. Es ist ein schöner Tag, die Sonne scheint hell und bald wird es heiß."

„Ich will niemanden sehen. Und mit niemandem sprechen."

Ich zog einen Stuhl heran und setzte mich zu ihr. „Violet, ich weiß, dass du um Alfred trauerst."

„Es ist schrecklich", sagte sie mit brüchiger Stimme, die so gar nicht Violets sonst so lebhaften Tonfall entsprach. „Ich will nicht mehr daran denken, aber es geht nicht anders. Und dann dieser schreckliche Polizist, der glaubt, ich hätte Alfred gestoßen. Es ist wie ein endloses Karussell in meinem Kopf. Zuerst Alfred, dann die Polizei. Ich dachte, sie würden mich gleich verhaften. Was dann? Was würden Mama und Papa machen? Sie wären am Boden zerstört."

„Dann schlage ich vor, dass du mir hilfst. Wir werden beweisen, dass du es nicht warst." Ich sagte es im selben strengen Tonfall, den das Kinderfräulein von Parkview immer benutzt hatte, als Gwen, Violet und Peter noch klein waren. Ich hatte vorgehabt, sie nach dem Streit zwischen Alfred und Jane zu fragen, doch jetzt beschloss ich, es aufzuschieben. Violet war so niedergeschlagen, dass ich sie nicht noch mehr bekümmern wollte. Jetzt war einfach nicht der richtige Zeitpunkt, sie mit Fragen zu belästigen.

Sie sah mich aus dem Augenwinkel an. „Aber wie soll das gehen? Ich war allein im Zimmer, dafür gibt es keinen Beweis."

„Vielleicht nicht, aber wir können aufzeigen, dass außer dir auch noch andere auf dem Balkon gewesen sein könnten."

Violet wandte sich mir zu. Ihre Haare waren auf der Seite, wo sie sich angelehnt hatte, plattgedrückt. „Wer denn?"

„Da kommen viele Leute infrage."

„Aber wer?"

„Zum Beispiel Lady Pamela. Sie war zur selben Zeit oben wie du. Ich habe sie gesehen, als ich dich gesucht habe. Jetzt schläft sie sicher noch, und es würde sich nicht schicken, in ihr Zimmer zu stürmen und sie über letzte Nacht auszufragen. Mit ihr spreche ich also später, aber ich will mir den Diener vorknöpfen, der gestern Abend die Treppen bewacht hat, um herauszufinden, wer sonst noch nach oben gegangen ist. Dann ist da noch das Hausmädchen Jane. Sie hat Archly Manor gestern Nacht überstürzt verlassen und ist nicht zurückgekehrt. Ich muss wissen, wo sie hingefahren ist."

Als ich den Namen des Hausmädchens sagte, funkelten Violets Augen für einen kurzen Moment auf. Dann driftete ihr Blick jedoch wieder ab. Sie strich mit dem Finger die Polsternaht des Sessels entlang. „Sonst noch jemand?"

„Thea hatte Migräne." In dem Zustand, in dem Thea gestern gewesen war, war es kaum vorstellbar, dass sie auf dem Balkon einen Ringkampf ausgefochten und einen Mann über die Brüstung gestoßen haben könnte. „Sie hat wahrscheinlich geschlafen. Zumindest war sie durch ihre Kopfschmerzen stark beeinträchtigt. Trotzdem will ich mit ihr sprechen, wenn sie später aus dem Zimmer kommt."

Violet schien ihre gesamte Aufmerksamkeit immer noch der Polsternaht zu widmen. „Wahrscheinlich sollte ich mich anziehen."

„Das ist eine hervorragende Idee."

Ich ging hinunter und fragte Babcock, wo ich den Hausdiener finden könne, der während der Party die Treppe bewacht hatte. Falls Babcock gern gewusst hätte, warum ich das fragte, wusste er seine Neugier gut zu verbergen. Sein Gesicht blieb ausdruckslos, als er mir mitteilte, dass George gerade das Frühstückstablett aus dem Kinderzimmer hole und bald wieder herunterkommen würde.

Also ging ich wieder in den ersten Stock und ging von dort zum Dienstbotenaufgang. Die nackte Holztreppe führte von der Küche im Erdgeschoss über den ersten Stock bis nach oben zum Kindertrakt, in den ich jetzt hinaufging. Auf dem Weg traf ich tatsächlich auf den Hausdiener, den ich suchte. Er wollte gerade die leeren Teller in die Küche bringen.

Um ihn nicht zu erschrecken, wartete ich, bis er die Kinderzimmertür geschlossen hatte und sich in meine Richtung drehte. „Hallo, George. Ich bin Miss Belgrave."

„Guten Tag, Miss. Ich erinnere mich an Sie von gestern Abend."

Sein Tablett musste schwer sein. „Wunderbar. Ich will Sie auch gar nicht lange aufhalten. Ich habe nur eine Frage zum gestrigen Abend. Wer ist kurz vor dem Feuerwerk oder währenddessen nach oben gegangen?"

Er war nicht so geübt darin, einen neutralen Gesichtsausdruck zu bewahren, wie Babcock, und man sah für einen kurzen Moment, wie überrascht er war, bevor er sich zusammenriss. „Außer Ihnen habe ich noch Miss Violet, Mr. Eton, Lady Pamela und ..." Er blickte nachdenklich über meine Schulter. „Ja, und Miss Stone gesehen."

„Und was ist mit Mrs. Reid?", fragte ich. „Hat sie ihr Zimmer verlassen, nachdem ich sie nach oben gebracht habe?"

„Nein, Miss." Er hantierte mit dem Tablett.

„Ich begleite Sie die Treppe runter", erklärte ich und drehte mich um. Er folgte mir, während ich fragte: „Und Jane, das Hausmädchen, was ist mit ihr?"

„Sie war auch oben, bevor Sie mit Mrs. Reid gekommen sind."

„Und ist sie dann wieder runtergegangen?"

„Ja, Miss. Sie hat ihren Koffer gepackt."

„Und sie ist nicht wieder hochgegangen?"

„Nein, Miss."

Wir waren nun an der Treppe angekommen. „Was ist mit der Dienstbotentreppe? Kann hier jemand hoch oder runtergekommen sein?"

„Nein, hier war niemand."

„Woher wissen Sie das?"

„Tommy hatte Dienst an der Treppe. Ich habe mich gestern Abend mit ihm unterhalten, und er hat gesagt, dass niemand da war."

„Ist er sich da sicher?"

„Ja, Sie können selbst mit ihm reden, wenn Sie möchten, oder auch mit der Köchin, denn man muss direkt an ihr vorbei, um zur Treppe zu gelangen."

„Vielen Dank, das würde ich gerne tun."

George nickte und ich ging vor ihm die Stufen hinunter, was ihn möglicherweise ein bisschen schockierte. Doch ich sah nicht ein, die Haupttreppe zum Erdgeschoss zu nehmen, um dort dann über den Flur zur Küche zu gelangen, wenn ich von hier aus auf geradem Wege dorthin kommen konnte.

Als ich in die Küche kam, erschrak das Personal und verstummte. Ich lächelte und ging direkt zur Köchin. „Es tut mir leid, Sie zu stören, aber ich habe Fragen bezüglich des gestrigen Abends."

„Haben wir das nicht alle, Liebes? Ich bin Mrs. Finlay", sagte sie. „Wie kann ich Ihnen helfen?"

Ich war froh, dass sie nicht so steif war wie manch andere, und nickte zur Dienstbotentreppe. „Ist gestern jemand über diese Treppe nach oben gegangen?"

„Himmel, nein", sagte sie. „So freimütig Mr. Blakely sonst auch ist, dass irgendwer unbeaufsichtigt nach oben geht, würde er nicht dulden." Sie griff nach einem Sieb und schwenkte es, um ihr Kopfschütteln zu betonen. „Nein, Tommy hat den ganzen Abend Wache gehalten. Ich habe es auch der Polizei gesagt, auf ihn kann man sich verlassen. Er hätte niemanden nach oben gelassen." Jetzt zeigte sie mit dem Sieb auf mich. „Außerdem müsste derjenige erst einmal an mir vorbei."

Die Dienstbotentreppe war von der Küche aus gut sichtbar, und ich konnte mir tatsächlich nicht vorstellen, dass jemand unbemerkt bleiben würde. Jetzt sagte die Köchin im vertraulichen Ton: „George und Tommy hätten schon deshalb niemanden nach oben gelassen, weil sie es sich nicht leisten könnten, ihre Stellung zu verlieren."

Ich fragte auch noch nach dem Hausmädchen, das mir heute Morgen den Tee gebracht hatte, und erfuhr, dass sie Milly hieß. Nachdem ich die Küche verlassen hatte, fand ich die junge Frau im Ballsaal. Sie schrubbte auf allen Vieren den Boden, wo ein Gast sein Getränk verschüttet hatte. Als sie mich übers Parkett kommen hörte, stand sie schnell auf, und erwartete mich artig.

„Hallo, Milly. Ich wollte Sie noch etwas zu Jane fragen. Wissen Sie zufällig, wo ihre Schwester in London lebt?"

„Ja, Miss. Sie mietet ein Zimmer, nicht weit von der Bank, in der sie arbeitet."

„Wissen Sie, in welchem Stadtteil das ist?"

„Nein. Aber die Adresse steht auf den Briefen. Jane hat sie auf der Ankleide in unserem Zimmer liegen lassen. Als sie gepackt hat, war sie wohl sehr in Eile. Ich habe die Briefe heute Morgen gefunden und werde sie für sie aufbewahren. Sie will sie sicher wiederhaben."

„Ich muss dringend mit Jane sprechen. Könnten Sie vielleicht einen dieser Briefe für mich holen?"

„Sehr gern, Miss." Milly huschte davon und kam mit einem Stapel Umschläge zurück. Ich notierte mir die Adresse, dann ging ich in den Tagessalon, um Violet zu suchen.

Doch sie war noch gar nicht herunter gekommen und wollte wohl im Zimmer bleiben. Ich bat einen Diener, Gwens Automobil vorzufahren. Gwen hätte sicher nichts dagegen, wenn ich es mir auslieh. Während ich wartete, schrieb ich eine kurze Nachricht an sie, dass ich mir ihren Wagen borgen und später wieder zurückkommen würde. Dann verfasste ich noch eine zweite Nachricht für Violet und ließ beide nach oben schicken. Während ich meine Handschuhe anzog, wurde der mintgrüne Morris Cowley vorgefahren. Der Fahrer hielt mir die Tür auf und half mir, auf dem Fahrersitz Platz zu nehmen.

Ich löste die Bremse und ließ den Wagen losrollen, als Violet angerannt kam. „Wo willst du hin?"

„Nach London."

Sie erschrak. „Du kannst doch nicht einfach so wegfahren."

„Warum nicht?"

„Das wird der Polizei nicht gefallen."

„Hat irgendeiner der Constables gesagt, dass wir nicht weg dürfen?"

„Ähm, nein."

„Na, dann sollte es doch kein Problem sein. Ich komme ja wieder zurück. Ich fahre nur in die Stadt, weil ich herausfinden will, was mit Jane passiert ist. Milly hat mir die Adresse von Janes Schwester gegeben. Ich bin in ein paar Stunden wieder da."

„Ich komme mit."

„Also gut."

Violet hielt sich an der Autotür fest. „Und du bist sicher, dass wir keinen Ärger bekommen?"

„Sicher bin ich nicht, aber im Zweifelsfall bitten wir einfach um Vergebung."

Sie zog einen Mundwinkel nach oben. „Das ist normalerweise meine Vorgehensweise."

„Genau. Ich werde warten, bis du deinen Hut geholt hast."

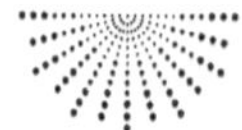

KAPITEL ELF

Als Violet und ich im von Sonnenlicht gesprenkelten Schatten der Allee durch das Anwesen von Archly Manor fuhren, versuchte ich mich auf der kurvigen Straße wieder ans Linksfahren zu gewöhnen. Das letzte Mal war ich in Amerika hinterm Steuer gesessen, und zum Glück hatte ich hier noch ein paar Kilometer Grün vor mir, um mein Gehirn umzustellen. Als wir das Tor erreichten, fühlte ich mich schon sicherer, und nun lenkte ich den Wagen zum nächsten Ort, der nicht weit vom Anwesen entfernt lag. Das Pappmascheeeinhorn, das am Tag zuvor das Tor gehütet hatte, war verschwunden. Vielleicht hatten irgendwelche Abendgäste es mitgenommen? Mit einem riesigen Einhorn, das aus dem Automobil ragte, durch London zu fahren, würde diese Leute sicher amüsieren.

Die Sommersonne schien warm, der Fahrtwind war angenehm frisch. Violet saß still neben mir und ich ließ sie in Ruhe, damit sie in der Sonne Kraft tanken konnte und der Fahrtwind, der ihr durchs Haar wehte, ihre Lebensgeister weckte. Im Dorf fuhr ich langsamer, und als ich vor einem Cottage mit blauer Eingangstür und weißen Fensterläden stehen blieb, fragte sie: „Ich dachte, wir fahren nach London?"

„Das tun wir auch, wir machen hier nur einen kurzen Zwischenstopp. Warte, es dauert nicht lang."

Eine Frau im Hauskleid und mit umgebundener Schürze öffnete mir die Tür. Ihr stumpfes braunes Haar war zu einem Knoten zusammengebunden. Ich stellte mich vor und erklärte, dass ich mit Mr. Brown zu sprechen wünschte.

„Er ist nicht hier. Er ist nach Finchbury Crossing gefahren."

„Zum Bahnhof?"

Sie blickte zu unserem pastellgrünen Wagen. „Richtig, aber Sie sind wohl nicht hier, um ihn für eine Fahrt zu beauftragen?"

„Nein, ich wollte ihn nur etwas fragen. Hat er gestern spät-abends einen Anruf von Archly Manor erhalten?"

„Ja. Da war es schon fast Mitternacht. Er hat mir gesagt, dass er eine junge Frau am Tor abgeholt und sie nach Finchbury Crossing gefahren hat. Er hat gewartet, bis der letzte Zug einge-fahren ist und sie sich in den Waggon gesetzt hatte, weil er sie zu dieser späten Stunde nicht allein lassen wollte, hat er gesagt."

„Vielen Dank für die Auskunft. Wann kommt er zurück? Ist er heute Nachmittag zu Hause?"

Sie bestätigte das, schien aber ein wenig vor den Kopf gestoßen zu sein, weil ich ihren Mann trotzdem noch persönlich sprechen wollte.

Ich kehrte zum Wagen zurück.

„Worum ging es?", wollte Violet wissen.

Ich war froh, wenigstens ein Fünkchen Interesse in ihren Augen zu sehen statt dieser Gleichgültigkeit von zuvor. Als ich es erklärte, fragte sie: „Hast du gedacht, dass Jane vielleicht doch nicht weggefahren ist?"

„Besser, man bestätigt die Wahrheit, als Spekulationen anzu-stellen, denkst du nicht?"

„Ja, wahrscheinlich hast du Recht."

„Weißt du etwas von dem Streit zwischen Jane und Alfred?", fragte ich, als wir weiter Richtung London fuhren.

Violet schob das Kinn vor. „Nein. Alfred war furchtbar unvernünftig. Er wollte mir nicht sagen, worum es ging."

„Und dann habt ihr euch gestritten?"

„Ja."

„Ist es öfters vorgekommen, dass Alfred sich mit den Dienstboten ... oder sonst irgendwem gestritten hat?"

„Nein, natürlich nicht."

Ihre Antwort kam so schnell, dass ich zu ihr hinüberspähte, doch sie hatte den Kopf Richtung Fenster gewandt, sodass ich ihren Gesichtsausdruck nicht erkennen konnte.

„Ich versuche jetzt zu schlafen", sagte sie und lehnte sich zurück, schloss die Augen und regte sich nicht mehr, bis wir in London angekommen waren.

JANES SCHWESTER WOHNTE in einer weit besseren Gegend als ich. Es war ein hübsches, kleines Reihenhaus im Londoner Stadtteil Kensington. Nachdem ich den Motor abgestellt hatte, berührte ich Violet sanft an der Schulter. „Wir sind da."

Blinzelnd setzte sich Violet auf und sah sich verwirrt um.

„Wir sind in London, bei Janes Schwester."

Sie rückte ihren Hut gerade und strich sich das Kleid glatt. „Und was machen wir jetzt? Sollen wir einfach klingeln und sagen, dass wir mit Jane sprechen wollen?"

„Das brauchen wir gar nicht, wenn wir uns beeilen." Ich deutete auf eine Frau, die ein Kleid mit Blumenmuster trug und ihr hellblondes, lockiges Haar auf Pagenlänge geschnitten trug. Sie kam gerade die Stufen herunter. Schnellen Schrittes ging sie an unserem Wagen vorbei, ohne uns zu beachten. Violet sah mich fragend an. „Das soll Jane sein? Bist du sicher?"

„Ich glaube schon. Wie eine neue Frisur und andere Kleidung einen verändern können, nicht wahr?" Ich stieg aus und lief schnell, um sie einzuholen. An der nächsten Ecke, als sie wartete, um die Straße zu überqueren, erreichte ich sie. „Jane?"

Sie drehte sich um und war mehr als überrascht. „Miss Olive?"

„Sie sind es tatsächlich", sagte ich. „Mit der neuen Frisur sehen Sie ganz anders aus, aber ich habe Sie trotzdem erkannt." Vorher hatte Jane einen Dutt tief im Nacken getragen und nun umrahmten kinnlange Locken ihr Gesicht.

Jane zupfte an einer Strähne. „Es ist wirklich ganz anders. Ich bin mir noch nicht sicher, ob es mir gefällt."

„Es steht Ihnen sehr gut." Mittlerweile war auch Violet bei uns. Als Jane sie entdeckte, wurde sie argwöhnisch, während Violet Janes neues Aussehen ebenso skeptisch begutachtete. Zwischen den beiden lag eindeutig eine gewisse Spannung in der Luft. Vielleicht war es doch keine gute Idee gewesen, Violet mitzunehmen. Ich hatte gedacht, es würde ihr guttun, das Haus zu verlassen. Doch die Feindseligkeit, mit der sie Jane begegnete, würde nichts zu deren Redebereitschaft beitragen.

„Sie sehen aus, als hätten Sie es eilig. Ich würde Ihnen trotzdem gern ein paar Fragen stellen, falls Sie einen kurzen Moment Zeit hätten, denn gestern Abend, nach Ihrer Abreise, hat sich auf Archly Manor ein … tragischer Vorfall ereignet."

Alle mochten ein bisschen Drama. Tatsächlich hatte ich auch bei Jane erfolgreich Interesse geweckt, denn jetzt blickte sie auf ihre Armbanduhr. „Ich habe ein paar Minuten. Dort hinten ist ein Lyons, da können wir hingehen."

Als wir zu dritt an einem Tisch saßen und Tee serviert bekamen, sagte Jane: „Es geht wahrscheinlich um die Frage, weshalb ich so überstürzt abgereist bin, oder?"

„Ja", sagte Violet. „Warum haben Sie Ihre Stellung aufgegeben und sind mitten in der Nacht verschwunden?"

Ich warf Violet einen warnenden Blick zu, doch Jane antwortete schon: „Es war natürlich dumm, mich einfach so aus dem Staub zu machen. Hätte ich meine Schwester nicht gehabt, hätte ich das natürlich nicht getan." Jane rührte ihren Tee um, dann legte sie mit Nachdruck den Löffel auf den Tisch. „Ich hatte genug. Ich wollte mir das einfach nicht mehr länger gefallen lassen. Erst dachte ich, ich könnte wenigstens noch bis Monatsende bleiben, aber ..." Für einen kurzen Moment kniff sie die Lippen zusammen, dann fuhr sie fort: "Ich weiß, er ist Ihr Verlobter, aber er kann sehr ... unangenehm sein."

Violet war von diesem Geständnis des ehemaligen Hausmädchens ein wenig überrascht. Noch einen Tag zuvor hätte Jane es nicht gewagt, so zu sprechen, doch jetzt schien sie wie verwandelt. Ihre neue Frisur und die frischen Farben ihres Kleides waren nicht die einzige Veränderung. Auch ihre Körperhaltung war anders, Jane wirkte nicht mehr so zurückhaltend.

Violet hielt verkrampft den Henkel ihrer Tasse fest. „Hat er Sie gestern Abend belästigt?"

Jane, die gerade von ihrem Tee trinken wollte, setzte die Tasse wieder ab und sah Violet direkt in die Augen. „Ich weiß, dass Sie eifersüchtig sind und glauben, dass er mir Avancen gemacht hat. Tatsächlich aber wollte er Geld von mir."

Violet blickte auf den Tisch vor sich.

„Ich ... also, ich verstehe nicht recht", sagte ich.

Jane holte Luft, dann stieß sie sie hörbar wieder aus. „Man kann es wirklich nicht höflicher formulieren." Sie legte die Hand flach auf den Tisch vor Violet. „Ich will Ihre Gefühle nicht verletzen, aber ich schwöre, dass ich die Wahrheit sage. Er hat mich erpresst."

„Erpresst?", wiederholte ich so laut, dass einige Leute im Café in meine Richtung blickten. Ich war sprachlos. Ich hatte auch gedacht, dass Alfred ihr vielleicht zu nahe gekommen wäre. Mit gesenkter Stimme fragte ich: „Was genau ist passiert?"

Jane schob die Teetasse von sich und legte die Hände in den Schoß. „Ich erzähle Ihnen alles, dann werden Sie es verstehen. Mr. Eton hält sich oft auf Archly Manor auf. Eines Morgens, als er wieder mal im Hause war, hat er mich im Arbeitszimmer von Mr. Blakely gefunden. Ich hatte gerade dessen Schreibmaschine benutzt." Jane straffte den Rücken. „Ich lerne tippen. Meine

Schwester hat gesagt, dass in der Bank, in der sie arbeitet, bald eine Stelle frei wird, und wenn ich Schreibmaschine schreiben könnte, hätte ich gute Chancen, weil sie mich empfehlen würde. Sie hat mir ihre Unterrichtsbücher geschickt, denn eine Sekretärinnenschule konnte ich mir nicht leisten. Mr. Blakely besitzt eine Schreibmaschine, also bin ich oft früh aufgestanden und habe mich, bevor der restliche Haushalt aufgewacht ist, nach unten geschlichen und heimlich geübt."

Ich winkte den Kellern ab, der gerade zu unserem Tisch kommen wollte. Jane fuhr fort: „Sonst ist Mr. Eton nie früh aufgestanden. Ich weiß auch nicht, warum er an dem Tag schon so zeitig auf war. Doch er hat mich erwischt und wusste sofort, dass ich die Schreibmaschine ohne Erlaubnis benutzte. Wahrscheinlich habe ich so schuldbewusst ausgesehen, als er mich ertappt hat. Er hat gesagt, er habe noch nie ein Hausmädchen gesehen, das Schreibmaschine schreiben kann. Ich nahm schnell mein Übungsbuch mit, doch ich war so erschrocken, dass ich das Papier in der Maschine gelassen habe." Sie seufzte. „Ich dachte, ich wäre davongekommen, doch ein paar Tage später kam er und sagte, ich müsse ihm noch in dieser Woche zwei Schilling zahlen. Dann würde er mich nicht an Mr. Babcock verraten. Mr. Eton hatte das Papier an sich genommen, das ich versehentlich dort gelassen habe, verstehen Sie? Er sagte, es sei der Beweis und er würde es Babcock zeigen, wenn ich nicht bezahle."

„Und Sie hatten Angst, dass Sie Ihre Anstellung verlieren würden, obwohl Sie geübt haben, bevor Ihr offizieller Dienst begann?", fragte ich.

„Mr. Babcock ist sehr streng." Jane schloss für einen Moment die Augen, dann sagte sie: „Ich habe Mr. Eton das Geld gegeben. Aber das war dumm, denn in der folgenden Woche wollte er wieder Geld von mir. Danach war er eine Weile nicht da. Ich dachte, die Sache sei damit beendet und er habe es fast vergessen. Dass er sich nur ein Späßchen mit dem Hausmädchen erlaubt hat, verstehen Sie? Doch gestern Abend hat er mich in die Ecke gedrängt und gesagt: ‚Hast du vergessen, du schuldest mir das Geld für die letzten drei Wochen!'"

Jane blickte zum Fenster hinaus. „Ich weiß auch nicht, was letzte Nacht über mich gekommen ist. Ich hatte einfach genug und beschloss, dass ich mir das nicht länger gefallen lassen würde, und das habe ich ihm auch gesagt." Sie wandte sich Violet zu. „Diese Unterhaltung haben Sie mitbekommen."

Violet nickte.

Mit festerer Stimme fuhr Jane fort: „Ich habe ihm gesagt, dass ich sein Spiel nicht länger mitspiele und dass er mich in Ruhe lassen soll. Er hat nur gelacht und gesagt, dass wir das ja noch sehen würden. Es hat mich so wütend gemacht. Und dann haben Sie mich gerufen, damit ich mich um Mrs. Reid kümmere", sagte Jane an mich gerichtet. „Als es ihr besser ging, habe ich meine Uniform ausgezogen und meine Sachen gepackt. Ich wusste, dass noch ein letzter Zug von Finchbury Crossing abfuhr und ich ihn erwischen konnte, um zu meiner Schwester nach London zu fahren. Ich hatte genug Geld für den Fahrschein und um Mr. Brown zu bezahlen, damit er mich zum Bahnhof bringt."

„Wieviel Uhr war es, als Sie in den Zug gestiegen sind?"

„Mitternacht."

Violet, die die meiste Zeit geschwiegen hatte, sagte jetzt: „Alfred ist tot."

Jane sah aus, als hätte man sie ins Gesicht geschlagen. „Tot? Aber wie? Hat es einen Unfall gegeben?"

„Er wurde während des Feuerwerks vom Balkon gestoßen", erklärte Violet.

„Oh Gott, wie furchtbar." Jane starrte einen Moment ins Leere, dann sah sie wieder zu Violet. „Es tut mir so leid, ich wusste nicht ..."

Violet nickte. Janes Mitgefühl musste sie bewegt haben, denn ihre Augen glitzerten vor Tränen. Leise schniefend sagte sie: „Danke."

Um ihr einen kurzen Moment zu geben, sprach ich weiter

mit Jane. „Wahrscheinlich wird die Polizei Sie wegen des Vorfalls befragen wollen."

„Natürlich. Wie furchtbar. Die Vermieterin meiner Schwester wird entsetzt sein. Aber ich verstehe, dass sie mit mir sprechen wollen. Es ist alles genauso passiert, wie ich es gesagt habe."

Ich glaubte ihr. Jane schien nichts zu verbergen und sie war unseren Fragen nicht ausgewichen. Wie schockierend, dass Alfred sie erpresst hatte! Doch die Geschichte war wohl nicht erfunden. Für Jane wäre es viel leichter gewesen, zu behaupten, Alfred hätte sie belästigt. „Ich bin mir sicher, dass die Polizei über verschiedene Dinge mit Ihnen sprechen wollen wird, wie zum Beispiel darüber, dass Sie Thea, also Mrs. Reid, das Schlafpulver gebracht haben."

Sie nickte. „Ja, die Arme."

„Und haben Sie es auch für sie zubereitet?", erkundigte ich mich.

„Ja, sie hatte furchtbare Schmerzen und hielt sich so ruhig, wie sie nur konnte. Sie bat mich, das Pulver anzurühren, und dann habe ich gewartet, bis sie es getrunken hat, damit ich das Glas gleich wieder mitnehmen konnte."

„Haben Sie gesehen, ob sie alles ausgetrunken hat?"

„Oh ja. Sie hat es offensichtlich gebraucht."

Ich sah Violet an und deutete mit hochgezogenen Augenbrauen an, dass sie jetzt weitere Frage stellen konnte, falls sie noch welche hatte. Doch Violet schüttelte den Kopf, und kurz darauf verkündete Jane, dass sie gehen müsse. Bevor sie sich verabschiedete, gab ich ihr noch die Briefe, die das Hausmädchen Milly mir mitgegeben hatte.

Als wir wieder auf der Straße waren und in verschiedene Richtungen gingen, sagte ich: „Du hast es gewusst, Violet, nicht wahr?"

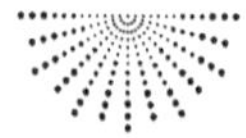

KAPITEL ZWÖLF

Violet ging schneller. "Warum sollte ich gewusst haben, dass Alfred das Hausmädchen erpresst?"

Ich beeilte mich, um mit ihr Schritt zu halten. „Weil du nicht sehr überrascht gewirkt hast."

Jetzt blieb Violet stehen und sah mich an, dann ließ sie den Kopf hängen. „Also gut. Ja, ich habe es gewusst."

„Wie hast du es herausgefunden? Hast du den Streit zwischen Alfred und Jane doch mitangehört?"

Violet sah sich auf der geschäftigen Straße um. „Nicht hier. Ich erzähle dir alles, wenn wir nach Archly Manor zurückfahren."

Sie schwieg immer noch, als wir schon im Wagen saßen und ich durch den Londoner Verkehr navigierte. Ich warf ihr einen Seitenblick zu, doch Violet starrte stur zur Windschutzscheibe hinaus und hielt verkrampft die Handtasche fest. Sie war nicht mehr die sorgenfreie junge Frau, die noch vor wenigen Tagen nur ans Tanzen gedacht hatte.

Als wir den Stadtrand erreichten und der Verkehr nachließ, bohrte ich schließlich nach. „Also, wie hast du von der Erpressung erfahren?"

Violets Griff um ihre Handtasche wurde noch fester. „Ich

wusste, dass Alfred mir nicht alles sagt. Ich habe gemerkt, dass zwischen ihm und Jane irgendetwas los war. Und dann ist mir gestern Abend mal wieder der dumme Kamm aus dem Haar gefallen, und ich ging nach oben, um ihn zu richten. Als ich anschließend in den Ballsaal zurückkehren wollte, habe ich Alfred und Jane in einer dunklen Ecke stehen sehen. Ich konnte nicht hören, was sie sagten, aber es schien eine heftige Auseinandersetzung zu sein. Er stand dicht vor ihr und sprach mit großem Nachdruck."

„Aber du hast nicht gehört, was er gesagt hat?"

„Nein, ich konnte nur Janes Gesicht sehen. Sie hatte das letzte Wort und Alfred war wütend. Als ich ihn später danach gefragt habe, sagte er, es sei nicht von Bedeutung." Sie wandte sich ab und setzte kaum hörbar nach: „Ich dachte erst dasselbe wie du, nämlich dass Alfred Jane Avancen machen wollte. Alfred weigerte sich, etwas dazu zu sagen. Da bin ich nach unten gegangen, um mit anderen Männern zu tanzen."

Um ihn eifersüchtig zu machen, dachte ich.

Violet fuhr fort: „Ich habe drei, vier Lieder mit anderen getanzt. Und als es auf Mitternacht zuging, bin ich ihn schließlich suchen gegangen."

„Und da hast du ihn sicher nochmal danach gefragt?" Violet war einer der hartnäckigsten Menschen, die ich kannte.

„Er konnte kaum erwarten, dass ich die Sache einfach vergesse. Ich fand ihn am Rand der Tanzfläche, wo er sich lachend mit anderen Gästen unterhielt, als wäre nichts geschehen. Als er mich sah, sagte er, es sei Zeit fürs Feuerwerk und wir sollten nach oben auf den Balkon gehen, wo man die beste Aussicht hätte. Ich bin mit ihm gegangen, doch auf dem Weg habe ich ihn gefragt, ob er jetzt bereit sei, über den Vorfall zu sprechen. Wieder weigerte er sich und das waren die letzten Worte, die wir gewechselt haben." Violets Stimme bebte. Sie holte ein Taschentuch aus der Handtasche und drückte es sich auf die Augen. „Ich habe auf der Treppe nichts mehr zu ihm gesagt. Ich wollte, dass er spürte, wie wütend ich war."

Ich versuchte, den zeitlichen Ablauf zu rekonstruieren. Die beiden waren kurz vor dem Feuerwerk nach oben gegangen, und ich hatte selbst gesehen, wie Alfred kurz nach Beginn des Feuerwerks vom Balkon gefallen war. Irgendetwas passte nicht. Auf der engen Straße tauchte ein Lastwagen vor uns auf und ich musste langsamer fahren. „Aber du hast gesagt, du bist nicht mit auf den Balkon gegangen, sondern direkt in dein Zimmer. Wie weißt du dann, dass er Jane erpresst hat, wenn er es dir vor dem Feuerwerk gar nicht gesagt hat?"

Violet nahm das Taschentuch vom Gesicht. „Weil ich so wütend war, dass ich nicht in meinem Zimmer geblieben bin. Ich habe ein paar Minuten gewartet, dann habe ich mich in Alfreds Zimmer gestohlen. Er stand mit dem Rücken zu mir auf dem Balkon. Alfred hatte dieses Buch, ein Notizbuch ..." Sie machte mit dem Tuch eine ungeduldige Geste. „Es ist wohl sinnvoller, wenn ich dir erst von dem Notizbuch erzähle. Alfred und ich hatten uns deshalb gestritten."

„Alle Paare streiten sich ab und zu."

„Mag sein. Jedenfalls hatte Alfred ein schwarzes ledergebundenes Notizbuch. Ich habe ihn einmal gefragt, ob ich es mir ausleihen darf, um etwas zu notieren, doch er wollte es mir nicht geben."

„Und das hat deine Neugier geweckt. Aber ich verstehe nicht, was das mit Alfreds Tod zu tun haben soll."

„Dazu komme ich gleich. Du brauchst diese Information, um alles zu verstehen. Also, dieses Notizbuch ... Er wollte es mir nicht zeigen, was mich erstaunt hat. Und sieh mich nicht so an, du wärst auch neugierig gewesen."

„Stimmt, ich bin von Natur aus schrecklich neugierig."

Violet fuhr fort. „Alfred und ich wollten heiraten. Ich dachte, wenn er mir schon sein Notizbuch nicht zeigen will, was verbirgt er noch alles vor mir?"

„Eine berechtigte Frage." Dass Alfred offenbar sehr viel mehr vor ihr verborgen hatte als nur das Notizbuch, fügte ich lieber nicht hinzu.

„Also wollte ich es suchen und es mir ansehen. Ich weiß ja, sowas macht man nicht, aber wie gesagt, er hätte mein Ehemann werden sollen, und ich wollte nicht, dass er irgendetwas vor mir geheim hält. Vorher, als ich ihn tagsüber etwas fragen wollte, hatte ich gesehen, wie er das Buch in die Schreibtischschublade gelegt hat. Und gestern Abend, als ich so wütend auf ihn war, wollte ich das dumme Notizbuch nehmen und lesen, was er so Geheimes aufgeschrieben hatte, das ich nicht ausleihen durfte."

Violet spielte mit ihren Handschuhen. „Ich habe mich also heimlich in sein Zimmer geschlichen, während er auf dem Balkon war und habe die Schublade geöffnet. Dort lag das besagte Buch." Sie schob trotzig ich Kinn vor. „Ich habe es an mich genommen und bin wieder in mein Zimmer zurückgekehrt."

„Hast du jemanden mit ihm auf dem Balkon gesehen?"

„Nein, da war sonst niemand. Andererseits erstreckt sich der Balkon über die gesamte Hauslänge. Jeder hätte von den anderen Zimmern aus auf den Balkon zu ihm gelangen können."

„Das stimmt." Auch Lady Pamela und Thea hatten in ihren Zimmern Fenstertüren, die direkt auf den Balkon führten.

Wir krochen langsam hinter dem Lastwagen her. Hoffentlich würde sich bald eine Gelegenheit zum Überholen bieten. „Also, was stand in dem Buch."

„Nur normale Eintragungen, dies und das, nichts von Bedeutung. Die Telefonnummer seines Schneiders, eine Erinnerung, dass jemand Milch bestellen muss."

„Merkwürdig. Hast du das ganze Buch angesehen?"

„Ja. Ich war empört. Warum sollte er mir nicht erlauben, derart triviale Dinge zu sehen?" Sie senkte den Blick auf die Handtasche, strich mit dem Finger die Naht entlang. „Aber dann fand ich auf den letzten Seiten eine Liste mit Namen und daneben standen Daten und Geldbeträge. Auch ein Blatt Papier lag lose darin. Darauf war mit der Schreibmaschine getippt worden, und offenbar waren es um Fingerübungen, wie man sie aus einem Kursbuch abtippen würde."

„Janes Schreibübungen."

„Ja, was ich natürlich nicht wusste."

„Das heißt, Alfred hat mehrere Leute erpresst, nicht nur Jane." Dann hatten Tante Caroline und Gwen also Recht gehabt: Alfred war kein Gentleman gewesen. Ich hatte sein breites Lächeln als gekünstelt und seine Art als schmierig empfunden, doch für einen Erpresser hätte ich ihn nun doch nicht gehalten.

„So sieht es aus."

„Und da standen Namen auf der Liste?"

„Ein paar Namen, einmal nur ein Buchstabe. Ein J, was wohl für Jane gestanden haben muss. Es waren eher Spitznamen."

„Zum Beispiel?"

„Also, da gab es zum Beispiel eine *Lady Hochmut*. Ich denke, das könnte Lady Pamela sein."

„Gut möglich."

„Das wäre am offensichtlichsten. Bei den anderen bin ich mir nicht sicher, wer es sein könnte", sagte Violet.

„Jetzt geht mir ein Licht auf."

„Was meinst du?"

Die Straße wurde breiter, ich wechselte den Gang und konnte endlich den Lastwagen überholen. „Erpressung ist ein exzellentes Mordmotiv. Hast du das Notizbuch bei dir?"

„Nein."

„Also hast du es an einem sicheren Ort versteckt?"

Als Violet nicht antwortete, drehte ich den Kopf zu ihr. „Aber du hast es doch versteckt? Wahrscheinlich in deinem Zimmer ..."

Violet reckte das Kinn. „Nein, ich habe es verbrannt."

„Wie bitte? Du hast es verbrannt?"

„Achtung, die Mauer! Pass auf!"

Ich war so schockiert, dass ich den Morris fast gegen eine Mauer am Straßenrand gefahren hätte. Erschrocken riss ich das Lenkrad herum und steuerte wieder sicher auf die Straße zurück. Ich fuhr sicherheitshalber ein wenig langsamer weiter. Ich blickte zum wiederholten Mal ich zu Violet hinüber. „Verstehst du denn nicht, dass du ein Beweisstück zerstört hast? Einen Beweis, dass auch andere Leute ein Motiv hatten, Alfred etwas anzutun?"

„Ja, jetzt verstehe ich das durchaus. Aber als ich von Alfreds Tod erfahren habe, war ich so schockiert. Ich konnte nicht klar denken. Ich wusste nur, dass ich das Notizbuch nicht haben durfte, und ich konnte es auch nicht in sein Zimmer zurückbringen, weil die Polizei da war. Ich hatte Angst, dass sie mein Zimmer durchsuchen könnten. Wie hätte ich erklären sollen, warum ich sein Buch hatte? Dann hätte ich zugeben müssen, dass ich in Alfreds Zimmer gewesen bin. Der Hausdiener hatte gesehen, dass ich mit Alfred die Treppe hochgegangen bin. Wenn die Polizei erfahren hätte, dass ich in Alfreds Zimmer war bevor er gestorben ist, was dann?"

Ich trommelte mit den Fingern auf dem Lenkrad herum. „Das Feuer in deinem Zimmer heute Morgen ... Dir war also gar nicht kalt, da hast du das Notizbuch verbrannt."

„Zu dem Zeitpunkt erschien es mir sinnvoll."

„Sind irgendwelche Reste übriggeblieben?"

„Nein, ich habe so lange im Feuer gestochert, bis sogar der Einband verbrannt war."

„In meiner Handtasche findest du Bleistift und Papier." Ich schob die Tasche zu ihr. „Ich schlage vor, dass du die Liste so gut es geht aus dem Gedächtnis rekonstruierst."

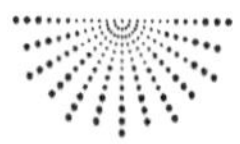

KAPITEL DREIZEHN

Als wir Archly Manor erreichten, hatte Violet alles notiert, woran sie sich erinnern konnte.

Ich blieb hinter dem Tor zum Anwesen im Schatten stehen und nahm das Papier entgegen. Schönschrift war noch nie Violets Stärke gewesen, und da sie die Liste während der Fahrt geschrieben hatte, war es noch schwieriger, sie zu lesen. Immerhin konnte ich den ersten Namen entziffern. „Lady Hochmut", las ich. „Ich stimme dir zu, das ist wahrscheinlich Lady Pamela. Was äußerst interessant ist." Ich glaubte zu wissen, womit Alfred Lady Pamela erpresst hatte, doch das behielt ich vorerst für mich. Das nächste Wort gab mir Rätsel auf. „Schmatzer? Hast du eine Ahnung, wer das sein könnte?"

Violet schüttelte den Kopf. „Nicht im Geringsten."

„War neben dem Namen kein Betrag aufgelistet oder kannst du dich nur nicht daran erinnern?"

„Nein, da stand nichts."

„Vielleicht hat Alfred versucht, diesen *Schmatzer* zu erpressen, aber ohne Erfolg. Vielleicht standen auf Alfreds Liste nicht nur seine Erpressungsopfer, sondern auch die, bei denen er es versuchen wollte?"

Violet warf sich im Sitz zurück. „Es ist hoffnungslos. Die

Einzige, von der wir es sicher sagen können, ist *J*. Aber wir wissen auch, dass Jane im Zug saß, als Alfred gestorben ist. Wir haben heute nur herausgefunden, dass Jane nicht als Verdächtige infrage kommt."

Auf dem Rückweg nach Archly Manor hatten wir im Dorf noch einmal vor dem Cottage mit der blauen Tür und den weißen Fensterläden angehalten und ich hatte mit Mr. Brown gesprochen. Er hatte bestätigt, was mir schon seine Frau gesagt hatte. Janes Angaben waren damit also wasserdicht. Zufällig wusste ich auch, dass der Zug, in dem Jane gesessen hatte, ohne Zwischenhalt in die Stadt gefahren war, denn ich hatte vor dem Wochenende den Fahrplan studiert, für den Fall, dass Gwen mich nicht hätte abholen können.

„Wir machen keine Fortschritte", seufzte Violet.

„Da bin ich ganz anderer Meinung." Ich tippte auf die Liste. „Wir wissen jetzt, dass Alfred etwas gegen diese Leute in der Hand hatte. Jeder auf der Liste könnte sich entschlossen haben, sich nicht länger erpressen lassen zu wollen und hätte ein Motiv gehabt, Alfred vom Balkon zu stoßen."

„Aber die Beträge sind so gering, ja eigentlich unbedeutend. Würde man wegen ein paar Pfund denn wirklich jemanden umbringen?"

Ich sah noch einmal auf die Spalte mit den Geldbeträgen. Die geringste Summe stand neben *J*. Bei den übrigen Beträgen handelte es sich auch um wenig Geld, abgesehen von dem höheren Betrag, der neben *Lady Hochmut* stand.

„Ich weiß nicht, ob die Beträge zu hundert Prozent stimmen, aber es waren ganz sicher alles nur geringe Summen." Violet zeigte auf Lady Hochmut. „Außer diesem Betrag. Da bin ich ganz sicher, dass dort zehn Guineen stand."

„Es ist wahr, es handelt sich um kleine Beträge. Aber überleg doch mal, würdest du jede Woche ein paar Pfund zahlen wollen, weiß Gott für wie lange? Vielleicht für den Rest deines Lebens? Und was, wenn Alfred noch mehr verlangt hätte? Oder am Ende doch seine Informationen an die Zeitung verkauft hätte?"

Violet zog die Stirn in Falten und wechselte ihre Sitzposition. „Ich kann gar nicht fassen, dass Alfred so etwas getan hat. Ich habe ihn überhaupt nicht richtig gekannt. Mutter und Gwen hatten Recht."

Mir kam es fast so vor, als würde die Tatsache, dass ihre Schwester und ihre Mutter Alfreds Charakter besser eingeschätzt hatten als sie selbst, sie mehr stören als sein Vergehen.

„Aber wieso sollte er Informationen an die Zeitung verkaufen wollen?", wunderte sich Violet. „Denen wäre doch egal, ob Jane in aller Herrgottsfrühe etwas auf Sebastians Schreibmaschine tippt. So was interessiert doch die Klatschzeitschriften nicht."

„Schon. Aber wer weiß, welche Informationen Alfred über die anderen Leute hatte", erklärte ich und dachte an Lady Pamela. Ich hatte gehört, dass ihr Vater sehr auf korrektes Benehmen und Anstand bedacht war. Lady Pamela würde sicher nicht wollen, dass jemand etwas über ihren Drogenkonsum erfuhr, oder dass darüber gar in den Zeitungen geschrieben wurde. Doch ich sagte lieber nichts. Ich liebte meine Cousine sehr, doch leider hatte Violet die Angewohnheit, zu plappern, bevor sie nachdachte.

Ich blickte wieder auf die Liste und entzifferte den nächsten Eintrag, der nur aus der Abkürzung *Dr.* bestand. „Wer könnte der Doktor sein? Der Arzt hier im Ort oder einer aus London?"

„Wer weiß? Es ist alles so vage, es könnte jeder sein."

„Nein, es kann *nicht* jeder sein. Lass uns gemeinsam überlegen. Hat Alfred vielleicht erwähnt, dass er zu einem Arzt gegangen ist? War er vor Kurzem krank?"

Violet schüttelte den Kopf. „Nein."

„Was ist mit euren Freunden? Gibt es da irgendwelche Ärzte?"

„Nein."

„Oder vielleicht einen Professor? Was ist damit? Gibt es so jemanden in eurem Freundeskreis?"

Violet lachte kurz auf. „Nein, unsere Freunde sind nicht so klug."

„Also gut, dann fangen wir mit dem Arzt im Ort an. Und was ist mit dem letzten Namen? *Singvogel*?"

„Auch da habe ich keine Idee. Niemand in unserem Freundeskreis ist ein guter Sänger, außer natürlich Alfred selbst. Keiner konnte so gut singen wie er. Ich habe keine Ahnung, wer das sein könnte."

„Nun, dann müssen wir es eben herausfinden, nicht wahr?"

Ich löste die Bremse und wir fuhren weiter auf der kurvigen Straße im Schatten der Allee. „Es würde mich nicht überraschen, wenn heute Nachmittag ein Inspector von Scotland Yard kommt. Vielleicht ist er schon da."

Violet klammerte sich am Sitz fest und drehte sich zu mir um. „Scotland Yard?"

„Ich habe gehört, wie sich der hiesige Inspector mit dem Constable unterhalten hat. Sie wollen möglichst wenig mit dem Fall zu tun haben und ihn so schnell wie möglich abschieben. Vielleicht solltest du den Beamten von Scotland Yard von Alfreds Notizbuch erzählen."

„Oh, es wäre mir lieber, wenn du das tun könntest. Ich verhaspeln mich nur und sage etwas Falsches und am Ende werde ich eingesperrt."

„Unsinn. Wenn ich es erwähne, ist es nur Hörensagen. Du bist die Einzige, die das Notizbuch tatsächlich gesehen hat."

„Und ich habe es verbrannt." Sie ließ die Schultern hängen.

Ich parkte in der runden Auffahrt vor dem Herrenhaus. Schon in der Empfangshalle kam ein Polizist auf uns zu. „Miss Belgrave und Miss Stone? Kommen Sie bitte mit. Inspector Longly will Sie sehen."

Violet sah mich nervös an. Ich lächelte ihr aufmunternd zu und folgte dem Constable den Gang entlang. Violet hielt mich am Arm zurück und raunte mir zu: „Ich glaube, ich kann das nicht noch einmal. Diese ganze Fragerei, sie wollen mir sicher eine Falle stellen und mich so wirr machen, dass ich was Falsches sage."

„Unsinn, du kannst nichts Falsches sagen, wenn du bei der Wahrheit bleibst."

Der Constable führte uns in Sebastians Arbeitszimmer. Ein Mann um die dreißig mit hellbraunem Haar und dünnem Schnurrbart saß hinter dem Schreibtisch, wo am Vorabend Inspector Jennings gesessen hatte. Der Mann mochte sonst ein freundliches Gesicht haben, doch nun hatte er die Stirn in Falten gezogen und er wirkte eher missmutig. Er erhob sich. „Miss Stone?", sagte er an Violet gewandt.

„Ja." Ihre Antwort war kaum mehr als ein Flüstern. Ich war erstaunt, dass meine sonst so lebhafte und energiegeladene Cousine derart eingeschüchtert sein konnte.

„Ich bin Inspector Longly von Scotland Yard. Wir haben die Ermittlung zum Todesfall ihres Verlobten übernommen. Ich muss Ihnen ein paar Fragen stellen."

Violet schluckte. „Natürlich."

„Aber zuerst möchte ich wissen, warum Sie Archly Manor verlassen haben."

Violet knetete den Griff ihrer Handtasche. „Es war … Nun ja, wissen Sie …" Hilfesuchend sah sie mich an.

Ich trat vor. „Ich fürchte, es ist meine Schuld, Inspector." Ich streckte ihm die Hand entgegen. „Olive Belgrave, Violets Cousine. Ich bin nach London gefahren und Violet hat mich begleitet."

Er spähte auf meine Hand, dann huschte ein resignierter Ausdruck über sein Gesicht und er streckte ebenfalls die Hand aus, doch nicht die rechte, sondern die linke. Im Gegenlicht, das durch die Terrassentüren hinter ihm hereinschien, hatte ich nur seine Silhouette sehen können, doch jetzt, da sich meine Augen langsam an die Lichtverhältnisse gewöhnten, bemerkte ich, dass sein rechter Ärmel leer und an die Jacke geheftet war. Einen Augenblick später, nachdem ich Tasche und Handschuhe in die andere Hand genommen hatte, streckte ich ebenfalls die Linke aus, und endlich schüttelten wir uns die Hände.

Anschließend zeigte er auf zwei Stühle und ging wieder um den Schreibtisch herum, um sich zu setzen. „Warum dachten Sie, Sie könnten einen kleinen Ausflug in die Stadt unternehmen?"

Violet und ich setzten uns. „Man hat uns nicht angewiesen, auf Archly Manor zu bleiben. Wir waren nur ein paar Stunden weg, und ich dachte nicht, dass das ein Problem darstellen könnte."

„Es stellt sogar ein sehr großes Problem dar, wenn während einer laufenden Ermittlung die Personen, mit denen ich sprechen muss, nicht anwesend sind."

„Doch jetzt sind wir ja hier. Es ist noch nicht einmal Teezeit. Sicherlich ist Ihre Untersuchung durch unsere Abwesenheit nicht ernsthaft aufgehalten worden, weil Sie nicht als Erstes mit uns sprechen konnten? Ich vermute, dass Sie bestenfalls vor einer Stunde hier eingetroffen sind?"

„Meine Ankunftszeit spielt keine Rolle", erwiderte er, doch ich sah, dass für einen kurzen Moment ein Mundwinkel leicht nach oben zuckte. „Nun, was war so dringend, dass Sie nach London fahren mussten?"

„Eines der Hausmädchen hat gestern während der Party seine Habseligkeiten gepackt und das Haus verlassen. Sie hatte eine Auseinandersetzung mit Alfred, und ich nahm an, dass sie wie meine Cousine eine Verdächtige sein könnte."

„Das heißt, Sie machen meine Arbeit für mich?"

„Ich wusste nicht, ob Sie sich als aufgeschlossener erweisen würden als Ihr Kollege, der mich gestern Abend befragt hat. Er schien bereits beschlossen zu haben, dass Violet die Schuldige sein muss, und er wollte gar keine weiteren Ermittlungen anstellen. Ich fand es wichtig, Ihnen weitere Optionen zu präsentieren."

Bei der Erwähnung von Inspector Jennings seufzte Longly

laut. „Sie wollten mich also zwingen, weiter zu ermitteln?" Sein Tonfall war nun etwas milder.

„Wenn nötig, ja." Ich lehnte mich zurück, denn sein Ärger schien verraucht zu sein und ich fürchtete nun nicht mehr, dass er Violet anblaffen würde.

„Ich versichere Ihnen, ich schließe nicht aus, dass es weitere Verdächtige gibt. Alles wird in Betracht gezogen." Die Tür ging auf und ein Constable mit einem Notizbuch trat ein. „Gut, jetzt können wir anfangen." Inspector Longly wandte sich Violet zu. „Ich fürchte, ich muss Sie bitten, noch einmal alles zu erzählen. Wir müssen alle Fakten zu Protokoll nehmen."

Violet nickte kurz.

An mich gerichtet sagte der Inspector: „Wenn Sie bitte im Flur warten würden, ich lasse Sie in Kürze wieder holen."

Ich tätschelte Violets Schulter, dann ging ich in die Empfangshalle hinaus. Da ich nicht stillsitzen konnte, lief ich auf und ab. Ungefähr eine Viertelstunde später erschien Violet, schüttelte im Vorbeigehen nur kurz den Kopf und lief dann schnell die Treppe hinauf. Der Constable trat hinter ihr in die Tür und bat mich wieder ins Arbeitszimmer, wo ich auf demselben Stuhl wie zuvor Platz nahm.

Inspector Longly sagte: „Wie ich von Ihrer Cousine erfahren habe, war die Reise nach London fruchtlos."

„So würde ich es nicht ausdrücken. Immerhin wissen wir jetzt, wo Jane war und dass sie nicht die Täterin sein kann. Vielleicht finden Sie das unproduktiv, ich betrachte als hilfreich im Bestreben, die ganze Wahrheit herauszufinden, anstatt nur nach anderen Verdächtigen zu suchen."

„Eine löbliche Einstellung, und ich stimme Ihnen da voll und ganz zu. Ihre Cousine sagte, dass Sie mir die neue Adresse des ehemaligen Hausmädchens in London geben können."

Der Constable notierte sie.

„Wir werden natürlich alles, was Sie mir erzählt haben, überprüfen", sagte der Inspector und wollte nun wissen, was ich von der tätlichen Auseinandersetzung auf dem Balkon mitbekommen hatte.

„Sie können nichts Genaueres sagen, als dass die Person blonde Haare hatte und ein glitzerndes Kleid trug?"

„Mehr nicht, leider. Glauben Sie mir, ich würde mich auch gern an mehr Details erinnern." Während der Fahrt nach London hatte ich versucht, mir weitere Einzelheiten ins Gedächtnis zu rufen. Ich schüttelte den Kopf. „So gern ich mehr darüber sagen würde, das ist leider alles. Es ist so schnell passiert. Es ist eher ein flüchtiger Eindruck als eine genaue Erinnerung."

Longly nickte. „Nun, dann muss ich wohl dankbar sein, dass Sie nicht irgendwelche Dinge dazuerfinden, die Ihre Cousine entlasten würden."

„Ich bezweifle, dass so etwas überhaupt funktionieren würde."

„Richtig, das glaube ich auch nicht."

Violets Kopfschütteln von vorhin hatte wohl zu bedeuten, dass sie nichts über Alfreds Notizbuch gesagt hatte, was ich für einen großen Fehler hielt. Inspector Longly schien mir nicht so kurzsichtig zu sein wie Jennings. Longly war hoffentlich jemand, der jeder Spur nachging, und es erschien mir ein Verlust zu sein, wenn man ihm nicht alle Details zur Verfügung stellte. Als er mich nach meiner Meinung zu Alfred fragte, antwortete ich: „Meine Tante und meine andere Cousine Gwen waren überzeugt davon, dass Alfred … sagen wir es so, dass er kein Gentleman war."

„Und was denken Sie? Dass er ein Mitgiftjäger war?"

„Nein, das nicht. Violet hat keine sehr beeindruckende Mitgift und auch keine Aussicht auf eine besonders große Erbschaft. Nein, sie hielten Alfred für, nun ja, ungehobelt", sagte ich, sehr auf meine Wortwahl bedacht.

„Und worauf basierte ihre Meinung?"

„Nichts von Substanz. Alfred hatte sich lediglich ein paar Patzer erlaubt, was die Etikette anging, zum Beispiel hat er

Violet auf der Treppe nicht den Vortritt gelassen oder er hat bei der Vorstellung, nicht im rechten Moment die Hand ausgestreckt." Ich seufzte. „Es hört sich unbedeutend an, doch da war etwas an ihm … Es ist schwierig, es zu beschreiben. Er war überfreundlich, so wäre er sehr darauf bedacht, dass ihm sein Gegenüber freundlich gesinnt blieb."

„Und Sie, was haben Sie über Alfred Eton herausgefunden?"

Als ich zögerte, setzte er nach: „Ihre Cousine Gwen hat mir erzählt, dass die Familie Sie gebeten hat, mehr über Alfred in Erfahrung zu bringen."

„Leider muss ich Ihnen sagen, dass ich mit meinen Ermittlungen recht erfolglos war. Ich habe ihn nicht dazu bringen können, mir mehr als das Allernötigste über seine Kindheit und seine Eltern zu erzählen. Ich bin zur Party nach Archly Manor gekommen, weil ich gehofft habe, hier auf seine Freunde zu treffen, und dass sie mir bestätigen würden, was Alfred erzählt hat. Doch auch das ist nicht passiert." Dann berichtete ich ihm von dem Wenigen, das ich wusste.

„Scotland Yard wird sicher noch mehr herausfinden", sagte Longly dazu, bevor er wieder auf die Balkonszene zu sprechen kam. „Und Sie sind sicher, dass es sich bei der Person, die mit ihm auf dem Balkon war, um eine blonde Frau handelt?"

„Ja, ganz sicher. Es ist das Einzige, was ich mit Gewissheit sagen kann."

Inspector Longly legte den Bleistift aus der Hand, kratzte sich am Kinn und blickte einen Moment lang auf seine Notizen. „Ihre Aussage stimmt mit der Version von Monty Park überein. Ich bin also geneigt, Ihnen zu glauben. Leider hat er uns auch nicht mehr Details nennen können."

Longly klappte sein Notizbuch zu, dann nahm er einen Umschlag vom Tisch und schüttelte ihn vorsichtig, wobei vier Perlenstränge herausrutschten und auf seinem Notizbuch landeten. „Sagen Sie, warum sehen Sie so überrascht aus?"

„Weil …", ich griff nach meiner Handtasche und zog meinerseits die Perlen heraus, „ich diese hier nach Alfreds Sturz auf der Terrasse gefunden habe, nachdem ich fast darauf ausgerutscht wäre. Ich habe sie aufgehoben und in meinem Handschuh aufbewahrt."

Er nahm die Perlen entgegen und legte sie neben die anderen Stränge. „Diese vier Kettenstücke stammen aus Alfreds Jacketttasche." Er berührte die Perlen, die ich ihm gegeben hatte. „Wo genau haben sie dieses Stück gefunden?"

„Auf der Terrasse vor dem Ballsaal, bei der ersten Tür."

„Haben Sie noch mehr Schmuck gefunden?"

„Nein, das ist alles."

Er schob die Perlen zurück in den Umschlag. „Vielen Dank für Ihre Zeit, Sie können jetzt gehen."

Ich war schon an der Tür, als er hinzufügte: „Ach, und Miss Belgrave? Ich weise Sie hiermit ausdrücklich darauf hin, dass Sie Archly Manor nicht verlassen dürfen. Keine weiteren Ausflüge nach London."

„Ich verstehe. Ich denke, weitere Ausflüge sind ohnehin nicht nötig."

ICH MACHTE mich auf den Weg in den Salon, wo ich eine gedämpfte Stimmung vorfand. Sebastian saß in einer Ecke und unterhielt sich leise mit Lady Pamela, die auf der Chaiselongue lag. Thea war immer noch ein wenig blass, schien sich aber ansonsten wieder erholt zu haben. Sie hatte James, Sebastians Sekretär, in ein Gespräch verwickelt. Er sah mich an wie ein Schiffbrüchiger, der in der Ferne ein Passagierschiff vorbeifahren sah. Thea redete in epischer Breite über die Paneele ihrer Londoner Wohnung, ihre Stimme schallte durch den Raum: „… sehr teuer. Aber wie ich immer sage, wer billig kauft, kauft teuer, wissen Sie?" Ich machte einen großen Bogen um sie und ging zu Gwen. Mit einer Teetasse in der Hand stand sie vor der offenen Flügeltür, die zur Terrasse und zu den Gärten auf der Westseite führte.

„Oh, da bist du ja", sagte sie. Von draußen strömte Rosenduft und das süße Aroma von Geißblatt ins Haus. „Ich habe gehört, dass du zurück bist, aber als ich nach unten kam, warst du schon beim Inspector. War er sehr wütend auf dich? War es schlimm?"

„Nein, es war überhaupt nicht schlimm." Mit gesenkter Stimme erzählte ich alles, was Violet und ich in Erfahrung gebracht hatten. Regungslos hörte sie zu, während ihr Tee kalt wurde.

Obwohl sie sich ebenfalls bemühte, leise zu sprechen, hörte man ihr an, wie wütend sie war. „Also war dieser Alfred tatsächlich ein Gauner. Ein Erpresser, der sogar das Hausmädchen bedroht hat!"

„Ihr hattet Recht, was ihn anbelangt."

„Aber dass er so kriminell war, hätte ich nie gedacht." Sie stellte klirrend ihr Teegeschirr auf den Tisch.

„Ja, leider. Doch Violet hat der Polizei nichts von dem Notizbuch erzählt. Hast du schon mit ihr gesprochen, seit wir aus London zurück sind?"

„Nein, sie ist direkt auf ihr Zimmer gegangen. Sie hatte Kopfschmerzen und wollte ein Pulver nehmen." Gwen rieb sich über das Pflaster auf der Hand. „Ich glaube, die Arme möchte im Moment nicht weiter mit der Sache konfrontiert sein. Ich denke, die Erkenntnisse der letzten Stunden waren einfach zu viel für sie."

„Wir müssen sie überreden, Inspector Longly von dem Notizbuch zu erzählen. Er scheint etwas kompetenter zu sein als Jennings."

„Ach ja?" Gwens Wangen färbten sich rot.

„Ja, er schien wirklich interessiert daran zu sein, die Wahrheit ans Licht zu bringen. Hattest du nicht denselben Eindruck?"

„Er hat mir ein paar sehr spitze Fragen gestellt."

„Aber du musst doch zugeben, dass er besser als der Inspector aus dem Dorf ist."

„Möglich."

Es sah Gwen gar nicht ähnlich, eine vorgefertigte Meinung über jemanden zu haben, doch vielleicht war sie wegen Violet so defensiv.

Gwen blickte aus dem Fenster, dann sah sie sich im Salon um und flüsterte: „Ich mache mir wirklich Sorgen um Violet. Ich habe mit einem der Hausmädchen gesprochen, dessen Bruder hier im Ort bei der Polizei ist. Er hat gesagt, dass es keine anderen Spuren gibt und dass alles gegen Violet spricht. Was wenn sie sie verhaften, weil es keine anderen Verdächtigen gibt?"

„Natürlich gibt es noch weitere Verdächtige. Vielleicht kommen Jane und Thea nicht infrage, aber Lady Pamela war ebenfalls oben."

Die Tür schwang auf und Muriel kam mit Paul und Rose herein. Als die Kinder zu ihrer Mutter liefen, nutzte James die Gelegenheit und floh mit der Gewandtheit einer Maus, die einer kurz abgelenkten Katze entwischte. Dabei murmelte er etwas von einem Telefonat und eilte davon.

Ich packte Gwens Arm. „Muriel! Sie habe ich ja ganz vergessen. Sie war natürlich auch oben, im Kinderzimmer. Zugegeben, das ist im zweiten Stock, aber sie war oben."

Gwen schüttelte den Kopf. „Muriel hat dunkle Haare. Du hast gesagt, dass die Frau auf dem Balkon blond war."

„Es gibt Perücken, oder nicht?"

„Aber Muriel?" Gwen sah sich um. „Sie ist so eine graue Maus. Ich würde ihr so etwas nicht zutrauen."

„Willst du weitere Verdächtige oder nicht?", fragte ich.

„Na gut. Dann setz Muriel auf die Liste."

„Und Lady Pamela", fuhr ich fort. „Angeblich hatte Tug seinen Drink über sie verschüttet, weshalb sie nach oben gegangen ist. Aber wann war das? Wie lange war sie oben und ist es wirklich so passiert? Vielleicht hat sie ihren eigenen Drink verschüttet, als Vorwand, um nach oben zu gehen."

„Ich hatte schon die Befürchtung, der strenge Inspector hätte dich vielleicht eingeschüchtert und du würdest dich jetzt nicht mehr trauen, weiter herumzuschnüffeln. Er hat mich ziemlich angefahren, als ich gesagt habe, dass du weggefahren bist. Ich sollte dich besser kennen."

„Die Neugier ist mir eben angeboren. Selbst wenn ich aufhören *wollte*, könnte ich nicht. Außerdem stecken wir jetzt hier fest, bis die Ermittlungen abgeschlossen sind. Da sitze ich doch nicht sinnlos rum und sticke."

„Dabei kannst du ganz wunderbar sticken!", erwiderte Gwen schmunzelnd.

„Danke. Du weißt, wenn mir etwas durch den Kopf geht, kann ich nicht stillsitzen." Mein anfängliches Zögern, Violet mittels eigener Nachforschungen zu helfen, war verflogen. Seit ich mit Jane gesprochen und von Alfreds Notizbuch erfahren hatte, war meine Neugier neu entflammt. Natürlich wollte ich Violet helfen, doch genauso sehr wollte ich herausfinden, wen Alfred noch erpresst hatte.

„Ja, manchmal kannst du dich sehr auf etwas versteifen. Inspector Longly wird das nicht gut finden, er war vorhin sehr schlechter Stimmung."

„Nun, dann soll er eben weiter schlechter Stimmung sein. Es gibt nämlich kein Gesetz, das mir verbietet, Fragen zu stellen."

KAPITEL VIERZEHN

Die hohen Stimmen von Theas Kindern sorgten dafür, dass es laut und lebhaft wurde im Salon. Ich achtete nicht auf ihr Geplapper, bis Pauls Stimme durch den Raum schallte: „Wir werden alle im Bett *ermordet*", rief er und ließ sich das Wort genüsslich auf der Zunge zergehen.

Roses Kinn begann zu zittern. Thea schimpfte: „Das will ich nicht noch einmal hören!" Sie streichelte Roses Hand. „Hab keine Angst, Liebes. Die Polizei ist da, und sie werden denjenigen, die diese furchtbare Sache getan hat, bald wegbringen." Theas Blick wanderte zu Gwen, die zwar mit dem Rücken zum Raum stand, aber durchaus alles mithörte. Gwens Schultern wurden steif, ihre Wangen färbten sich rot.

„Muriel", sagte Thea und zeigte zur offenen Terrassentür. „Bringen Sie die Kinder in den Garten, das wird sie auf andere Gedanken bringen."

Muriel führte gerade eine Tasse Tee zum Mund und trank nur einen winzigen Schluck, dann setzte sie die Tasse wieder ab. „Sehr wohl, Mrs. Reid."

„Du musst wirklich keine Angst haben", sagte Thea noch einmal zu Rose, dann zeigte sie mit dem Finger auf Paul. „So etwas möchte ich nicht noch einmal von dir hören, mein Lieber.

Du weißt, dass du deiner Schwester damit Angst machst." Muriel scheuchte die Kinder nach draußen. Das Kindergeschrei begleitet von Muriels versuchen, sie zum Schweigen zu bringen, wurden leiser, während sie sich auf dem von Blumen umsäumten Weg entfernten.

Gwen starrte in den Garten hinaus und flüsterte: „Wie schrecklich. Wenn die Polizei nicht herausfindet, wer es wirklich war, werden sie Violet für den Rest ihres Lebens verdächtigen. Ich gehe nach oben, ich will mit niemandem sprechen." Gwen verließ den Raum. Dabei machte sie einen großen Bogen um Thea, die in einem Magazin blätterte und anscheinend nicht bemerkt hatte, wie aufgebracht Gwen war.

Auch ich ärgerte mich und hielt es für besser, Thea aus dem Weg zu gehen. Also gesellte ich mich zu Lady Pamela und Sebastian. Lady Pamela bewegte den Kopf nur vage in meine Richtung. „Oh, Olivia, ist das nicht eine fürchterliche Angelegenheit?"

Sebastian drückte seine Zigarette aus. „Pamela, lass das doch sein. Sie heißt Olive und das weißt du sehr wohl. Ich weiß nicht, warum du auf dieses Spielchen bestehst, du kannst dabei doch nichts gewinnen."

Lady Pamela schenkte Sebastian ein langsames Lächeln. „Du bist so furchtbar direkt. Das wird dich noch irgendwann in Schwierigkeiten bringen. Aber ich finde es ziemlich attraktiv."

„Ich sage immer nur das, was ich denke", entgegnete Sebastian.

Lady Pamela schenkte mir wieder ihre Aufmerksamkeit. „Ich bin nicht ganz bei mir. Entschuldigen Sie, Olive."

„Wir sind wohl alle nicht ganz bei uns. Was passiert ist, ist einfach schrecklich."

Lady Pamela nahm eine Zigarette. „Es hat jedenfalls die Party ruiniert."

Sebastian holte sein Feuerzeug heraus. „Da würde ich widersprechen. Es geht doch nichts über einen kleinen Mord, um ein bisschen Leben in eine Party zu bringen."

Lady Pamela zog an ihrer Zigarette. „Also, wer hat hier das schlechte Benehmen?"

Als Sebastian meinen Gesichtsausdruck sah, beeilte er sich hinzuzufügen: „Doch es ist natürlich ein äußerst tragisches Unglück."

„Ja, das ist es", sagte ich bestimmt. „Nachdem Alfred keine Familie hatte, werden Sie sich wohl um alle Vorkehrungen kümmern?"

„Vorkehrungen?"

„Ich meine die Bestattung. Sie waren doch sein Pate."

Sebastians blasierte Art löste sich in Luft auf, und jetzt sah man ihm an, dass ihm dieser Gedanke sehr unangenehm war. „Ich … also, ich denke, das werde ich wohl tun müssen."

Lady Pamela wedelte mit der Zigarette durch die Luft und hinterließ dabei eine Rauchspur. „Sebastian, du bist auch wirklich ein Schaf, hast du etwa vergessen, dass du sein Pate warst?"

„Nein, nein, meine Liebe. Ich war nur mit so vielen anderen Dingen beschäftigt, wie das bei großen Genies eben der Fall ist, weißt du? Wir gehen so in unserer Arbeit auf, dass die restliche Welt um uns herum verschwindet."

„Hört sich wunderbar an ", fand Lady Pamela. „Vielleicht sollte ich auch ein Genie werden? Wie macht man das am besten?"

Langsam begann meine Haut vor Irritation zu prickeln. Die beiden behandelten Alfreds Tod wie ein Partyspiel.

Sebastian wandte den Blick von Lady Pamela ab und sein amüsierter Gesichtsausdruck wurde wieder nüchterner. „Ich muss mich entschuldigen. Ich rede zu leichtfertig über den Vorfall. Aber ich bin nun mal kein Freund der Realität und bevorzuge die Welt der Kunst. In meinem Studio kann ich alles kontrollieren, wie ein kleiner Gott. Das kann durchaus süchtig machen. Wenn mir die echte Welt zu viel wird, ziehe ich mich zurück und sperre mich in meine Dunkelkammer ein, wo ich ungestört Fotografien entwickle."

Er klang frivol, doch mir wurde bewusst, dass er es durchaus ernst meinte. „Ist die Dunkelkammer oben Teil Ihres Studios?"

„Ja, ich kann sie Ihnen zeigen, wenn Sie möchten."

„Das würde mich sehr interessieren."

Unvermittelt erschien James an Sebastians Seite. Er flüsterte ihm etwas ins Ohr, woraufhin Sebastian sein Feuerzeug einsteckte und aufstand. „Ich fürchte, ich muss mich entschuldigen. Ein wichtiger Anruf."

So wie Lady Pamela den Blick durch den Raum schweifen ließ, suchte sie nun nach einer Gelegenheit, mir zu entkommen. Deshalb sagte ich schnell: „Ich nehme an, die Polizei hat auch schon mit Ihnen gesprochen?"

„Diese lästige Fragerei. Wo war ich? Wie lange bin ich oben geblieben? Wen habe ich sonst noch gesehen?"

„Das sind alles wichtige Fragen."

Sie zuckte mit den Achseln. „Vielleicht."

„Wollen Sie nicht wissen, wer Alfred ermordet hat?"

Jetzt zog sie die Augenbrauen hoch. „Das wissen wir doch schon. Violet war es."

„Glauben Sie das wirklich?"

„Nun, die Polizei scheint es jedenfalls zu denken. Es überrascht mich, dass Violet immer noch hier ist. Ich dachte, sie würden sie gleich wegbringen."

„Haben Sie Violet in Alfreds Zimmer gesehen?"

„Nein. Die einzige andere Person, die ich oben gesehen habe, waren Sie."

Es schien ihr zu gefallen, das zu sagen. Gewiss hatte sie das auch der Polizei mitgeteilt. Ob sie dabei meinen Namen richtig gesagt hatte?

Ich ignorierte ihren Seitenhieb. „Haben Sie keine Geräusche auf dem Balkon gehört, als Sie sich umgezogen haben?"

„Nein. Die Balkontür meines Zimmers war geschlossen." Ihre Augen zeigten zum ersten Mal ein Fünkchen Interesse, als sie mich ansah. „Warum so viele Fragen?"

„Weil Violet nicht der Mörder ist."

Darüber lachte sie so, dass sie den Kopf in den Nacken warf und dabei ihren langen Hals und die vorstehenden Schlüsselbeine entblößte. „Natürlich war sie es. Wer sollte es sonst gewesen sein?"

„Sie."

Ihr Lächeln war wie weggewischt. „Sie wollen mich beschuldigen, diesen schmierigen Emporkömmling vom Balkon gestoßen zu haben?" Sie versuchte ihrer Stimme einen aristokratischen Klang zu verleihen.

„Sie waren oben."

„Sie beschuldigen mich tatsächlich. Ich fasse es nicht. Sie denken, *ich* sei es gewesen?"

„Ich will nur sagen, dass Sie dieselbe Möglichkeit gehabt hätten wie Violet. Warum sollte der Verdacht nur auf meine Cousine fallen?"

Lady Pamelas Lippen verzogen sich zu einem angespannten Lächeln. „Weil ich Lady Pamela Withers bin, mein Vater ist Lord Harlan. Die Polizei wird lange und gründlich darüber nachdenken, bevor sie wagen auch nur anzudeuten, dass ich etwas mit dem Vorfall zu tun haben könnte. Violet ist nur Violet Stone, ihr Vater nichts weiter als ein Baronet."

„Und da Violets Herkunft nicht so beeindruckend ist wie Ihre, kann nur Violet die Schuldige sein?"

„Korrekt. Außerdem war *ich* schließlich nicht diejenige, die sich mit Alfred gestritten hat. Das ist allgemein bekannt."

Ich warf einen Blick in Theas Richtung. Sie war immer noch in ihre Zeitschrift vertieft. Sonst war auch niemand in der Nähe. „Doch er hat sie erpresst."

Lady Pamela wurde stocksteif, dann hob sie ihren dünnen Arm zu ihren Haaren und strich sich die Haare aus dem Gesicht. „Wenn Sie das wiederholen, werde ich Sie der Verleumdung bezichtigen. Sie stehen auf der gesellschaftlichen Leiter noch viel weiter unten als Violet. Vergessen Sie das nur nicht." Damit stand sie auf und stolzierte hinaus.

Jetzt legte Thea ihr Magazin zur Seite. „Was ist denn mit Pammy los?"

„Wir sind wohl alle ein wenig angespannt, nehme ich an."

„Ja, es war ein schwieriger Tag." Thea kam zu mir und setzte sich neben mich. „Ich möchte Ihnen sagen, dass wir Violet für ein nettes Mädchen halten und hoffen, dass sich für sie alles zum Guten wendet."

„Sie meinen, wir sollen hoffen, dass die Polizei milde gestimmt sein wird?"

„Nun, mehr kann man im Moment wohl nicht erwarten."

„Es gibt keinen einzigen Beweis dafür, dass es Violet war. Sie hatte eine Auseinandersetzung mit Alfred und sie war oben, das ist Fakt. Doch auch andere Leute waren oben, Sie eingeschlossen."

„Ich?" Theas Augenbrauen verschwanden unter ihrem dichten Pony. „Ich habe geschlafen."

Ich neigte den Kopf zur Seite. „Können Sie beweisen, dass Sie in Ihrem Zimmer waren und geschlafen haben?"

Ihre Blicke schweiften durch den Raum. „Das wohl nicht."

„Dann wissen Sie genau, wie es Violet geht. Ich hoffe sehr, dass Sie Ihre Andeutungen von nun an für sich behalten. Auch für Gwen sind sie sehr verletzend."

„Wenn Violet es nicht war, dann muss es jemand anders getan haben."

„Vollkommen richtig."

Thea hob die Hand an den Ausschnitt ihres Kleides. „Das … ist ein beunruhigender Gedanke. Wir sind hier nicht mehr sicher." Sie sprang auf. „Ich muss wegen der Kinder mit Muriel sprechen und ein Hausmädchen rufen, um unsere Sachen packen zu lassen."

„Ich fürchte, niemand darf das Haus verlassen."

„Niemand darf das Haus verlassen?" Ihre Stimme war schrill. „Was soll das heißen?"

„Bis die Polizei die Ermittlungen abgeschlossen hat, müssen wir alle hierbleiben."

„Aber das … das ist inakzeptabel. Ich sorge dafür, dass Sebastian mit dem Inspector spricht." Sie eilte hinaus.

Ich strich meinen Rock glatt und verließ ebenfalls das Zimmer. Nun hatte ich in kürzester Zeit gleich zwei Frauen beleidigt, doch ich hatte kein schlechtes Gewissen. Ihre Äußerungen bezüglich Violet waren einfach unentschuldbar.

Im Billardzimmer traf ich auf Monty und Tug. Sie hatten gerade ein Spiel beendet und setzten sich in die Clubsessel, um Whiskey zu trinken. Monty bot an, auch für mich nach einem Glas zu klingeln. Ich lehnte dankend ab, gesellte mich aber zu ihnen. „Tug, mit Ihnen wollte ich gerade sprechen."

Er wirkte überrascht. „Ach ja?"

„Ja. Haben Sie gestern versehentlich Ihren Drink über Lady Pamela verschüttet?"

„Beklagt sie sich etwa immer noch darüber?", fragte Monty dazwischen.

„Es war ein Versehen", beteuerte Tug. „Irgendwer hat mich am Ellbogen angestoßen und schwupps, schon war sie nass."

„Sie war außer sich", bestätigte Monty, während Tug lachend hinzufügte: „Und das ist milde ausgedrückt."

„Waren Sie dabei?", fragte ich Monty.

„Ich stand zwar nicht direkt daneben, aber alle im Umkreis von zwanzig Metern haben Lady Pamelas Schrei gehört", sagte er. „Warum fragen Sie?"

„Ach, ich habe nur gehört, dass sie sich das Kleid ruiniert hat, und war neugierig, was genau passiert ist."

Tug schien sich mit meiner Antwort zufriedenzugeben. Doch Monty sah mich durchdringend an. Dann stellte er sein Glas ab. „Ich glaube, ich mache einen kleinen Spaziergang durch den Garten. Hätten Sie Lust mich zu begleiten, Miss Belgrave?"

„Eine ausgezeichnete Idee."

Als wir den Raum verließen, sah ich Tug wieder nach dem Whiskey greifen.

„Ich würde ihn lieber nicht mit dem Dekanter allein lassen.

Nicht, wenn Tug beim Dinner noch in der Lage sein soll, zusammenhängende Sätze zu bilden."

„Ich gehe bald zurück und nehme ihm den Whiskey weg." Er ließ mir den Vortritt auf die Terrasse. Wir stiegen die Stufen hinunter und liefen an den Buchsbaumhecken und Blumenrabatten entlang. Unsere Schritte knirschten im Kies, während Monty sagte: „Der Inspector von Scotland Yard hat mich befragt."

„Ja, ich weiß. Anscheinend sind Sie mein Alibi und ich Ihres."

Er lächelte. „Praktisch, dass wir beieinander gestanden sind, nicht wahr? Ich bin froh, dass die Polizei mich nicht so im Visier hat wie Ihre Cousine." Er drehte sich zu mir und lief seitlich weiter. „Hat er Sie auch nach dem Manschettenknopf gefragt?"

„Nein. Der Inspector hat mich zwar schon nach Schmuck gefragt, aber einen Manschettenknopf hat er nicht erwähnt."

„Vielleicht hätte ich gar nichts darüber sagen dürfen? Aber jetzt ist es zu spät. Allerdings sind Sie ohnehin so hartnäckig, dass Sie mir keine Ruhe lassen würden, bis ich alles berichtet habe, was ich weiß. Das heißt, ich erspare uns nur Zeit, wenn ich es freiwillig mit Ihnen teile. Doch zuerst müssen Sie schwören, niemandem davon zu erzählen."

„Ich schwöre", sagte ich, als würde ich dieses Versprechen einem kleinen Schuljungen geben.

„Gut. Ich denke, das reicht. Als die Polizisten Alfred auf der Terrasse untersucht haben, fehlte ihm ein Manschettenknopf. Sie haben überall auf der Terrasse danach gesucht und im Gras."

„Und sie haben ihn nicht gefunden?"

„Nein. Ich glaube, dass Alfred den Knopf verloren hat, als er über die Brüstung gefallen ist."

„Und warum denken Sie das? Er könnte ihn doch auch vorher schon verloren haben."

Monty schüttelte den Kopf. „Nein, vor dem Feuerwerk, als er nach Violet gesucht hat, habe ich noch beide Manschettenknöpfe an ihm gesehen, weil er während unserer Unterhaltung seine Ärmelaufschläge gerichtet hat. Später, als die Polizei mich von der Terrasse gescheucht hat, habe ich gehört, wie oben auf dem Balkon jemand über eine Furche in der Brüstung gesprochen hat, über einen langen Kratzer. Anhand der Position des, ähm … Opfers nehmen sie an, dass das die Stelle ist, wo Alfred hinuntergestürzt ist. Sie vermuten, dass da ein Knopf oder eine Krawattennadel über den Stein gekratzt ist. Kurz danach haben sie den … ähm … den Toten sehr gründlich untersucht und festgestellt, dass ein Manschettenknopf fehlte."

„Wie sah er aus?"

„Silber mit eingravierten Initialen."

„Wann genau haben Sie beide Knöpfe zuletzt gesehen?"

Monty runzelte die Stirn. „Das war kurz vor dem Feuerwerk."

„Und war Violet bei Alfred?"

„Nein, das war wohl ein wunder Punkt für ihn."

„Wie meinen Sie das?"

„Na ja, ich habe gewitzelt, dass er es wohl geschafft hat, sich für einen Moment von Violet zu entfernen, denn vorher hatten sie die ganze Zeit miteinander getanzt. Doch er hat mir fast den Kopf abgebissen."

„Inwiefern?"

Monty zupfte an seinem Kragen. „Ich erinnere mich nicht genau, was er gesagt hat."

„Oh doch, das tun Sie, doch Sie wollen es mir nicht sagen, weil es mir unangenehm sein könnte. Vermutlich war es für Violet nicht sehr schmeichelhaft, habe ich Recht?"

Monty seufzte. „Stimmt. Er hat gesagt, sie sei eine fürchterliche Plage."

„Das ist in der Tat wenig schmeichelhaft." Diese Unterhaltung musste stattgefunden haben, nachdem sich Alfred und Violet gestritten hatten und Violet im Anschluss daran mit anderen Männern getanzt hatte.

Wir schwiegen eine Weile. Warum hatte Longly mich nicht nach dem Manschettenknopf gefragt?

Monty verschränkte die Hände hinter seinem Rücken. „Jetzt suchen Sie nach weiteren Verdächtigen?"

Ich warf ihm einen Seitenblick zu. „Vielleicht."

„Vielleicht führen Sie Ihre eigenen Ermittlungen durch, meinen Sie? Der Inspector schien wenig erfreut darüber zu sein. Er hat seinen Unmut darüber an Gwen ausgelassen."

Ich verzog das Gesicht. „Das war nicht meine Absicht."

„Was haben Sie herausgefunden?"

Ich überlegte, ob ich es ihm erzählen sollte oder nicht, doch schließlich hatte Monty neben mir gestanden, als Alfred fiel und konnte deshalb nicht involviert sein. „Sie müssen mir aber auch versprechen, es niemandem zu sagen."

„Das heißt, es handelt sich um pikante Informationen."

„Das ist kein Versprechen."

„Also gut, ich schwöre hoch und heilig, dass mir keine einzige Silbe über die Lippen kommen wird."

„Besser. Also, Violet und ich sind heute nach London gefahren und haben mit Jane gesprochen, dem Hausmädchen, das gestern Abend Archly Manor verlassen hat."

Er zog die Augenbrauen hoch, während sich gleichzeitig seine Mundwinkel nach unten bewegten. „Meine Güte, Sie hatten einen arbeitssamen Tag."

„Jane hatte längst das Haus verlassen, als Alfred umgebracht wurde. Dennoch, Jane, Lady Pamela, Thea und sogar Gwen waren im ersten Stock, oh, und Muriel und die Kinder waren auch oben. Mich würde interessieren, ob Muriel den Kindern erlaubt hat, das Feuerwerk anzusehen oder ob sie sie ins Bett gesteckt hat."

Wir machten einen Schlenker um ein Blumenbeet herum und schlugen dann den Weg zurück zum Haus ein. „Meine Gouvernante hätte mir so etwas nicht erlaubt, aber Muriel scheint nicht so streng zu sein."

„Dieser Sache muss ich noch nachgehen."

„Und sonst?"

„Sonst gibt es nichts Konkretes." Anders als Inspector Jennings würde ich meine vagen Vermutungen erst äußern, wenn sie bestätigt waren. Auch Alfreds erpresserische Machenschaften ließ ich vorerst lieber unerwähnt.

„Sie wissen also, dass die Polizei Ihre Cousine für die Täterin hält, doch Sie glauben nicht, dass sie es war?"

„Korrekt. Und ich werde alles tun, um Violet zu helfen."

„Das sehe ich. Aber seien Sie vorsichtig." Er blickte zur leuchtend weißen Fassade von Archly Manor auf. „Falls Sie Recht haben – und ich glaube Ihnen, denn ich kann mir einfach nicht vorstellen, dass Violet Alfred getötet hat –, dann ist der Mörder noch im Haus."

KAPITEL FÜNFZEHN

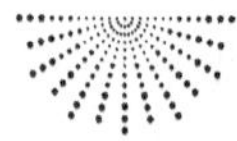

Der Sonntag war sehr ruhig. Es war, als würden alle nur auf die Anhörung warten, die für Montag angesetzt worden war. Dass Sebastians Haushalt zur Kirche ging, hätte ich ohnehin nicht erwartet, weshalb ich mich nicht wunderte, dass niemand einen Gottesdienstbesuch erwähnte. Gwen und ich feilten stattdessen an unserer Strategie und hatten uns dafür ins Lesezimmer gesetzt, das wie die restlichen Räume im Rokokostil gehalten, aber nicht ganz so überladen war. Hier waren Schnörkel und Stuck auf ein Minimum reduziert. Lady Pamela, Thea und Violet waren keine Frühaufsteherinnen, und da die Männer Billard spielten, waren wir für eine Weile ungestört.

„Wir müssen herausfinden, wer hiermit gemeint ist." Ich tippte auf Violets Liste.

Gwen betrachtete mit gespitzten Lippen das Papier. „Ich will dir ja nicht die Hoffnung nehmen, aber es gibt kaum Anhaltspunkte."

„Wir müssen es trotzdem versuchen. Immerhin haben wir schon herausgefunden, wer Lady Hochmut ist, und J kennen wir auch. Es bleiben also nur noch drei. Wir machen durchaus Fortschritte."

„Du hast Recht." Gwen strich sich eine Locke aus der Stirn und zog die Liste zu sich. „Ich habe allerdings nicht die leiseste Ahnung, wer Schmatzer oder Singvogel sein könnten."

„Dann übernimmst du den Doktor. Du hast während der Party doch mit der Köchin und der Haushälterin gesprochen. Überleg dir eine Ausrede und frag sie, ob Alfred Kontakt mit dem Arzt hier im Ort hatte."

„Ja, das könnte vielleicht funktionieren."

„Gut. Ich übernehme die beiden anderen."

Gwen erhob sich und ging langsam zur Tür.

„Du bist nicht auf dem Weg zur Hinrichtung, das weißt du, oder? Du stellst nur ein paar Fragen."

Das brachte Gwen dazu, sich ein Lächeln abzuringen. „Du hast Recht." Sie straffte die Schultern. „Nur ein paar Fragen, eingebunden in ein Gespräch", murmelte sie vor sich hin. „Auf geht's."

Arme Gwen. Sie hasste es, Ausreden erfinden zu müssen, doch für Violet war sie bereit, alles zu tun, selbst wenn es gegen ihr Naturell ging. Ich steckte das Papier in die Tasche und folgte ihr hinaus.

Das Billardspiel war vorbei, doch ich hörte Männerstimmen durchs offene Fenster. Also ging ich in den Garten, wo ich die Männer schließlich fand. Sebastian stand in einer Senke hinter seiner Kamera, die auf einem Stativ aufgebaut war. Er gestikulierte mit einer Hand und rief dabei: „Weiter nach links."

Tug, der ein Stück von Sebastian entfernt stand, trat vom Steinsockel der Venusstatue weg.

„Nein, *dein* links", rief Sebastian jetzt. „Ja, noch einen Schritt weiter. Und stopp. Wieder einen halben Schritt zurück. Genau da. Nicht bewegen."

Weiter oben saß Monty auf einer Gartenbank. „Möchten Sie mir Gesellschaft leisten?", fragte er, als er mich sah. Ich ging und setzte mich zu ihm. „Hier ist es ein bisschen wie in einem Amphitheater. Man hat eine wunderbare Sicht auf das Spektakel."

„Wie hat Sebastian Tug denn dazu gebracht, zu dieser Tageszeit einen Smoking anzuziehen?"

„Mit dem Versprechen ihn unsterblich zu machen, indem er vom weltgrößten Fotografen aller Zeiten auf Film gebannt wird. Womit natürlich Sebastian gemeint ist, falls Sie das nicht wissen."

„Sind seine Fotografien gut?"

„Ja, äußerst beeindruckend sogar."

„Tatsächlich? Warum hängt er sie nicht in Archly Manor auf?"

„Keine Ahnung, ich nehme an, es liegt an seinem sensiblen Künstler-Ego. Sebastian hält sich für ein Genie, doch das kleinste bisschen Kritik schmettert ihn nieder und er bekommt sofort schlechte Laune. Kreative sind eigenartige Wesen."

Sebastian wies Tug an, sich gegen den Sockel zu lehnen und zur Venusstatue aufzublicken. „Nicht die Augen zukneifen!"

„Aber die Sonne ist so grell", protestierte Tug.

„Dann tu so, als wäre es bewölkt. Deine Unsterblichkeit steht auf dem Spiel, mein lieber Freund, und du willst doch unsterblich werden, oder nicht?"

„Wie kommt Tug eigentlich zu seinem Spitznamen?", erkundigte ich mich beiläufig.

„Ich habe nicht die leiseste Ahnung."

„Ist Alfred vielleicht darauf gekommen? Er hat Spitznamen doch geliebt, oder nicht?"

Monty runzelte die Stirn. „Gelegentlich, ja. Er hat Sebastian oft *den Künstler* genannt, was der schmeichelhaft fand."

„Und hat Alfred noch andere Namen erfunden?"

„Hmm ... warum wollen Sie das wissen? Hat es vielleicht mit Ihren Ermittlungen zu tun?"

„Vielleicht. Fallen Ihnen noch andere Spitznamen ein, die Alfred erfunden hat?"

„Lassen Sie mich nachdenken ... Muriel hat er manchmal *Duckmäuschen* genannt."

„Sie wirkt tatsächlich ein bisschen schüchtern."

„Und zu Babcock hat er … Ach nein, das ist eher nichts für die Ohren einer Lady. Ach, hier ist noch einer. Sie wissen doch, was für ein selbstgefälliger Mann Lord Harlan, der Vater von Lady Pamela ist?"

„Ich kenne ihn nicht persönlich, aber ich habe gehört, dass er sehr auf Etikette bedacht sein soll."

„Um es milde auszudrücken", sagte Monty. „Alfred wollte Lord Harlan eigentlich *Mr. Pompös* nennen, aber er – also Alfred – hatte zu viel getrunken und hat stattdessen ständig *Pumphose* gesagt." Monty seufzte, während er den Blick über die Parklandschaft des Anwesens schweifen ließ. „Es war eine lustige Zeit. Ich habe Lord Harlan kurz danach in meinem Club getroffen und fast hätte ich auch Mr. Pumphose zu ihm gesagt. Ich befürchte tatsächlich, dass mir das irgendwann einmal herausrutschen könnte."

„Das heißt, Violet hat Recht, wenn sie sagt, dass Lord Harlan sehr streng ist?"

„Stellen Sie sich Hugh Digby-Stratham in dreißig Jahren vor. Die beiden sind zwar nicht verwandt, aber das Bild passt."

„Dann ist der Vater also das Gegenteil von Lady Pamela?", fragte ich.

„Ja. Er versucht alles, was er kann, um ihr Verhalten mit seinen Erwartungen in Einklang zu bringen, indem er ihr den Geldhahn zudreht und so weiter."

„Wirklich? Ich hätte gedacht, dass Lady Pamela genug Geld zur Verfügung hat."

Er schüttelte den Kopf. „Sie zahlt nie selbst. Das Zugticket für die gemeinsame Fahrt hierher habe auch ich bezahlt, erste Klasse, versteht sich. Was glauben Sie, warum sie so viel Zeit mit Thea verbringt?"

Ich nickte. „Sie haben in der Tat wenig Gemeinsamkeiten." Die beiden Frauen waren nicht im selben Alter, sie befanden sich in verschiedenen Phasen des Lebens. Thea war Mutter von zwei Kindern und versuchte, gegen die Spuren ihres voranschreitenden Alters anzukämpfen, während die um etliche Jahre jüngere Lady Pamela unverheiratet und kinderlos war.

„Thea findet Gefallen daran, eine aristokratische Freundin zu haben, und Lady Pamela mag Theas gut gefülltes Portemonnaie." Monty deutete mit dem Kinn zu den beiden Männern hinüber. „Darum hat Lady Pamela auch Tug ständig im Schlepptau. Dessen Vater stellt ihm nämlich großzügige Summen zur Verfügung, und Tug freut sich, wenn er Lady Pamela zum Essen und auf den teuersten Champagner oder zu Partys einladen darf."

„Mehr lächeln!", rief Sebastian. „Tu einfach so, als würdest du Lady Pamela ansehen. Ja, so ist perfekt."

SPÄTER AN DIESEM NACHMITTAG war ich die Erste, die zum Tee kam. Der Tag hatte sich endlos in die Länge gezogen. Ich hatte geplant, mit den anderen Hausgästen zu sprechen, doch Thea war die meiste Zeit auf ihrem Zimmer geblieben und Tug war mit Lady Pamela stundenlang auf dem See herumgerudert. Monty und Sebastian hatten sich in Sebastians Studio eingeschlossen und Zigarren geraucht. Es zermürbte mich, dass die Zeit so langsam verging. Ich war voller Tatendrang, doch ich konnte unmöglich Fortschritte machen, wenn niemand da war.

Als ich den Salon betrat, sah ich aus dem Augenwinkel eine Bewegung. Ein kleiner Fuß, der schnell unter der blauen Seiden-Chaiselongue verschwand. Ich kniete mich nieder und blickte direkt in Pauls Gesicht. Er hatte ein großes Stück Kuchen in der Hand, sein Kinn war voller Krümel.

„Na, hast du dir was zu essen geholt?", fragte ich.

Er schluckte und leckte sich die Krümel von den Lippen. „M-hm. Wir dürfen eigentlich erst essen, wenn es ins Kinderzimmer hochgebracht wird. Aber das dauert noch ewig."

„Ach, ich denke nicht, dass es noch so lange hin ist."

„Mir kommt es aber schon so vor."

„Das glaube ich dir." Ein Junge mit so viel Energie war wahrscheinlich ständig hungrig. „Dann schlüpf jetzt schnell nach draußen, solange du noch die Gelegenheit hast. Geh am besten gleich von hier aus auf die Terrasse und von dort in den Garten. Ich behalte unser Geheimnis für mich." Wobei es nicht zu übersehen war, dass vom Kuchen auf dem fertig gedeckten Tisch ein großes Stück fehlte.

„Danke." Grinsend kroch er unter der Chaiselongue hervor und hielt dabei den Kuchen so, dass er damit weder das Möbelstück noch seine Kleidung berührte. Es wirkte äußerst geschickt, als ob er das nicht zum ersten Mal machte.

Als er schon fast an der Tür war, blieb er kurz stehen. „Ich mache das nicht immer."

„Natürlich nicht." Plötzlich kam mir in den Sinn, dass Paul ja vielleicht meine Fragen beantworten könnte. „Paul, hast du das Feuerwerk während der Party gesehen?"

Er zog die Augenbrauen zusammen, sein Mund wurde zu einer dünnen Linie. „Nein. Muriel hat uns nicht gelassen."

„Aber du hast es sicher trotzdem irgendwie geschafft, es anzuschauen, oder?" Als er zögerte, versicherte ich ihm: „Du kannst es ruhig sagen, das behalte ich natürlich auch für mich. Hast du dich heimlich rausgeschlichen?"

Er nickte.

„Und Muriel hat dich nicht gesehen?"

„Nein. Ich kann sehr leise sein."

„Das habe ich bemerkt. War Muriel im Kinderzimmer?"

Sein Blick wanderte über meine Schulter. „Ja", flüsterte er, dann war er schon hinausgerannt.

Als ich mich umdrehte, stand Muriel in der Tür und sah sich suchend um. „Paul ist mir schon wieder entwischt. Haben Sie ihn vielleicht gesehen?"

„Hier ist er nicht", antwortete ich.

Sie bückte sich plötzlich und hob ein buntes Papierstück vom Boden auf. „Fruchtgummis. Dann war Paul also doch hier.

Er weiß doch, dass er das Papier in den Abfall werfen soll." Sie zerknüllte das Papier und steckte es in die Tasche, dann begann sie, hinter den Möbeln nach dem Jungen zu suchen. „Vielleicht sehe ich mal in der Küche nach ihm. Er überredet die Köchin oft, ihm Süßigkeiten zu geben."

Wie froh ich sein konnte, keine Anstellung als Gouvernante gefunden zu haben! Sonst müsste ich jetzt auch nach freiheitsliebenden Schuljungen suchen und mich obendrein vielleicht noch um die Korrespondenz meiner Arbeitgeberin kümmern, so wie Muriel es für Thea tat.

Allmählich trafen auch die anderen im Salon ein. Niemand machte eine Bemerkung über das fehlende Kuchenstück, doch Babcock seufzte tief, als er zum Tisch blickte. Fast eine halbe Stunde später kam Muriel wieder, diesmal mit Paul und Rose. Paul mied meinen Blick, doch als sich Muriel umdrehte, zwinkerte ich ihm zu. Da musste er kichern, hörte aber sofort wieder auf, als Muriel ihm dafür einen strengen Blick zuwarf.

Ich hatte gehofft, mich während des Tees mit Gwen austauschen zu können, doch es bot sich keine Gelegenheit, weil stets jemand in unserer Nähe war. Es würde wohl warten müssen, bis wir uns nach dem Dinner auf unsere Zimmer zurückziehen konnten.

ALS ICH DIE Schleife meines Morgenmantels gebunden hatte, klopfte ich an die Verbindungstür zwischen unseren Zimmern. Gwen legte ihre Bürste beiseite und drehte sich vom Spiegel zu mir um. „Bevor du dir allzu große Hoffnung machst, muss ich dir leider sagen, dass ich nicht sehr erfolgreich war. Der Arzt wurde schon seit Monaten nicht mehr gebraucht. Auch zum Dinner war er nie hier. Anscheinend lädt Sebastian seine Nachbarn nicht zu seinen Veranstaltungen ein."

„Verstehe. Leider habe ich ebenso wenig Fortschritte gemacht. Alfred hat offenbar gern Spitznamen verwendet und

Monty hat mir zwar welche genannt, nur leider waren weder Schmatzer noch Singvogel darunter. Und laut Paul war Muriel während des Feuerwerks im Kinderzimmer. Vielleicht können wir morgen während der Anhörung mehr in Erfahrung bringen."

KAPITEL SECHZEHN

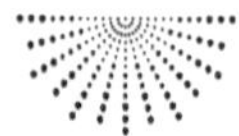

*D*ie Anhörung bei Gericht fand erst am späten Montagnachmittag statt und war so ziemlich die langweiligste Veranstaltung, an der ich je teilgenommen hatte. Der Chief Constable, Inspector Longly und der Gerichtsmediziner sorgten dafür, dass die Anhörung so unspektakulär wie nur möglich verlief. Die Perlenstränge, der fehlende Manschettenknopf und alle anderen Informationen, die hätten interessant sein können, blieben unerwähnt. Die Zeitungsleute, die sich hinten im Gerichtssaal versammelt hatten, mussten ziemlich enttäuscht sein. In den Londoner Zeitungen war schon über das tragische Ende der Gold und Silberparty berichtet worden – je nach Sensationslust des Blattes mal mit mehr, mal mit weniger großer Übertreibung.

Violet war furchtbar blass und beantwortete sehr verhalten alle Fragen, die ihr gestellt wurden, doch freiwillig gab sie keine Informationen preis. Auch sagte sie nichts über das Notizbuch. Ich würde Violet dringend überreden müssen, dem Inspector davon zu erzählen. Auch Monty musste aussagen und schilderte, was er vom Rasen aus gesehen hatte. Mich wollten sie nicht befragen und so saß ich wie die anderen Zuschauer weiter hinten auf einem unbequemen Holzstuhl.

Lady Pamela behandelte die Anhörung wie eine gesellschaftliche Veranstaltung und erschien in einem atemberaubenden Kleid. Vor den wartenden Reportern, die sich im Wirtshaus des Dorfes eingemietet hatten und auch vor den Toren von Archly Manor warteten, drehte sie sich im Kreis, um sich zu präsentieren. Inspector Jennings mochte zwar kein begnadeter Ermittler sein, dafür lag seine Stärke eindeutig darin, die Menschenmengen im Zaum zu halten. Jedenfalls sorgte er dafür, dass die Reporter die Tore räumten. Nachdem die Polizei zuvor alles getan hatte, um Archly Manor vor größerem Aufsehen zu schützen, bot die Anhörung die erste Möglichkeit, einen Blick auf die Gäste des Herrenhauses zu erhaschen. Da war es fast bedauerlich, dass sich der Termin als derart trocken und langweilig erwies. Es wurde lediglich festgestellt, dass es sich um *Mord durch eine oder mehrere unbekannte Personen* handelte. Im Anschluss an die Anhörung teilte uns Inspector Longly mit, dass wir nun abreisen durften. Ich nahm jedoch an, dass jemand uns diskret verfolgen und nicht aus den Augen lassen würde.

Als wir nach Archly Manor zurückkamen, war es bereits Zeit, sich fürs Abendessen umzuziehen. Gwen und Violet beschlossen, gleich am nächsten Morgen abzureisen. Die Stimmung beim Dinner war gedämpft. Nur Thea schwadronierte unbeirrt über die Vorteile von Massivholz gegenüber Furnier für Schränke. Als die Männer uns später im Salon Gesellschaft leisteten, schlug Tug mit einem Blick in Lady Pamelas Richtung vor, dass wir vielleicht tanzen könnten. Doch Thea war gegen diesen Vorschlag. „In Anbetracht des Vorfalls finde ich das unangemessen."

„Vielleicht könnten wir aber trotzdem ein bisschen Musik hören", sagte ich und dachte an die Liste mit Alfreds Namen. „Ruhigere Musik. Vielleicht kann ja jemand für uns singen und …?" Da machte Sebastian, der hinter Theas Stuhl stand, eine abschneidende Geste, indem er mit den Fingern über den Hals fuhr, und ich verstummte.

Thea saß nun kerzengerade und sagte: „Wenn wir Balladen spielen, wäre das etwas anderes. Ich könnte sehr gerne …"

„Nein", unterbrach Sebastian sie entschieden. „Bitte verschone uns heute mit deinem Gejaule, Schwesterherz." Thea starrte ihn finster an, während Sebastian ihr versöhnlich die Schulter drückte. Zu mir sagte er: „Wir sind furchtbar unmusikalisch, Olive. Ich fürchte, wir haben alle zu wenig Talent. Spielen wir lieber Bridge."

Also spielten Lady Pamela, Monty, Tug und ich eine halbherzige Runde Bridge, doch niemand war dabei sehr konzentriert. Violet blätterte in einem Magazin, und Gwen schob ein paar Puzzleteile herum, bis eine weitere Runde Bridge begann, bei der sie mitspielte. Ihr wurde James als Partner zugewiesen, der sich an Gwens Unaufmerksamkeit nicht sehr störte. Der Sekretär murmelte nur: „Es ist ja auch nicht immer leicht, einen Stich zu machen."

Als Thea verkündete, dass sie nach oben gehen wolle, um nachzusehen, ob alles gepackt war, zogen sich schließlich auch alle anderen in ihre Zimmer zurück. Ich schlief unruhig und wachte am nächsten Morgen früh auf.

Als ich auf dem Weg zum Frühstück an Violets Tür vorbeikam, hörte ich ein Kreischen. Ich blieb an der Türschwelle stehen und sah Milly, die mitten im Raum stand und sich die Hände vor den Mund hielt, während sie auf etwas am Boden starrte. Sie war offenbar gerade dabei, Violets Taschen zu packen. Die Schranktüren standen offen, neben Violets Reisetasche und ihrem Necessaire lag ein ordentlich gefalteter Stapel Wäsche.

„Ist alles in Ordnung, Milly?"

Das Hausmädchen erschrak, und als sie mich sah, legte sie die Hand auf die Brust. „Ach, Sie sind es, Miss Olive." Erneut wanderte ihr Blick zu dem Gegenstand auf dem Boden, dann sah sie wieder zu mir.

„Was in aller Welt ist passiert?" Ich betrat das Zimmer und

ging ums Bett herum, um zu sehen, wovor Milly solche Angst hatte.

„Sie war es doch!", murmelte Milly. „Ich konnte mir nicht vorstellen, dass Miss Violet Mr. Eton umgebracht hat, aber sie war es doch."

„Wovon reden Sie?"

Auf dem Boden lag ein Kleid. Milly zeigte darauf und sagte: „Der Manschettenknopf! Er hat sich in ihrem Kleid verfangen."

Mein Magen zog sich zusammen, ein kalter Schauder lief mir den Rücken hinunter. „Der Manschettenknopf? Woher wussten Sie davon?"

„Von Inspector Longly, Miss. Er hat uns darüber informiert und gesagt, dass wir nach dem Knopf Ausschau halten sollen." Sie starrte auf das Kleid, das in einem Haufen auf dem Boden lag. „Er sieht genauso aus, wie der Inspector ihn beschrieben hat … aus Silber, mit den Initialen von Mr. Eton. Das ist er ganz sicher! Er hat sich in dem Kleid verfangen, das Violet zur Party getragen hat."

Ich trat einen Schritt nach vorn. „Lassen Sie mich mal sehen."

Milly schüttelte den Kopf. „Ich darf nichts anfassen. Inspector Longly hat gesagt, wenn wir den Manschettenknopf finden, sollen wir alles genauso lassen, wie es ist, und sofort die Polizei rufen."

„Inspector Longly hat also alle Dienstboten darüber infor-miert, dass ein Manschettenknopf vermisst wird?"

„Nur zwei von uns, Miss. Mich und Tabitha, wir sind die Kammermädchen. Wir mussten versprechen, es geheim zu halten, und er hat gesagt, es sei sehr wichtig." Plötzlich weiteten sich ihre Augen noch mehr. „Ihnen hätte ich es eigentlich auch nicht sagen dürfen. Er hat uns angewiesen, es *niemandem* zu sagen."

„Ich denke, er wird es schon verstehen. Sie haben mit mir geredet, weil Sie unter Schock stehen."

Als ich das Kleid aufhob, holte Milly scharf Luft. „Das

dürfen Sie nicht, Miss! Er hat gesagt, wir sollen alles genauso lassen, wie es ist."

„Aber Sie haben es doch sicherlich nicht auf dem Boden gefunden?"

„Ähm, nein, das Kleid hing im Schrank. Ich habe es vom Kleiderbügel genommen und wollte es auf dem Bett in Seidenpapier einschlagen. Da habe ich bemerkt, dass etwas silbrig Glänzendes in der Schleife hängt. Und als ich dann den Manschettenknopf gesehen habe, habe ich das Kleid vor lauter Schreck fallen lassen."

„Das verstehe ich. Da es aber zuvor im Schrank hing, wird es jetzt auch nichts ausmachen, wenn wir es uns richtig anschauen." Ich breitete das weiße Seidenkleid mit der tiefen Taille und den silbernen Stiftperlen und Pailletten auf dem Bett aus.

Auf den ersten Blick sah ich nichts, erst bei genauerem Hinsehen entdeckte ich den silbernen Manschettenknopf in einer Stofffalte, in der eine Schleife angenäht war, die seitlich gebunden wurde. „Haben Sie das Kleid nach dem Ball aufgehängt?"

„Ja, Miss."

„Und da haben Sie den Manschettenknopf nicht bemerkt?"

„Nein, Miss. Aber da war so ein Durcheinander im Haus. Normalerweise hätte ich das Kleid mitgenommen und waschen lassen, doch Miss Violet sagte mir, ich soll es einfach nur aufhängen und sie würde sich zu Hause darum kümmern."

„Das heißt, Sie haben es aufgehängt, doch Sie haben dabei nicht bemerkt, dass der Manschettenknopf im Perlenbesatz hing?"

„Nein. Aber ich habe mich sehr beeilt und man sieht ihn ja auch kaum." Milly rang sich die Hände. „Ich muss Mrs. Foster Bescheid geben, damit sie die Polizei benachrichtigt."

„Ja, tun Sie das." Nach ein, zwei Augenblicken bemerkte ich, dass Milly immer noch dastand. „Ja?"

„Ich muss das Zimmer absperren, bevor ich gehe. Der Inspector würde das sicher wollen, meinen Sie nicht?"

„Ja, Sie haben völlig Recht." Ich verließ mit ihr zusammen den Raum. Milly sperrte die Tür ab, dann eilte sie über den Flur zur Dienstbotentreppe.

Ich ging in die andere Richtung zum Speisezimmer hinunter, wo Violet gerade in ihrem Rührei stocherte. Monty und James saßen am anderen Ende des Tisches. „… nur froh, dass die Reporter wieder verschwunden sind", sagte James gerade.

„Sie meinen, sie sind wieder auf dem Weg nach London, nachdem die Anhörung jetzt vorbei ist?", fragte Monty.

„Ja, offensichtlich haben sie aufgegeben."

„Da sind Sie aber optimistisch. Ich glaube, die kommen wieder. Wenigstens ist der Weg zum Bahnhof frei. Man muss für die kleinen Dinge dankbar sein."

Ich setzte mich neben Violet und lehnte dankend ab, als mir der Hausdiener einen Kaffee einschenken wollte. „Milly hat einen der Manschettenknöpfe gefunden, die Alfred am Abend getragen hat, als er gestorben ist. Der Knopf hing in deinem Kleid fest", flüsterte ich.

Laut scheppernd fiel ihre Gabel auf den Teller. „Wie bitte? Das kann doch nicht sein."

„Ich habe den Knopf selbst gesehen, er ist aus Silber mit den Initialen A und E. Dass der Knopf fehlte, weiß ich von …" Ich blickte zum anderen Ende des Tisches. James las gerade einen Brief, doch Monty spähte zu uns herüber. „Nun, es ist egal, von wem ich es weiß. Jedenfalls scheint die Polizei davon auszuge- hen, dass Alfred den Manschettenknopf verloren hat, während er auf dem Balkon mit seinem Angreifer gerungen hat." Da die Sache mit dem Manschettenknopf kein Geheimnis mehr war, hatte ich auch keine Bedenken, mein Wort gegenüber Monty zu brechen. Schließlich musste Violet wissen, was los war. Jegliche Farbe wich aus ihrem Gesicht. „Hat dich die Polizei auch nach Alfreds Manschettenknöpfen gefragt?" Sie schien durch mich hindurchzusehen, mit den Gedanken meilenweit weg. „Violet, hat dich die Polizei nach den Manschettenknöpfen gefragt?"

Sie blinzelte. „Ja, sie wollten wissen, welche er an dem Abend verwendet hat. Ich habe sie beschrieben. Dass einer fehlte, hat niemand erwähnt."

Monty hatte beide Knöpfe noch kurz vor dem Feuerwerk an Alfreds Ärmeln gesehen, doch womöglich war Alfred der eine ja in der Zwischenzeit irgendwie abhandengekommen. „Kann es sein, dass Alfred den Manschettenknopf schon vorher verloren hat, vielleicht auf der Treppe nach oben? Und ist es möglich, dass er dabei an deinem Kleid hängen geblieben ist?"

„Vielleicht."

„Und du hast ihn nicht bemerkt, als du dich ausgezogen hast?"

„Nein. Ich hätte ihn doch im Stoff gesehen."

„Nicht unbedingt." Ich beschrieb ihr, wo sich der Manschettenknopf am Kleid verhakt hatte. "Zwischen den Stofffalten an der Schleife hast du ihn vielleicht nicht gleich entdeckt. Zumindest wird Inspector Longly das denken, fürchte ich."

Violet stieß ihren Stuhl zurück. „Ich muss es Gwen erzählen." Als sie ging, folgte ich ihr, doch Monty hielt mich an der Tür auf. „Was ist los?"

„Irgendwer gibt sich große Mühe, Violet die Schuld für Alfreds Tod in die Schuhe zu schieben", berichtete ich. „Ich fürchte, ich habe mein Wort nicht gehalten. Ich habe Violet von dem Manschettenknopf erzählt, weil ich es wichtig fand, dass sie davon weiß."

„Ich verstehe. Es ist auch nicht gerade die feine Art, anderen Leuten falsche Beweise unterzuschieben."

„Danke, dass Sie es mir nicht übelnehmen." Ich schenkte ihm ein Lächeln, entschuldigte mich und ging ebenfalls nach oben, wo ich an Gwens Tür klopfte und ins Zimmer spähte. Ich war sicher, dass Violet auch hier sein würde, um mit ihrer Schwester zu reden, doch Gwen war allein im Zimmer. Sie saß im Bett und hatte ein Tablett auf den Beinen.

„Gott sei Dank können wir heute abreisen!", seufzte sie. „Ist alles gepackt? Ich habe Anweisung gegeben, dass der Morris gegen neun Uhr bereitstehen soll. Bist du bis dahin fertig?"

"Wo ist Violet?", fragte ich, anstatt zu antworten.

„Das weiß ich nicht."

„Ist sie denn nicht gekommen, um mit dir zu sprechen?"

„Nein. Ich habe sie heute noch gar nicht gesehen."

Ich ging zur Verbindungstür und drückte die Klinke herunter. Auch diese Tür war abgesperrt, genau wie die Zimmertür, die Milly vom Flur aus verschlossen hatte.

Ich suchte in meinem Zimmer, doch dort war Violet auch nicht. Also ging ich wieder nach unten, suchte im Tagessalon, in den anderen Zimmern, ging wieder nach oben. Vielleicht war Violet im zweiten Stock? Aber dort waren nur die Kinderzimmer.

Jetzt erschien Gwen im Flur. Der lange Morgenmantel wallte um ihre Beine, ihre gewellten langen Haare waren offen. „Warum ist die Tür von Violets Zimmer abgeschlossen? Was ist los?"

Eine männliche Stimme polterte die Treppe herauf: „… offizielle Polizeiangelegenheit." Zuerst sah man nur die Glatze von Inspector Jennings, dann den Rest seines untersetzten Körpers, während er keuchend die Treppen heraufkam. Mr. Babcock, der diese Störung offensichtlich nicht billigte, versuchte sein Missfallen, wie es sich für einen Butler gehörte, zu verbergen.

Das Klirren eines Schlüsselbunds verriet, dass auch Mrs. Foster, die Hausdame, die Treppen herauf kam. „Ich fürchte, er hat Recht, Mr. Babcock", sagte sie, während sie die Tür zu Violets Zimmer aufschloss. „Es ist Sache der Polizei." Sie bedachte mich und Gwen mit einem vorwurfsvollen Blick, ganz so, als wäre die Polizeipräsenz auf Archly Manor allein unsere Schuld. „Ich überlasse die Angelegenheit jetzt Ihnen, Mr. Babcock", sagte sie und rauschte davon.

„Was ist? Was ist passiert?", wollte Gwen wissen.

Ich holte Luft, um es zu erklären, doch schon erschien ein

weiterer Kopf auf der Treppe. Die Person, der er gehörte, kam mit wesentlich mehr Elan nach oben als Jennings. Es war Inspector Longly, der gleich zwei Stufen auf einmal nahm. Als er Gwen und mich auf dem Flur erblickte, blieb er stehen. „Ich, ähm … Die Haustür war offen …"

Da wurde Gwen bewusst, dass sie noch ihren Morgenmantel trug. Mit einer schnellen zog sie ihn am Revers zusammen.

Longly sah Gwen wie hypnotisiert an. „Ich, ähm … ich habe eine Nachricht bekommen …" Gwens Wangen färbten sich rot, während Longly weiterstammelte: „Es gibt neue, ähm … Erkenntnisse …"

Inspector Jennings streckte den Kopf aus Violets Zimmer heraus. „Kommen Sie, das müssen Sie sehen!"

„Was denn?", wollte Gwen wissen.

„Ein Beweisstück!", rief Jennings triumphierend. An Longly gewandt setzte er nach: „An ihrem Kleid."

Wie ein stolzer Vater, der sein Neugeborenes präsentierte, führte der Inspector aus dem Dorf seinen Kollegen von Scotland Yard ins Zimmer. Babcock folgte ihnen und auch Gwen und ich drängten uns durch den Türrahmen. Jennings und Longly beugten sich über das glitzernde Kleid, das immer noch auf dem Bett ausgebreitet lag. Sie waren so in ihre Untersuchung vertieft, dass sie Gwen und mich gar nicht bemerkten. Flüsternd erklärte ich Gwen, was passiert war.

„Aber das ist unmöglich!", zischte Gwen. „Violet war doch gar nicht auf dem Balkon."

„Unmöglich ist es nicht", entgegnete ich flüsternd.

„Wie meinst du das?", fragte Gwen jetzt Zimmerlautstärke. Sie hatte den Kragen ihres Morgenmantels losgelassen und ballte nun die Hände zu Fäusten, offensichtlich bereit, sich dem Kampf mit den Polizisten zu stellen.

„Irgendwer muss den Manschettenknopf an ihr Kleid gehakt haben, um es so aussehen zu lassen, als wäre Violet auf dem Balkon gewesen."

Longly wandte sich dem Butler zu, der es offenbar aufgegeben hatte, seinen Missmut über die polizeiliche Störung zu verbergen. „Ich muss umgehend mit Miss Violet sprechen. Bitte im Arbeitszimmer, falls Mr. Blakely nichts dagegen hat."

„Ich kümmere mich darum." Babcocks Tonfall und Körperhaltung machten jedoch sehr deutlich, dass er auch dieser Bitte wenig Beifall zusprach.

„Das könnte schwierig werden", murmelte ich, mehr zu mir selbst als zu den anderen. Außer mir hatte wohl niemand bemerkt, dass Violets Gepäck verschwunden war.

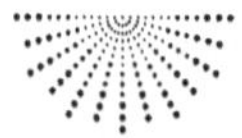

Als Babcock mit der Nachricht zurückkehrte, dass Violet nirgends aufzufinden war, rief Jennings seine Constables. Während sie Archly Manor vom Dachboden bis zur Küche durchsuchten, versuchte ich selbst mein Glück, blieb aber ebenfalls erfolglos. Schließlich ging ich in den Salon zurück, wo ich Gwen fand, die vor der Terrassentür stand und händeringend zusah, wie die Polizisten den Garten absuchten.

Sie suchten wirklich überall, in jedem Winkel des Hauses, sogar in den Schränken. Sebastian hatte sich in sein Studio zurückgezogen und war empört, als ein Constable darauf bestand, auch diesen Raum und die Dunkelkammer zu durchsuchen. Lady Pamela lag noch im Bett und kreischte, als ein Constable ihr Zimmer betrat. Thea hielt sich ebenfalls nicht zurück, ihrem Unmut laut Luft zu machen.

Gwen beteuerte gegenüber Inspector Longly, dass sie wirklich nicht wisse, wo Violet sei, anschließend ging sie in ihr Zimmer. Es war besser, sie in Ruhe zu lassen, denn Gwen bevorzugte es, allein zu sein, wenn sie nachdenken wollte. Kurze Zeit später traf ich sie jedoch im Salon. Sie hatte sich ein Kleid angezogen und die Haare zurechtgemacht, wenn auch nicht mit größter Sorgfalt. Ich wollte mit ihr über meinen

Verdacht sprechen. Die Constables wären wohl weniger an meiner Theorie interessiert, doch Gwen dafür umso mehr.

Als ich zu ihr trat, wandte sie den Blick nicht vom Garten ab und murmelte: „Ich habe solche Angst, dass ihr etwas … passiert ist." Sie schluckte. „Ich muss mir ständig vorstellen, dass Violet verletzt ist oder irgendwo bewusstlos liegt."

„Ich glaube nicht, dass etwas passiert ist."

„Warum?"

„Ich glaube nicht, dass Violet angegriffen wurde, wenn du das meinst, sondern vielmehr, dass sie abgereist ist."

Gwen drehte sich zu mir um. „Du meinst, sie ist weggelaufen? Warum? Warum sollte sie so etwas tun?"

„Sie hat Angst. Irgendjemand versucht gerade, ihr den Mord in die Schuhe zu schieben. Dass sie von hier verschwinden will, kann man ihr nicht verdenken."

„Wie kommst du darauf, dass sie abgereist ist?"

„Ein paar Kleider sind weg, genauso wie ihr Reisenecessaire und ihr Handkoffer."

Jetzt huschte ein Hoffnungsschimmer über Gwens Gesicht. „Tatsächlich?"

„Ja. Als ich heute Morgen mit Milly gesprochen habe, hat sie gerade Violets Kleider zusammengelegt. Auf dem Bett lag ein Stapel, doch der war vorhin verschwunden, genau wie ihre anderen Sachen."

„Aber wie kann sie weggegangen sein, ohne dass sie jemand gesehen hat?"

„Als sie den Tagessalon verlassen hat, wollte sie nach oben gehen. Warst du da in deinem Zimmer?"

„Nein, ich war im Bad."

„Dann muss Violet wohl durch die Verbindungstür von deinem Zimmer aus in ihres gegangen sein."

Gwen nickte. „Ja, das wäre möglich. Die Verbindungstür war da noch nicht abgeschlossen."

„Es hätte nur ein paar Minuten gedauert, ihre Sachen zu holen und dann heimlich nach unten zu verschwinden. Lady

Pamela und Thea waren auf ihren Zimmern und ich war unten und habe mich mit Monty unterhalten", sagte ich.

„Aber wo ist Violet hin? Sie ist weder im Haus noch im Garten." Gwen blickte wieder zum Fenster hinaus. Die Suche war ausgeweitet worden, jetzt liefen die Constables sogar jenseits des französischen Gartens herum.

„Mir fällt etwas ein. Lass uns nachsehen gehen." Ich zog Gwen durch den Gang zu Sebastians Arbeitszimmer. Als wir drinnen standen, nickte ich. „Habe ich mich also richtig erinnert, dass hier ein Telefon steht."

„Warum ist das relevant?", fragte Gwen.

Ich ging zur Terrassentür hinter dem Schreibtisch und betrachtete den Griff. „Sieh mal, nicht abgeschlossen." Ich legte den Stoff des Rocks meines Kleides über die Klinke, drückte sie vorsichtig hinunter und öffnete die Tür.

Auf der Westseite des Hauses führte die abschüssige Wiese zu einem Hain. Ich ging hinaus, ging ein paar Schritte vor und zurück, bis die Sonne im perfekten Winkel über dem Gras stand. „Gwen, komm her. Du bist ein Stück größer als ich, also musst du den Kopf einziehen, wenn du aufs Gras blickts. Was siehst du?"

„Gras und Bäume."

„Fällt dir im Gras etwas auf?"

„Nur, dass der Rasen gleichmäßig geschnitten ist."

„Was noch?"

„Sonst nichts … Ach doch! Fußabdrücke im Tau!"

„Ganz genau."

Diese Hausseite lag im Schatten, der Rasen war noch von einer dünnen Tauschicht bedeckt. In den Tröpfchen waren deutlich zierliche Spuren zu sehen, die nur von einem Damenschuh stammen konnten, das Gras war darunter nur wenig zusammengedrückt.

„Ich sehe eine Spur!", rief Gwen aufgeregt. „Sie führt zu den Bäumen." Dann sah sie mich verwirrt an. „Meinst du, Violet ist im Wald? Natürlich hat sie wegen des Manschettenknopfs

Angst, dass man sie für Alfreds Tod verantwortlich machen wird. Aber es bringt ihr doch nichts, sich im Wald zu verstecken."

„Nein, ich bezweifle sehr, dass sie im Wald ist. Ich glaube eher, sie hat ihre Sachen geholt und vom Arbeitszimmer aus Mr. Brown angerufen, um sich mit dem Taxi abholen zu lassen."

Gwen sah mich an. „So könnte es gewesen sein."

„Violet ist Janes Beispiel gefolgt. Sie wusste von Mr. Brown, denn wir haben auf dem Weg nach London bei ihm Halt gemacht. Wahrscheinlich hat Violet ihm dieselbe Anweisung gegeben wie Jane. Ich würde wetten, dass er sie draußen vor dem Tor abgeholt und nach Finchbury Crossing gefahren hat."

„Du glaubst also, dass Violet gar nicht mehr hier ist?"

„Nein, das glaube ich nicht. Die Frage ist nur: Wohin ist sie gefahren?"

„Vielleicht sind mir die Fußabdrücke nicht gleich aufgefallen, aber das kann ich dir mit Sicherheit sagen", sagte Gwen. „Natürlich nach Hause nach Parkview Hall."

„Glaubst du wirklich? Dort würde die Polizei doch als Erstes suchen, wenn sie hier nicht fündig wird."

Babcock kam durch die Terrassentür zu uns heraus. Er hielt mir ein Tablett entgegen. „Ein Telegramm für Sie, Miss Olive."

„Danke." Als Babcock wieder ging, riss ich den Umschlag auf. Ein Telegramm öffnete man lieber möglichst schnell, bevor sich die Gedanken an all die furchtbaren Szenarien, die einen darin erwarten konnten, überschlugen.

„Von wem ist es?" Gwen spähte mir über die Schulter. „Ach, von Jasper. Ich hatte gehofft, es wäre vielleicht von Mutter, die uns mitteilt, dass Violet in Parkview angekommen ist."

„Dafür ist es viel zu früh. Violet würde einige Zeit brauchen, um bis nach Derbyshire zu kommen."

„Aber ich glaube trotzdem, dass sie nach Hause fährt. Und ich fahre jetzt auch." Gwen lief zum Haus zurück.

„Meinst du, Inspector Longly wird dich fahren lassen?", rief ich ihr hinterher.

„Soll er ruhig versuchen, mich aufzuhalten! Ich stehe nicht unter Verdacht. Er hat also keinen Grund, mich länger hierzubehalten." Gwen ging hinein, drehte sich aber gleich wieder zu mir um. „Kommst du nicht?"

Ich blickte vom Telegramm auf. „Nein, ich fahre nach London. Ich muss mit Jasper sprechen."

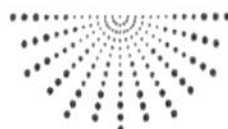

KAPITEL ACHTZEHN

Jasper erwartete mich bereits am Bahnsteig, als ich aus dem Zug stieg. „Hallo, altes Mädchen."

„Ich hätte nicht gedacht, dass du mich abholen kommst", begrüßte ich ihn.

„Ich muss mich doch vergewissern, dass es dir gut geht. Was für eine Party!"

„Das kannst du wohl laut sagen."

Jasper beugte sich nah zu mir vor und flüsterte mir vertraulich zu: „Wegen des Auftrags, den du mir erteilt hast … da gibt es interessante Neuigkeiten."

„Ich kann kaum erwarten, sie zu hören. Dein Telegramm war furchtbar vage."

„Ein Komplott, um dich schneller herzulocken."

„Und du hättest nicht anrufen können? Nicht, dass ich mich nicht freuen würde, dich zu sehen, aber …"

„Telefone sind furchtbar öffentliche Dinger. Man weiß nie, wer alles mithört."

„Das stimmt wohl. Welche Neuigkeiten hast du denn?"

„Alles zu seiner Zeit, meine Liebe. Zuerst das leibliche wohl. Hast du schon zu Mittag gegessen?"

„Nein, aber ich bin auf Archly Manor bestens verpflegt

worden. Ich bin nicht mehr so ausgehungert wie letztes Mal, als du mich ins Savoy eingeladen hast."

Jasper bot mir den Arm an. „Das macht nichts, dafür habe ich heute Hunger."

Als wir beide ein brutzelndes Steak vor uns hatten, schilderte ich Jasper alles, was sich auf Archly Manor zugetragen hatte. „Und jetzt ist Violet verschwunden. Gwen glaubt, dass sie nach Parkview Hall gefahren ist, doch ich bin mir da nicht so sicher."

„Warum?"

„Gwen würde nach Hause fahren, wenn sie Probleme hätte, aber Violet nicht. Außerdem wird dort die Polizei als Erstes suchen. Violet ist klug genug, das zu wissen."

Jasper legte sein Besteck nieder. „Aber Violet ist wohl nicht klug genug, wenn ihr nicht klar ist, dass sie durch ihre Flucht jetzt nur noch schuldiger wirkt."

„Ich will nicht behaupten, dass ihr Denkprozess fehlerlos ist. Ich glaube, sie ist einfach ihrem Instinkt gefolgt, als sie davongelaufen ist. Mit genügend Abstand zu Archly Manor ist sicher ihre Vernunft zurückgekehrt, und sie wird alles tun, um ihre Spuren zu verwischen."

„Wo könnte sie deiner Meinung nach hingefahren sein?"

„Wahrscheinlich zu einer Freundin. Ich habe in Parkview angerufen und mit Tante Caroline gesprochen, bevor ich hierhergekommen bin. Ich habe jetzt eine Liste der Freundinnen, mit denen Violet in letzter Zeit vertraut war. Ich werde heute so viele wie möglich kontaktieren." Tante Caroline hatte auch gesagt, dass es Onkel Leo schon besser geht und der Doktor die Quarantäne bald aufheben wird. Es war schön, das zu hören, vor allem auch, weil Gwen nach Hause gefahren war und bei allem Unglück jetzt nicht auch noch krank werden durfte.

Jasper trommelte mit den Fingern auf dem Tisch, während er mich aus dem Augenwinkel beobachtete. „Du bist sehr loyal. Vielleicht zu loyal."

„Wie könnte ich *zu* loyal sein? Wie meinst du das?"

Er hielt seine Finger still. „Wenn jemand der Familie Stone sehr nahesteht, dann ich. Sie hat mich – den ungestümen, tollpatschigen Jungen, der ich früher mal war – fast jede Ferien aufgenommen, etwas, das nicht mal meine eigene Familie getan hätte. Aber deine Loyalität sollte auch Grenzen haben."

„Wenn du damit sagen willst, dass ich vor lauter Loyalität blind bin, liegst du falsch. Ich glaube wirklich nicht, dass Violet Alfred umgebracht hat."

„Jetzt habe ich dich verärgert. Es ist klar, dass du hinter Violet stehst. Aber beruhige dich nur wieder, denn ich kann dir versichern, dass ich ebenso wenig glaube, dass Violet ihren Zukünftigen ermordet hat. Doch deine Entschlossenheit, ihre Unschuld zu beweisen, gekoppelt mit deiner Tendenz, dich so blindlings ins Leben zu stürzen … Du könntest Dinge überstürzen." Er gestikulierte mit der Hand und machte eine schlangenförmige Bewegung. „Irgendwann werden dich deine überstürzten Handlungen noch in Schwierigkeiten bringen. Das würde ich lieber nicht erleben."

Jetzt war ich gereizt. „Vielen Dank für deine Sorge, doch ich bin durchaus in der Lage, mein Handeln zu durchdenken. Wäre ich tatsächlich so hitzköpfig, wie du sagst, dann hätte ich Sonia schon längst aus dem Leben meines Vaters entfernt", erklärte ich. Dabei schmunzelte ich nun doch ein wenig, damit er wusste, dass ich scherzte.

„Also gut, dann ist das wohl ein Beweis dafür, dass ich Unrecht habe", sagte Jasper und die Spannung, die zwischen uns entstanden war, löste sich wieder. "Du hast dich brav zurückgehalten."

Nachdem der Kellner meinen Teller abgeräumt hatte, faltete ich die Hände und legte sie auf den Tisch. „Gut, jetzt hast du mich lange genug auf die Folter gespannt. Was hast du über Alfred herausgefunden?"

„Die Nachforschungen haben eine Weile gedauert, doch jetzt kann ich mit großer Gewissheit sagen, dass in den letzten fünfzig Jahren in Delhi niemand mit dem Nachnamen Eton als Buchhalter im öffentlichen Dienst gearbeitet hat."

Ich beugte mich vor und legte die Hände flach auf das Tischtuch. „Du konntest keinen Nachweis dafür finden, dass sein Vater in Indien gearbeitet hat?"

„Nicht eine Spur. Ich habe gründlich gesucht. Dafür musste ich auch ein paar Gefallen einfordern … weshalb du jetzt übrigens tief in meiner Schuld stehst, worüber wir uns noch unterhalten werden."

„Ach, gib doch zu, dass es dich selbst brennend interessiert hat."

„Ich habe keine Ahnung, wovon du sprichst. Ich habe dir lediglich einen Freundschaftsdienst erwiesen", sagte Jasper grinsend.

„Und dafür danke ich dir." Ich verneigte mich vor ihm. „Doch egal, was du sagst, ich weiß genau, dass es dein Interesse geweckt hat." Ich sah mich im Restaurant um. „Wenn Alfreds Vater nie in Indien war, glaubst du, dass Alfred selbst jemals dort war?"

„Eine höchst interessante Frage", antwortete Jasper. „Auch dazu habe Nachforschungen angestellt, doch nichts über einen Alfred Eton ausfindig machen können."

„Interessant."

„Es scheint dich nicht zu überraschen."

„Nun ja, vor ein paar Tagen hätte es mich durchaus erstaunt, doch seit ich weiß, dass Alfred ein Erpresser war, finde ich es wenig überraschend, dass er auch bezüglich seiner Herkunft gelogen hat. Die Frage ist eher, ob überhaupt irgendetwas von dem, was er erzählt hat, wahr war."

„Das bezweifle ich", sagte Jasper. „Hat Alfred sonst noch irgendetwas gesagt, was uns weitere Hinweise geben könnte? Vielleicht hat er einen Ort, eine Person genannt? Vielleicht ist ihm versehentlich etwas herausgerutscht, was ein Hinweis auf seine echte Vergangenheit sein könnte?"

„Oh." Ich setzte mich auf. „Er hat erwähnt, dass … Ach

nein, das war Essie. Sie hat gesagt, Alfred sei in einem kleinen Ort aufgewachsen ... Wie hieß der gleich wieder?" Ich griff nach meiner Handtasche und holte meine Notizen heraus. Es kam mir vor, als hätte ich sie schon vor etlichen Wochen verfasst, dabei war es erst wenige Tage her. Ich faltete das Papier auseinander. „Setherwick. Genau. So hieß der Ort."

„Noch nie davon gehört."

„Ich auch nicht." Ich legte die Serviette auf den Tisch. „Ich brauche einen Atlas. Hast du einen?"

„Ich fürchte, bei mir findest du nur Grammofonplatten und Bücher, die wenig zur allgemeinen Bildung beitragen."

„Tatsächlich?", fragte ich, für einen Moment vom eigentlichen Thema abgelenkt. „Welche Art von Büchern liest du denn?"

„Detektivromane der reißerischsten Art. Ich kann dir gerne mal einen ausleihen. Ich glaube, sie würden deine angeborene Neugierde sehr ansprechen. Meine Auswahl an Sachbüchern ist dagegen recht dürftig."

„Wir brauchen einen Atlas."

Eine Viertelstunde und eine Taxifahrt später saßen wir im British Museum und beugten uns über einen Atlas, der nur geringfügig kleiner war als der Tisch, auf dem er lag. Ich suchte bereits zum zweiten Mal im Index und schüttelte den Kopf. „Hier gibt es kein Setherwick."

Jasper schlug den unhandlichen Wälzer zu. „Lass uns in einem anderen nachsehen, nur um sicherzugehen."

Im zweiten Atlas fuhr ich mit dem Finger durch die Liste der Orte und Dörfer, die mit dem Buchstaben S begannen. Wieder schüttelte ich den Kopf.

„Es existiert nicht, oder?", fragte Jasper.

„Nein. Die Frage ist und bleibt: Wer war Alfred Eton?"

∽

Ich hätte liebend gern weitere Nachforschungen über Alfred angestellt, doch die Suche nach Violet hatte Priorität. Jasper war so freundlich, mir die Taxifahrt nach Mayfair zu spendieren. In dem Viertel wohnten gleich mehrere von Violets Freundinnen und ich konnte ihnen nacheinander zu Fuß einen Besuch abstatten.

Die Suche erwies sich als erfolglos. Zwei Stunden später kam ich zum Bahnhof zurück, wo ich meinen kleinen Handkoffer aus der Gepäckaufbewahrung holte, dann ging ich von dort zu meinem Zimmer bei Mrs. Gutler. Obwohl ich noch Geld für den Bus übrig hatte, wollte ich es nicht ausgeben, wenn es keinen dringenden Grund gab, schnell nach Hause zu kommen. Außerdem konnte ich auf dem Weg in Ruhe nachdenken. Darüber, wo sich Violet aufhalten könnte und wer Alfred gewesen war. Die zweite Frage ging mir auch später, während ich meine Kleider auspackte, nicht aus dem Kopf. Warum würde jemand einen falschen Namen angeben und sich dann mit einem jungen Mädchen aus der gehobenen Gesellschaft verloben? Wäre Alfred nicht irgendwann aufgeflogen? Doch vielleicht hatte er sich auch falsche Papiere besorgt, eine gefälschte Geburtsurkunde oder andere Dokumente, die seine Identität ‚nachwiesen‘, und deshalb hatte er keine Angst gehabt, dass die Wahrheit ans Licht kommen würde.

Wenn man sein eigenes Hausmädchen war, hatte man genug Gelegenheit zum Nachdenken. Ich sortierte die Kleider aus, die ich zur Wäscherei um die Ecke bringen musste, flickte einen Saum und befestigte eine Feder an einem meiner Hüte. Ich hatte also ausreichend Zeit, all jene Fragen gründlich zu erörtern. Leider kam ich auf keine befriedigende Antwort. Am nächsten Tag wollte ich eine weitere Freundin von Violet aufsuchen. Dafür bereitete ich mein grünes Kleid mit passendem Hut vor und legte beides auf mein quietschendes, schmales Bett.

Lady Buxton-Wimburry wohnte eine Stunde außerhalb von London in einem viktorianischen Haus. Sie war wenig hilfreich und deutete an, dass sie Violets Benehmen äußerst skandalös fand und dass sie ihrer Tochter zukünftig den Umgang mit Violet untersagen würde.

Ich kaufte mir ein Sandwich und eine Zeitung für die Rückfahrt nach London. Fast wünschte ich, einen von Jaspers Detektivromanen dabei zu haben, um mich abzulenken, denn nichts erschöpfte mich mehr als unbeantwortete Fragen. Wenn ich erst einmal angefangen hatte, an einem Rätsel zu knobeln, konnte ich nicht aufhören, mir den Kopf darüber zu zerbrechen.

Ich schlug die Zeitung auf. Eigentlich war es zu erwarten gewesen, aber trotzdem war ich überrascht, als ich ein Bild von Violet und Gwen sah. In dem dazugehörigen Artikel wurde über die Begebenheiten, die zu Alfreds Tod geführt hatten, berichtet. Es waren alles keine neuen Informationen, der Redakteur hatte lediglich die bekannten Umstände wiedergegeben. Er übertrieb jedoch mit seinen Schilderungen über die Ausschweifungen der Party und er ließ die gerichtliche Anhörung so sensationell klingen, wie er nur konnte – keine leichte Aufgabe, wenn man bedachte, wie trocken die Veranstaltung gewesen war. Ich überflog den Text und da stach mir eine Zeile ins Auge:

Alfred Eton, wohnhaft in den luxuriösen South Regent Mansions, war im Kreise der ‚Bright Young People‘ der Stadt sehr bekannt. Er pflegte regen Umgang mit Sebastian Blakely und Lady Pamela Withers.

Ich faltete die Zeitung zusammen und konnte es jetzt kaum noch erwarten, bis der Zug in London einfuhr. Nun wusste ich ganz genau, wohin ich als Nächstes gehen würde.

Ich betrat die elegante, moderne Eingangshalle der South Regent Mansions und lächelte dem walrossähnlichen Portier freundlich zu. „Guten Tag. Ich war vor Kurzem schon einmal hier und habe mich nach Alfred Eton erkundigt."

Er sah mich eine Weile an, bis sich seine Miene erhellte. „Ach ja." Dann schüttelte er den Kopf. „Der arme Kerl."

„Da haben Sie wohl Recht." Ein armer Kerl war Alfred, der Erpresser, der Violet betrogen hatte, zwar nicht gewesen, doch ermordet zu werden hatte er wohl auch nicht verdient. „Ist die Polizei hier gewesen?"

„Ja, aber sie sind schnell wieder abgefahren. Haben wohl nichts Hilfreiches gefunden, wie es scheint."

„War sonst noch jemand hier?"

„Ich weiß nicht, was Sie meinen …" Er warf einen bedeutungsvollen Blick auf meine Handtasche.

Also holte ich zwei Fünf-Pfund-Noten aus der Tasche, zusammen mit dem Zeitungsartikel über Alfreds Tod. Ich legte die gefalteten Scheine auf die Zeitung. „Vielleicht eine dieser beiden Frauen?"

Das Geld verschwand in seiner Hand, während er die Zeitung nahm. Entweder lag es an der diesmal größeren Geldsumme oder daran, dass Alfred tot war, jedenfalls gab der Mann heute weit bereitwilliger Auskunft: „Ja, sie war hier." Er zeigte mir die Zeitung und deutete auf Gwen.

Gwen? Er musste sich irren. Ich zeigte ihm noch einmal das Bild. „Sind Sie sicher?"

„Oh ja. Die hier war es."

„Nicht die andere mit den kürzeren Haaren?"

„Nein, die junge Frau mit den langen Haaren. Sie schien mir ziemlich aufgewühlt."

„Wann war das?"

Er blickte zur Decke, runzelte die Stirn. „Vielleicht ein paar Tage, bevor Sie zum ersten Mal gekommen sind."

Was hatte Gwen in den South Regent Mansions gemacht?

„Miss?"

Jetzt bemerkte ich, dass er mir die Zeitung hinhielt. Ich nahm sie wieder entgegen. „Danke." Meine Gedanken überschlugen sich. Die liebe, stets so ehrliche Gwen war heimlich hierher gefahren? Warum hatte sie mir nichts gesagt? Und warum war sie überhaupt hierhergekommen? War es möglich, dass sie und Alfred …? Nein, ausgeschlossen! Gwen würde

Violet niemals so etwas antun. Außerdem hatte Gwen Alfred von Anfang an für einen Schuft gehalten. Doch warum war sie zu Alfreds Wohnung gefahren? „Wie oft haben Sie sie gesehen?", fragte ich immer noch fassungslos.

„Nur das eine Mal."

Ich versuchte, mich zu sammeln, denn ich hatte den Portier schließlich noch mehr fragen wollen. „Ist irgendwann mal ein Arzt gekommen und hat Mr. Eton einen Hausbesuch abgestattet?"

„Nein, Miss. Eigentlich hatte er so gut wie nie Besuch."

„Ich verstehe."

„Gibt es sonst noch etwas, Miss?"

„Ja", sagte ich langsam und griff erneut in die Handtasche, „da ist noch eine Sache … Ich würde mich gerne in Alfreds Wohnung umsehen. Könnten Sie das ermöglichen?"

Das konnte der Portier durchaus, denn ich zeigte ihm fast alle Scheine, die ich noch hatte. Wenn ich ohne großes Aufsehen Zutritt zu Alfreds Wohnung bekäme, wäre das die Ausgabe wert. Allerdings bedeutete es auch, dass ich fortan definitiv weder Taxi noch Bus benutzen konnte. Von jetzt an würde ich wieder viel laufen müssen.

Der Portier brauchte nicht lange, um sich von einer der Mädchen, die die Wohnungen putzten, den Schlüssel zu besorgen. Ich fuhr in den sechsten Stock, wo mir der Liftjunge die Aufzugstür öffnete. Ich spürte seine Blicke auf meinem Rücken, während ich zu Alfreds Wohnung ging, die Tür aufsperrte und eintrat.

KAPITEL NEUNZEHN

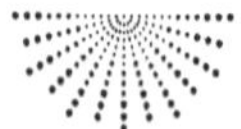

Die Tür zu Alfreds Wohnung öffnete sich in einen schmalen Gang. Rechts kam nach ein paar Schritten eine kleine Küche. Wie mich der Portier angewiesen hatte, legte ich den Schlüssel auf die Küchentheke neben die Spüle. Die nächste Tür auf der rechten Seite führte zum Badezimmer. Am Ende des Flurs befanden sich zwei Türen nebeneinander. Links war das Wohnzimmer, dessen Erkerfenster auf den Innenhof blickten. Ich wollte gerade hineingehen, als ich aus dem Schlafzimmer ein leises Rascheln hörte.

„Violet, ich bin's." Ich steckte den Kopf hinein.

Und tatsächlich, hinter der Tür tauchte Violet auf. Sie hielt eine Lampe in der Hand, deren Messingsockel wie eine weibliche Figur geformt war.

„Du wolltest mir doch nicht etwa damit eins überbraten, oder?", fragte ich.

„Ich konnte ja nicht ahnen, dass du es bist! Woher hast du gewusst, dass ich hinter der Tür bin?"

„Nur eine Vermutung. Ansonsten hätten dich aber auch deine Kleider verraten." Ich zeigte auf den Koffer auf dem ungemachten Bett, aus dem ihre Kleidung herausquoll.

Violet stellte die Lampe zurück auf den Nachttisch. „Wie hast du mich gefunden?"

„Eigentlich ist es eher peinlich, dass ich so lange gebraucht habe, darauf zu kommen. Dass du aus Archly Manor geflohen bist, war klar, aber den gestrigen Tag und auch heute Vormittag habe ich verschwendet, indem ich dich bei deinen Freundinnen vom Debütantinnenball gesucht habe."

Violet schauderte. „Zu denen würde ich niemals gehen. Meine Freundinnen hätten mich sicher aufgenommen, aber ihre Mütter … Die würden wahrscheinlich so tun, als hätte ich eine ansteckende Krankheit."

Das konnte ich bestätigen. Die Atmosphäre in den Häusern ihrer Freundinnen war definitiv unterkühlt gewesen.

„Also, wenn du schonmal hier bist, können wir es uns auch bequem machen. Komm ins Wohnzimmer", forderte mich Violet auf und setzte sich dort auf ein sehr eckiges, braun getuftetes Sofa. Der Beistelltisch war überladen mit schmutzigem Wachspapier, gebrauchten Teetassen und Gläsern. „Entschuldige die Unordnung", sagte Violet. „Die Putzfrauen haben die Anweisung, die Wohnung nicht zu betreten, darum wurde hier nicht saubergemacht."

Ich setzte mich auf einen modernen Sessel mit gebogenem Metallgestell. „Wie bist du denn in die Wohnung gekommen?"

„Mit Alfreds Schlüssel."

„Hast du ihn aus seinem Zimmer mitgenommen, als du das Notizbuch geholt hast?"

„Nein, du Dummchen. Alfred hat ihn mir schon vor Wochen gegeben. Als Mama und Papa mich mal wieder gescholten haben, hat Alfred mir den Schlüssel gegeben und gesagt, ich könne herkommen, wenn ich es in Parkview nicht mehr aushalte. Ach, sieh mich nicht so an, so war es nicht. Er war die meiste Zeit weg, weil er sich oft auf Archly Manor aufgehalten hat. Er sagte, ich kann herkommen, wenn er nicht hier ist."

„Und hast du ihn sonst oft besucht?", fragte ich und überlegte, ob der Portier vielleicht doch die beiden Frauen verwechselt hatte.

„Nein." Violet blickte aufs Sofa und spielte mit einem der Knöpfe. „Ich hätte nie den Mut dazu gehabt." Sie sah mich unter ihren Wimpern hervor an. „Ich will zwar avantgardistisch sein, aber in Wirklichkeit bin ich eher konservativ. Eine erschreckende Erkenntnis."

„Tante Caroline wäre erleichtert, das zu hören."

„Wage es nur nicht, es ihr zu sagen."

„Du willst wohl, dass sie sich weiter um dich Sorgen macht?", fragte ich.

„Deshalb erreiche ich ja so viel. Gwen drängt nie auf etwas, ich schon. Mama und Papa wissen, dass ich nicht nachgebe, und deshalb erreiche ich auch mehr als Gwen."

Ich sagte nichts über den Portier, der mir von Gwens Besuch hier erzählt hatte. „Wie bist du denn an dem Portier vorbeigekommen?"

„Ich habe mich mit dem Liftjungen angefreundet. Man kann ihn leicht mit Süßigkeiten bestechen. Er hat Schmiere gestanden und mir Bescheid gegeben, als der Portier kurz weg war. Dann hat er mich schnell nach oben gebracht und niemand hat etwas mitbekommen."

„Bringt dir dein Liftjunge auch Essen?"

„Er hat eine Vorliebe für Fisch und Kartoffeln, dessen ich mittlerweile ein wenig überdrüssig bin."

„Bist du seit gestern hier?"

Violet nickte. „Ich bin direkt von Archly Manor hergekommen."

„Das habe ich mir gedacht. Gwen hat angenommen, dass du nach Parkview fahren würdest, ich aber nicht."

Violet war entsetzt. „Niemals würde ich jetzt nach Hause fahren. Nicht, nachdem sie den Manschettenknopf gefunden haben. Zu Hause sucht die Polizei doch als Erstes."

„Da hast du Recht." Gwen hatte bestätigt, dass die Polizei

tatsächlich gleich gekommen war und ganz Parkview Hall abgesucht hatte. „Deine Eltern machen sich große Sorgen."

Violet sprang auf und ging zum Erker. „Das mag ja sein, aber ich mache mir auch große Sorgen. Verstehen sie nicht, dass ich verhaftet werde, wenn ich nach Parkview gehe?"

„Ich bin mir nicht sicher, ob das stimmt."

Sie wandte sich vom Fenster ab und sah mich an. „Aber die Möglichkeit besteht."

„Eine geringe Möglichkeit, würde ich schätzen."

Violet verschränkte die Arme. „Ich fahre nicht nach Hause."

„Aber hier kannst du nicht ewig bleiben."

„Warum nicht?"

„Zum einen, weil die Wohnung wahrscheinlich weitervermietet wird. Vielleicht werden sogar schon die ersten Besichtigungstermine vereinbart."

Violet zog die Stirn in Falten. „Das ist mir noch gar nicht in den Sinn gekommen."

„Es kommt darauf an, wem die Wohnung gehört. Hat Alfred sie gemietet?"

„Keine Ahnung, er hat es nie erwähnt."

„Du weißt das nicht?"

„Alfred und ich hatten Besseres zu besprechen als Immobilien", schnaubte Violet. „So etwas würde Papa interessieren, aber nicht Alfred." Sie ließ sich wieder aufs Sofa fallen.

„Violet, ich habe etwas über Alfred erfahren, das du wissen solltest." Mein Tonfall musste etwas von der Ernsthaftigkeit der Situation verraten haben, denn jetzt wirkte Violet noch besorgter, als sie ohnehin schon war. Während ich berichtete, was Jasper und ich herausgefunden hatten, saß sie völlig regungslos da.

Als ich hinzufügte, dass auch der Ort, aus dem Alfred angeblich stammte, nicht existierte, blinzelte sie nur. Dann lehnte sie den Kopf gegen das Sofa und starrte an die Decke. „Ich hatte das Gefühl, dass noch mehr kommen würde. Dass es noch mehr gibt, was ich nicht von Alfred wusste." Sie schloss für einen kurzen Moment die Augen und schüttelte den Kopf. „Ich habe ihn überhaupt nicht gekannt."

„Hat er dir außer dem Märchen über Indien nie etwas erzählt?"

„Nein, nie. Er wollte nicht über seine Vergangenheit sprechen. Aber ich dachte, der Tod seiner Eltern würde ihn immer noch so belasten, und da wollte ich nicht zu sehr drängen, weil man das einfach nicht tut."

„Ja, natürlich."

Ich sah mich in der Wohnung um, die sehr unpersönlich wirkte. Die moderne Einrichtung waren praktisch und schlicht. An den Wänden hingen keine Bilder, keine Fotografien, nirgendwo lagen Bücher, Magazine oder Zeitungen herum. „Ich hatte gehofft, irgendwelche Anhaltspunkte in seiner Wohnung zu finden, aber es fühlt sich nicht so an, als hätte Alfred lange hier gewohnt."

Violet neigte den Kopf. „Wie bist du eigentlich reingekommen?"

„Ich habe den Portier bestochen."

Sie zog die Augenbrauen hoch. „Gute Idee. Darauf wäre ich gar nicht gekommen."

„Sollen wir uns ein bisschen umsehen? Vielleicht finden wir etwas – irgendeinen Hinweis darauf, wer Alfred wirklich war."

Violet setzte sich auf. "Ja, lass uns die Wohnung auseinandernehmen!"

Meine Cousine ging mit größerem Eifer an die Arbeit, als ich es erwartet hätte. Während ich im Wohnzimmer suchte, hörte ich, wie sie im Schlafzimmer die Schubladen aufriss und vor sich hinmurmelte. Für das Wohnzimmer brauchte ich nicht lange. Die Schubladen des Beistelltischchens waren leer, im Wohnzimmerschrank standen nur Spirituosen. Als ich zu Violet hinüberging, blieb ich im Türbogen stehen. „Hier drin sieht es aus, als wäre eine Bombe explodiert!"

Violet hockte auf dem Boden und blickte zu mir auf. „Was?"

„Das Zimmer. Wir werden ewig brauchen, das alles wieder aufzuräumen."

Sie winkte ab. „Egal. Komm, sieh dir das an."

Um Violet herum lagen eine Reihe von Programmheften. „Ich habe das hier in einem Umschlag unter seinen Socken gefunden. Varieté. Alfred war ein Schauspieler! Hier, schau dir das an." Sie gab mir eines der Programmhefte und zeigte auf die Liste der Schauspieler und Sänger und auf ein Foto von zwei Männern im Smoking. Der Jüngere war eindeutig Alfred. Doch der Name, der darunter stand, war ein anderer.

„Clyde Roberts?"

„Ja, das muss er sein. Es ist der einzige Name, der in allen Programmheften steht." Violet sortierte die Hefte in verschiedene Stapel. „Das hier hat das Neuste. Der Auftritt war letztes Jahr. Anscheinend hatte er einen Partner. Auf den älteren wird Clyde Roberts in verschiedenen Nummern genannt – Gesang, Tanz und Schauspiel."

Ich las den Namen von Clyde Roberts' Show: „Die Gediegenen Britischen Gentlemen – Stepptanz und piekfeines Kabarett."

Plötzlich hörte ich das Klicken eines Schlüssels, der sich im Schloss drehte.

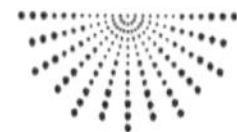

Wir tauschten erschrockene Blicke aus, dann kroch Violet so schnell sie konnte hinter das Bett. Vom Flur aus würde man sie nicht sehen, doch ich stand noch im Türrahmen, und während die Klinke bereits heruntergedrückt wurde, versteckte ich mich hinter der Schlafzimmertür. Allerdings hatte ich keine Zeit mehr, sie zu schließen, denn in diesem Moment betrat jemand die Wohnung.

Schwere Schritte. Die Tür fiel ins Schloss. Ich spähte durch den Schlitz zwischen Tür und Rahmen. *Sebastian!*, sagte ich tonlos zu Violet.

Ihre Augen weiteten sich, dann spähte sie hinter dem Bett hervor, um es selbst zu sehen. Ich bedeutete ihr, sich schnell wieder zu ducken, doch sie ignorierte mich.

Sebastian, der gerade im Begriff war, die Schlüssel in die Tasche zu stecken, hielt mitten in der Bewegung inne. Er sah sich um, blickte zum Schlafzimmer.

Jetzt stand Violet auf und stemmte die Hände in die Hüfte. „Sebastian! Sie haben mich vielleicht erschreckt. Was tun Sie hier?"

Er ließ die Schlüssel in die Tasche gleiten und sah Violet mit gerunzelter Stirn an. Das spärliche Licht aus dem Wohnzimmer ließ die Höhlen seiner Augen noch tiefer wirken und betonte die hohlen Wangen. „Die Frage lautet vielmehr: Was machen *Sie* hier?"

„Ich bleibe ein paar Tage hier, bis ich mir darüber klargeworden bin, was ich tun soll. Alfred hätte es nichts ausgemacht. Woher haben Sie den Schlüssel?"

Ein Lächeln huschte über Sebastians Gesicht. „Und wieder sollte ich Ihnen dieselbe Frage stellen. Das ist meine Wohnung."

„Ihre Wohnung?"

„Ja, ich habe sie Alfred nur vorübergehend zur Verfügung gestellt." Violet schluckte und war für einen Augenblick sprachlos. Nun war wohl der richtige Zeitpunkt gekommen, um auch meine Anwesenheit preiszugeben. Ich trat hinter der Tür vor.

„Hallo, Sebastian. Dass es Ihre Wohnung ist, wundert mich nicht." Ich zeigte ihm die Programmhefte, die ich immer noch in der Hand hielt. „Ich habe das Gefühl, dass Sie der einzige Mensch in ganz London sind, der Alfreds wahre Identität kennt."

Er starrte einen Moment lang auf die Hefte, dann nahm er sie mir aus der Hand und atmete laut und lange aus. „Dann ist die Katze jetzt wohl aus dem Sack."

„Sie wussten es?" Violet ging um das Bett herum.

Einen Moment lang schwieg Sebastian.

„Natürlich, denn er war derjenige, der Alfreds Betrug überhaupt erst möglich gemacht hat!" Jetzt sah ich ihm direkt in die Augen. „Nicht wahr?"

Ohne zu antworten, ging Sebastian ins Wohnzimmer und stellte sich an das Fenster. Eine Weile lang stand er einfach nur schweigend da und blickte hinaus. Violet und ich waren ihm gefolgt. Ohne sich umzudrehen, gab er zu: „Ja, es stimmt. Alfred war …", er hob das Programmheft hoch, „Clyde Roberts."

„Aber warum?", fragte Violet. „Warum haben Sie alle so getäuscht?"

Sebastian ließ das Heft auf den überladenen Beistelltisch

fallen. Dann nahm er sich eine Zigarette, zündete sie an und während er rauchte, ging er vor den Fenstern auf und ab. „Es war ein Streich."

„Ein Streich?", sagte Violet so schwach, dass man sie kaum hören konnte. Sie ließ sich auf das Sofa fallen.

„Es war ein Scherz?", fragte ich. „Das Ganze sollte ein *Scherz* sein?"

Sebastian rieb sich die Stirn mit dem Daumenballen der Hand, in der er die Zigarette hielt während er weiter auf und ab ging. „Es war nicht geplant, dass es so weit gehen würde." Er zeigte auf Violet. „Es war sicher nie meine Absicht, dass es dermaßen außer Kontrolle gerät."

Violet packte die Sofalehne. „Ich will ganz genau wissen, was passiert ist. Erzählen Sie mir die ganze Geschichte!"

„Also gut. Sie sollen es erfahren, das haben Sie verdient." Sebastian setzte sich in den Sessel mit dem Chromrahmen, in dem ich zuvor gesessen hatte, und stützte die Ellbogen auf die Knie. Ich nahm ihm gegenüber Platz, doch er schien es nicht zu bemerken. Sebastian schien nach innen gekehrt zu sein und sagte, ohne den Kopf zu heben, zu Violet: „Sie wissen, dass ich in Amerika war?"

„In New York."

„New York, das war die erste Stadt, die mein Vater und ich besucht haben. Mein Vater wurde von einem alten Schulfreund eingeladen, ihn in Chicago zu besuchen. Wir sind also weitergereist und haben ein paar Wochen in Chicago verbracht. Der Sohn von Vaters Freund hat mich eines Abends zu einer Varietévorstellung mitgenommen." Sebastian tippte auf die Programmhefte. „Alfred – beziehungsweise Clyde – war einer der Darsteller auf der Bühne. Es war eine wunderbare Vorstellung, er spielte einen vornehmen, aber etwas dümmlichen englischen Gentleman. Er und sein Partner trugen Abendgarderobe und wechselten Stepptanz mit eingestreuten Witzen ab. Das Publikum hat getobt und die Damen waren ganz entzückt von ihm. Mein Freund und ich standen später am Bühnenausgang, weil wir zwei der Tänzerinnen kennenlernen wollten, die in einer anderen Nummer aufgetreten waren. Sie ließen sich von uns zum Essen einladen, und irgendwie schaffte es Clyde, dass wir ihn mitnahmen. Nach dem Essen mussten die Damen bald gehen, denn sie mussten am nächsten Morgen einen frühen Zug erwischen."

Sebastian zog an der Zigarette und blies den Rauch an die Decke. „Als die Mädchen gegangen waren, unterhielten wir uns weiter über die Aufführungen. Ich war sehr überrascht, denn Clyde sprach da mit amerikanischem Akzent. Vorher hätte ich schwören können, dass er ein waschechter Brite war. Er hatte eine große Begabung, verschiedene Dialekte und Akzente nachzuahmen, und gab uns sein Repertoire zum Besten. Er imitierte einen deutschen Baron, einen britischen Gentleman, einen australischen Bauern, einen irischen Kneipenwirt, einen französischen Casanova. Da sagte mein amerikanischer Freund, er würde wetten, dass sich Clyde in England als britischer Gentleman ausgeben könne, ohne dass irgendwer etwas ahnen würde."

Sebastian lehnte sich zurück und betrachtete das glimmende Ende seiner Zigarette. „So hat es angefangen, ein kleiner Scherz beim Abendessen. Doch dann dachten wir, dass das ein Riesenspaß sein könnte. Man musste es gut planen, doch ich dachte, wenn es tatsächlich gelänge, wäre es spektakulär – der größte Streich aller Zeiten, klug und sensationell zugleich."

Es sah Sebastian ähnlich, an so etwas Gefallen zu finden. „In der Tat ein Riesencoup", kommentierte ich. "Noch größer als der Streich, bei dem Sie sich vor dem Dekan als nobelpreisgekrönter Wissenschaftler ausgegeben haben."

Sebastian runzelte die Stirn. „Wie gesagt, es war nicht geplant, dass es so aus dem Ruder läuft. Es hätte ein Scherz sein sollen, nur für ein paar Wochen. Es sollte eine wunderbare, kleine Ablenkung sein, ein Streich zur allgemeinen Belustigung. Wir wollten alle ein bisschen an der Nase herumführen und dann mit die Wahrheit präsentieren."

„Und Alfred – beziehungsweise Clyde – hat alles stehen und liegen lassen und ist mit Ihnen nach England gekommen?", wollte ich wissen.

Sebastian blies den Rauch aus. „Ich habe alles finanziert. Ich bot ihm Geld, um das Varieté noch am selben Abend zu verlassen und mit mir nach England zu kommen, um bei meinem kleinen … Theaterstück mitzuspielen. Alfred sagte, eine Aufführung sei so gut wie die andere und er habe ohnehin keine große Lust mehr auf das Varieté. Am nächsten Tag ging ich mit ihm zum Schneider und ließ ihn für seinen Aufenthalt in England ausstatten. Wir überlegten uns auch einen neuen Namen und kamen auf Alfred Eton. Wir hielten es für einen großartigen Einfall, einen königlichen Vornamen mit dem der Eliteschule zu kombinieren."

„Doch was war mit seiner Familie?", fragte Violet.

„Alfred hatte keine Eltern mehr. Er hatte Lust auf einen Neuanfang in einem anderen Land. Ich sagte, er könne mitkommen, ein paar Wochen lang seine Rolle spielen, und wenn wir die Wahrheit verraten hätten, könnte er seine neuen Anzüge behalten und würde den ‚Lohn' bekommen, den ich ihm zugesagt hatte. Es sollte das Startgeld für sein neues Leben in England sein."

„Und alles, die Sache mit Indien, mit seinen Eltern, dass Sie sein Pate sind, all das war frei erfunden?", fragte ich.

Sebastian drückte die Zigarette im Aschenbecher aus, lehnte sich zurück und strich mit der Hand über seine Haare. „Ich fürchte ja. Eine Vergangenheit in Indien machte es glaubwürdig, dass er sonst niemanden in England kannte. Dass ich ihn als Pate anderen Leuten vorstellte, ihn jedoch selbst seit Jahren nicht gesehen hatte, machte alles umso plausibler." Er sah Violet an und presste die Lippen aufeinander. „Seine Rolle war nur für ein paar Wochen geplant, danach hätte das Spiel wieder vorbei sein sollen."

„Doch die Geschichte hat sich verselbständigt?", vermutete ich.

„Richtig. Mein kleiner Frankenstein ist zum Leben erwacht und wollte sich an keine Anweisungen halten."

„Warum haben Sie ihn nicht bloßgestellt und einfach die Wahrheit gesagt?", fragte ich. „Schließlich waren doch Sie derjenige, der die Fäden in der Hand hielt. Hätten Sie ihm Ihre Unterstützung verweigert und ihm kein Geld mehr zur Verfügung gestellt", sagte ich und sah mich in der Wohnung um, „wäre Alfreds Spiel doch aufgeflogen."

Sebastian zupfte sein tadellos sitzendes Jackett zurecht. „Eine ... nun, kleine *Schwierigkeit* ist aufgetaucht."

Ich beugte mich vor. „Alfred hatte etwas gegen Sie in der Hand!" Jetzt fiel es mir wie Schuppen von den Augen.

Sebastian sah aus, als hätte er körperliche Schmerzen.

Nun mischte sich Violet ein: „Er hat Sie auch erpresst!"

Sebastian erstarrte. „Gab es etwa noch andere?"

„Alfred schien ein Faible für Erpressungen zu haben", erklärte ich.

„Welch unangenehme Angewohnheit", sagte Sebastian. „Kein Wunder, dass er es nicht überlebt hat." Doch gleich darauf warf er Violet mit einen wehmütigen Blick zu. „Es tut mir leid, meine Liebe. Ich bin nicht ganz bei mir. Ich hatte keine Ahnung." Wieder zupfte er an seinem makellosen Jackett herum. „Woher wussten Sie es?"

Ich sah Violet an. „Das ist nun deine Geschichte."

„Oh, ich hätte nichts sagen sollen, nicht wahr?" Violet rieb sich die Stirn und blickte verzweifelt zur Tür.

„Nachdem es jetzt kein Geheimnis mehr ist", sagte ich, „solltest du es Sebastian lieber erzählen."

Violet strich sich die Locken aus dem Gesicht und seufzte. „Das stimmt wohl. Ich habe Alfreds Notizbuch gefunden und darin eine Liste mit Namen – vielmehr Spitznamen – entdeckt. Daneben standen Geldbeträge. Aber ich erinnere mich an nichts, was mit Ihnen zu tun haben könnte, Sebastian. Hat er Sie um Geld erpresst?"

„Nein."

Violet sah mich an und runzelte fragend die Stirn.

„Dass seine Maskerade weiter aufrechterhalten wird, war Alfred sicher mehr wert als Geld. Er wollte nur Sebastians Schweigen", vermutete ich.

„Korrekt", bestätigte Sebastian. „Er wollte weiter die Wohnung nutzen, den Wagen, und Einkäufe auf meine Rechnung tätigen."

Violet sah ihn mit großen Augen an. „Aber welches Druckmittel kann er schon gegen Sie gehabt haben? Was die Leute von Ihnen halten interessiert Sie doch sonst auch nicht?"

Sebastian strich mit dem Daumen an der perfekten Bügelfalte seiner Hose entlang. „Er hat eine Fotografie gefunden, die ich von einer gewissen Lady gemacht habe." Er zögerte kurz. „Der Frau eines Botschafters. Das Bild war ein wenig … gewagt. Es gibt eine Reihe von Leuten, die es unschicklich gefunden hätten. Alfred hat mir gedroht, es an die Zeitung zu schicken. Das konnte ich nicht zulassen. Ich mag mich vielleicht um wenig scheren, doch auch für mich gibt es Grenzen. Vor allem, wenn der Ruf einer Lady beschmutzt werden würde."

Violet strich ihren Rock glatt. „Ich war so ahnungslos. Ich hätte nie gedacht, dass Alfred dermaßen egoistisch ist! Für ihn war alles nur eine Scharade. Und die hat ihm so gefallen, dass er sie nicht mehr aufgeben wollte."

„Ich denke, zum Teil war es so. Er hat es tatsächlich genossen." Sebastian ließ die Blicke schweifen. „Doch ich glaube, dass er echte Gefühle für Sie hatte. Er wollte Sie nicht verlieren. Wahrscheinlich hatte er Angst, dass Sie nichts mehr mit ihm zu tun haben wollen, wenn die Wahrheit herauskommt, weil er ein mittelloser Amerikaner ohne Familie war."

„Das hätte ich ihm nie angetan", rief Violet und blickte auf ihren Schoß.

Sebastian und ich wechselten einen Blick, denn der Wahrheit entsprach das sicher nicht. Violet waren Äußerlichkeiten sehr wichtig, weshalb es mich auch nicht überrascht hatte, dass sie kaum etwas über Alfreds Charakter gewusst und seine wahren

Motive nicht erkannt hatte. Dass er attraktiv, klug und unterhaltsam war, hatte ihr gereicht. Mehr war ihr nicht wichtig. Zumindest war es früher so gewesen, aber vielleicht würde sich das nun ändern.

Sebastian räusperte sich. „Ich war also nicht der Einzige, den Alfred erpresst hat?" Er war wütend, aber gleichzeitig schien er auch ein wenig amüsiert zu sein. „Eigentlich hätte ich es mir ja denken können, dass er auch andere erpresst, wenn er es mit mir tut."

„Ja, er hat definitiv nicht bei Ihnen aufgehört", sagte ich. „Doch ich fürchte, wir haben keinen Beweis für seine erpresserischen Machenschaften mehr."

„Was?" Violet blickte auf. „Entschuldigung, ich habe nicht gehört, was du gesagt hast."

„Ich sagte, wir haben keinen Beweis mehr."

„Ja, richtig." Sie ließ die Schultern hängen. „Das ist meine Schuld", erklärte sie Sebastian. „Ich habe Alfreds Notizbuch verbrannt. Ich hätte es nicht haben dürfen und habe überstürzt gehandelt, weil ich dachte, die Polizei würde mich sofort verhaften, wenn sie es bei mir findet."

„Da wir gerade von der Polizei sprechen – ich glaube, wir sollten Inspector Longly anrufen", sagte ich.

Violet hielt sich verkrampft an der Sofalehne fest. „Aber dann verhaftet er mich."

„Das glaube ich nicht." Ich deutete mit dem Kopf zu Sebastian. „Wir haben nun eine weitere Person, die die Geschichte von Alfreds Erpressungen bezeugen kann."

„Und was ist mit dem Manschettenknopf?"

„Er ist ein Indiz, aber noch lange kein Beweis", sagte ich. „Alfred könnte ihn auch verloren haben, bevor ihr nach oben gegangen seid. Monty kann bezeugen, dass er ihn nach eurem Streit noch hatte. Wie lange hast du mit anderen Männern getanzt?"

„Drei oder vier Tänze, glaube ich."

„Und dann bist du mit Alfred nach oben gegangen?"

„Ja."

„Nun, dann hat es also reichlich Gelegenheit gegeben, mindestens zehn, vielleicht auch zwanzig Minuten, in denen er den Knopf hätte verlieren können. Und wenn Alfred ihn tatsächlich während der Rangelei auf dem Balkon verloren hat, bedeutet es, dass der Mörder ihn bewusst an deinem Kleid befestigt hat. Wenn du Archly Manor nicht so übereilt verlassen hättest, wäre Onkel Leos Rechtsanwalt dir zu Hilfe gekommen. Er hätte die Polizei sicher darauf hingewiesen, dass der Manschettenknopf an deinem Kleid noch lange kein Beweis für die Tat ist, zumal er erst Tage später entdeckt wurde – was allein schon ziemlich merkwürdig ist."

„Aber wenn es ihnen egal ist? Es ist ja nunmal doch Alfreds Manschettenknopf. Was, wenn sie mich einsperren?"

Sebastian legte die Hände auf die Knie und stand auf. „Seien Sie kein Angsthase, Violet. Ich habe viel zu lange über Alfred geschwiegen. Jetzt muss alles aufgedeckt werden, und es ist besser, wenn *wir* die Kontrolle übernehmen und dem Inspector die ganze Geschichte erzählen." Sebastian ging durch das Zimmer zum Telefon.

Doch Violet sprang auf und kam ihm zuvor. „Dann muss ich zuerst Vaters Rechtsanwalt anrufen."

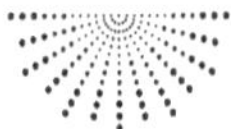

KAPITEL EINUNDZWANZIG

Als Inspector Longly kam, sagte er nach dem ersten Blick ins Wohnzimmer: „Sie haben wohl die Party in Alfreds Wohnung verlegt?"

„Nicht wirklich", erwiderte Sebastian. „Bitte, nehmen Sie Platz." Er wies auf das Sofa. Violet rutschte so weit vom Inspector weg, wie sie nur konnte, und blickte hilfesuchend zu Mr. Tarpliss, Onkel Leos Rechtsanwalt, einem älteren Herrn mit Schnauzbart und einer beruhigenden Ausstrahlung. Er saß jetzt in dem Sessel, in dem Sebastian zuvor gesessen hatte. Mr. Tarpliss war schon vor dem Inspector eingetroffen und hatte sich von Violet einen kurzen Abriss der Geschehnisse geben lassen. Er hatte ihr geraten, dem Inspector alles zu erzählen.

„Auch das mit dem Notizbuch?", hatte Violet gefragt.

„Vor allem das", hatte der Anwalt geantwortet. „Machen Sie sich keine Sorgen. Der Inspector wird Ihnen keine Schwierigkeiten machen. Wie Ihre Freunde schon ganz richtig gesagt haben, klärt ein Indiz allein noch keinen Fall auf. Falls es ratsamer wäre, auf eine Frage des Inspectors nicht zu antworten, werde ich es Ihnen sagen. Doch Longly ist ein ganz vernünftiger und intelligenter Kerl. Es sollte keine Schwierigkeiten geben."

Sebastian holte einen weiteren Stuhl aus dem Schlafzimmer, und als Longly Platz genommen hatte, ergriff er das Wort: „Ich denke, am besten beginne ich."

Der Inspector holte sein Notizbuch heraus und balancierte es auf dem Knie, doch schon kurz nachdem Sebastian mit seiner Schilderung begonnen hatte, gab er das Schreiben auf. Bei der Geschwindigkeit war es Longly nicht möglich, mit links mitzuschreiben. Dafür hörte er höchst gespannt zu und sah aus, als würde er kein Wort von dem, was Sebastian erzählte, so schnell wieder vergessen.

Als Sebastian fertig war, fragte Longly nach: „Und was war das für eine Sache, mit der Mr. Eton Sie erpresst hat?"

Sebastian blickte in die Runde, dann wieder zu Longly zurück. „Vielleicht sollten wir uns das für einen späteren Zeitpunkt aufheben. Ich nehme an, dass ich ohnehin eine offizielle Aussage machen muss? Ich nenne Ihnen dann gerne alle Einzelheiten, vor allem, wenn Sie mir im Gegenzug zusichern, diese Information vertraulich zu behandeln."

Longly tippte mit dem Daumen auf sein Notizbuch. „Wir können später noch weiter ins Detail gehen, was Ihre Geschichte und Ihre Bitte anbelangt, Mr. Blakely." Longly wandte sich Violet zu. „Wie sind Sie hierhergekommen?"

Violet blickte unsicher zu Mr. Tarpliss, der ihr mit einem Nicken bedeutete, dass sie diese Frage beantworten konnte. Also holte sie Luft und begann, ihre Geschichte zu erzählen. Sie sprach so leise, dass man Mühe hatte, sie zu verstehen. Wieder einmal erstaunte es mich, wie meine vormals so forsche Cousine, deren Mundwerk sie schon oft in Schwierigkeiten gebracht hatte, jetzt so schüchtern und zurückhaltend sein konnte. War es echt oder nur gespielt? Sie schilderte, wie es dazu gekommen war, dass sie sich in Alfreds Wohnung aufhielt, und erklärte, dass Alfred ihr den Schlüssel gegeben hatte.

Longly hatte natürlich etliche Fragen zum verbrannten Notizbuch. „Dass Sie mir nicht schon früher davon erzählt haben, kann ich allerdings nicht gutheißen", sagte er mit einem

Blick zu Mr. Tarpliss, was Violet weiter ins Sofa schrumpfen ließ. „Nun, wie dem auch sei, es ist jedenfalls wichtig, dass wir jeder Spur nachgehen, egal wie aussichtslos sie uns erscheint. Ich muss Sie bitten, alles, woran Sie sich aus dem Buch erinnern können, niederzuschreiben."

Woraufhin ich meine Handtasche öffnete. „Da kann ich Ihnen weiterhelfen." Ich nahm Violets Liste heraus und reichte sie dem Inspector. „Violet hat es schon aufgeschrieben", erklärte ich. Dass Violet sie schon kurz nach Alfreds Tod notiert hatte und ich die Liste schon seit Tagen mit mir herumtrug, erwähnte ich lieber nicht.

Als Longly *Lady Hochmut* und meine Anmerkung in Klammern las, dass es sich dabei wahrscheinlich um Lady Pamela handelte, schien er sich ein Schmunzeln zu verkneifen. „Auch darüber müssen wir uns noch weiter unterhalten. Ich denke, es ist sinnvoller, wenn wir alle weiteren Gespräche im offiziellen Rahmen stattfinden lassen."

ETLICHE STUNDEN später saßen Violet und ich auf dem Weg nach Nether Woodsmoor in einem Waggon der ersten Klasse. Wir waren einzeln befragt worden und hatten unsere Aussagen in aller Ausführlichkeit vor dem Inspector wiederholen müssen, was etliche Stunden in Anspruch genommen hatte. Als Longly uns schließlich für unsere Zeit gedankt hatte, war Violet vor Erleichterung fast zusammengebrochen.

Ich hatte ihr ein herzhaftes Abendessen vorgeschlagen, bevor wir in den Zug Richtung Parkview stiegen. Violet musste unglaublich erschöpft und ausgelaugt gewesen sein, denn sie war mir ohne Protest ins Restaurant und anschließend in mein Zimmer gefolgt, wo ich schnell meine Sachen packte. Während der Zugfahrt nach Derbyshire war Violet in sich gekehrt und sagte kaum ein Wort.

Ich hatte auch ein Telegramm nach Parkview geschickt, um

anzukündigen, dass wir mit dem Zug in Upper Benning eintreffen würden. Eigentlich hatte ich Ross in Chauffeursuniform erwartet, doch es war Gwen, die auf dem Bahnsteig stand. Sie umarmte zuerst Violet, dann mich. Während sie mich drückte, flüsterte sie: „Danke, dass du sie gefunden hast."

Sie hakte sich bei Violet unter während wir über den Bahnsteig zu Gwens Wagen gingen. „Jetzt erzähl, was passiert ist. Wo bist du hingegangen? Und Olive sagt, dass du mit Inspector Longly gesprochen hast und dass jetzt alles gut ist?"

Aber Violet murmelte nur: „Olive kann dir alles erklären", bevor sie ohne ein weiteres Wort zu Gwens Wagen ging.

„Oh", murmelte Gwen, von Violets abweisender Antwort offenbar etwas vor den Kopf gestoßen.

„Sie war in Alfreds Wohnung. Die Polizei hat uns vernommen. Es gibt noch mehr zu erzählen, aber das muss bis später warten", sagte ich mit einem bedeutungsvollen Blick zu Violet, die erschöpft am Wagen lehnte.

„Natürlich, jetzt bringen wir euch erst einmal schnell nach Hause", sagte Gwen. „Eine gute Nachricht gibt es jedenfalls: Vater ist vollständig genesen und sonst hat sich niemand mit der Grippe angesteckt. Die Quarantäne ist aufgehoben." Gwen klappte den Notsitz herunter und Violet kletterte darauf. Ich setzte mich vorne neben Gwen, und während wir in der Dämmerung durch die englische Landschaft fuhren, berichtete ich leise von allem, was wir über Alfreds Vergangenheit erfahren hatten.

KAPITEL ZWEIUNDZWANZIG

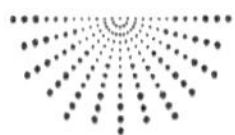

Als wir in Parkview ankamen, verschwand Violet sofort in ihrem Zimmer. Gwen wollte ihr folgen, doch ich hielt sie zurück. „Ich muss mit dir reden."

„Natürlich. Sicher hast du mir noch mehr zu erzählen." Gwen sah zur leeren Treppe und seufzte. „Violet dürfte eine Weile in dieser Stimmung bleiben. Da werde ich ohnehin kein Wort aus ihr herausbringen. Lass uns in den Wintergarten gehen, da sind wir ungestört."

Der Wintergarten, ein hoher Raum, vollverglast und überwuchert von üppigem Grün, schloss sich an die Rückseite des Hauses an. Die Sonne stand bereits tief hinter den Bäumen und tauchte den Raum in ein warmes, orangerotes Licht. Auf dem schwarz-weißen Marmorboden klapperten unsere Schritte, als wir an den Urnen mit Efeuranken, die eine Seite des Raumes begrünten, vorbeigingen und uns durch das Labyrinth Dschungel der exotischen, breitblätterigen Pflanzen schlängelten. Die Luft war schwül und schwer vom Duft der Blumen.

Wenn Gwen erst einmal mit ihren Fragen begann, würde es ewig dauern, bis ich alles beantwortet hatte, und so beeilte ich mich, ihr mit meiner Frage zuvorzukommen: „Warum bist du zu Alfreds Wohnung gefahren?"

Gwen schob gerade die ausladenden Blätter einer Bananenstaude aus dem Weg und wir kamen zu bei einer Sitzecke mit Korbstühlen. „Wovon sprichst du? Ich … ich bin überhaupt nicht zu seiner Wohnung gefahren."

„Ach, Gwen. Du bist eine ganz schlechte Lügnerin", sagte ich. Jegliche Hoffnung, dass der Portier sich vielleicht doch geirrt haben könnte, verschwand angesichts dieser offensichtlichen Lüge. Aber warum log sie? „Versuch bitte erst gar nicht, es zu leugnen. Ich weiß genau, dass du da warst."

Obwohl wir allein waren, senkte Gwen die Stimme. „Wie hast du davon erfahren? Ich war so vorsichtig."

„Ich habe dem Portier ein Bild von dir und Violet gezeigt, weil ich herausfinden wollte, ob Violet Alfred besucht hatte. Doch der Portier hat nicht sie, sondern dich erkannt."

Gwen strich sich eine Strähne hinters Ohr. Dabei sah ich, dass die Wunde an ihrer Hand fast verheilt war. „Ich wollte es eigentlich gar nicht, und Mama wäre auch außer sich gewesen, wenn sie es erfahren hätte. Ich habe behauptet, ich würde nach London zum Einkaufen fahren."

„Aber warum bist du dort gewesen?"

Gwen hob trotzig das Kinn und blickte mir in die Augen. „Um Violet freizukaufen."

„Du hast Alfred Geld geboten, damit er Violet in Ruhe lässt?", fragte ich. „Gwen, wie durchtrieben von dir! Das hätte ich dir gar nicht zugetraut."

Sie lächelte kurz, dann wich sie erneut meinem Blick aus. „Es war schrecklich falsch, das gebe ich zu. Aber ich *wusste*, dass er kein ehrenwerter Mann ist, ich konnte es nur nicht beweisen. Mama hat sich davor gescheut, einen Detektiv zu beauftragen, weshalb ich mich kurzerhand entschlossen habe, selbst die Initiative zu ergreifen. Es war der einfachste Weg."

„Was hast du ihm angeboten?"

„Einen Fahrschein nach Amerika und zweihundert Pfund nach der Ankunft dort."

„Du meine Güte! Und er hat abgelehnt?"

„Er hat gar nicht erst überlegt. Ich war schockiert, da ich mir doch so sicher gewesen war, dass er das Geld annehmen würde. Nachdem ich jetzt weiß, welches Spiel er mit Sebastian gespielt hat, ist mir natürlich alles klar."

„In Amerika hatte er bereits sein Glück versucht", sagte ich. „Hier hatte er ein viel besseres Leben."

Gwen seufzte. „Vielleicht hätte ich ihm eine größere Summe bieten müssen. Doch mehr konnte ich nicht nehmen, sonst hätte ich Vater um Geld bitten müssen, und der hätte das weiß Gott nicht befürwortet. Er besteht immer darauf, dass Peter, Violet und ich unsere Probleme allein lösen. Doch ich bereue es nicht, es wenigstens versucht zu haben. Natürlich ist es für Violet schrecklich und es ist furchtbar, was sie durchmachen muss. Alfreds Tod ist tragisch, aber sie wird irgendwann darüber hinwegkommen. Ohne Alfred steht sie so viel besser da." Ein Hausmädchen kam und sagte, dass die Köchin eine Frage bezüglich des Menüs für den nächsten Tag habe. Gwen ging, um sich der Sache anzunehmen.

Ich blieb noch längere Zeit im Wintergarten sitzen. Während die Sonne unterging und es im Raum allmählich dunkel wurde, kam mir ein Gedanke. Wie weit war Gwen zu gehen bereit, um ihre Schwester zu beschützen?

ALS ICH AM nächsten Morgen Gwen am Frühstückstisch gegenüber saß, kam ich zu dem Schluss, dass mein Verdacht lächerlich war. Mit dem hellen Sonnenlicht, das durch das Fenster hinter ihr fiel und wie einen Heiligenschein um ihres goldenen Haares strahlte, war Gwen der Inbegriff zerbrechlicher Schönheit. Ich kannte sie schon ein Leben lang. Gwen liebte ihre Schwester sehr, doch einen Mord würde sie selbst für Violet nicht begehen!

Und wenn es ein Unfall war? Dieser Gedanke ging mir nicht aus dem Kopf. Vielleicht hatte sie den Mord nicht geplant. Vielleicht hatte Gwen versucht, noch einmal mit Alfred zu reden? Vielleicht war sie nach oben gegangen, um Violet und Alfred während des romantischen Feuerwerks im Auge zu behalten, doch dann hatte sie Alfred allein auf dem Balkon angetroffen. Hatte sie einen zweiten Versuch gestartet, um Alfred aus Violets Leben zu kaufen? Hatte er erneut abgelehnt und hatte sie angegriffen? Alfred war ja vorher schon recht aufgebracht gewesen. Was, wenn er seine Wut auf Gwen gerichtet und gewalttätig geworden war? Stammte die Verletzung an ihrer Hand wirklich von den Scherben in der Küche? Was, wenn sie auf dem Balkon mit Alfred gekämpft hatte?

Ich schüttelte mich innerlich und versuchte, mich auf das Frühstück zu konzentrieren. Ich versuchte, das Szenario aus meinen Gedanken zu verdrängen, doch es wollte nicht verschwinden. Gwen las gerade einen Brief. Ich hatte keine andere Wahl. Sobald sie das Papier zusammenfaltete, würde ich sie fragen.

Außer uns war sonst niemand im Frühstückszimmer. „Hast du eigentlich jemals dein … Angebot an Alfred wiederholt?"

„Hmm?" Gwen war mit den Gedanken immer noch bei dem Brief, während sie ihn in den Umschlag steckte und neben den Teller legte.

„Hast du während Sebastians Abendgesellschaft versucht, Alfred ein zweites Mal Geld anzubieten?"

Gwen hob den Kopf und starrte mich an. „Nein. Warum fragst du?"

„Nur so. Habt ihr noch einmal darüber geredet?"

„Nein. Er hatte es beim ersten Mal so vehement abgelehnt, dass es keinen Zweck gehabt hätte, es ein zweites Mal zu versuchen."

Der Butler kam und meldete einen Anruf für Violet, doch sie war noch nicht aus ihrem Zimmer heruntergekommen, darum sagte Gwen: „Ich nehme das Gespräch entgegen", und verließ den Raum.

Ich legte mein Besteck ab. Plötzlich war ich nicht mehr

hungrig. Es war eine Schande, gutes Essen unangetastet zurückzulassen, nachdem ich mich wochenlang nur von Brot und Wasser ernährt hatte. Doch die Tatsache, dass ich meine Cousine Gwen verdächtigte, schlug mir auf den Magen. Tante Caroline kam herein. Sie begrüßte mich und ging zum Sideboard.

Schon war auch Gwen wieder zurück und nahm abermals den Brief in die Hand. „Es war Sebastian. Er lädt uns ein, noch einmal für ein paar Tage nach Archly Manor zu kommen. Er veranstaltet eine kleine Zusammenkunft, um Alfreds Leben zu feiern. Eine Gedenkfeier, hat er gesagt."

Tante Caroline drehte sich mit dem Teller in der Hand um. „Eine Gedenkfeier? Aber hat die Beerdigung denn schon überhaupt stattgefunden?"

„Die ist heute in Finchberry Crossing. Eine Zeremonie im kleinen Kreis, nur mit Sebastian und Thea. Alfred wird dort auf dem Friedhof beigesetzt."

„Ich sehe keinen Grund warum ihr Mädchen noch einmal nach Archly Manor fahren solltet", sagte Tante Caroline, bevor sie sich wieder zum Sideboard umdrehte und mit dem Rücken zu uns sagte: „Eine Gedenkfeier anstelle einer Beerdigung! Ich halte mich zwar für modern und löse mich bisweilen von alten Traditionen, aber es gibt Dinge, die gehören sich einfach. Es zeugt von schlechtem Anstand, gewisse Konventionen zu missachten."

„Es gibt doch eine Beerdigung, Mama. Nur eben im privaten Kreis."

Tante Caroline schnaubte. „Das ist doch keine richtige Beerdigung. Und dann eine Gedenkfeier veranstalten zu wollen, als sei Alfred kein gemeiner Schuft gewesen!"

Am Abend zuvor hatte ich Tante Caroline alles erzählt, was wir über Alfred erfahren hatten.

„Manche Leute haben furchtbar schlechte Manieren." Sie setzte sich an den Tisch. „Kann man sich so etwas vorstellen, eine Beerdigung ohne Gäste. Lächerlich! Ich sehe für euch wirk-

lich keine Verpflichtung, an einer solchen Veranstaltung teil-
zunehmen."

„Es ist eine Gedenkfeier!" Violet stand im hellblauen
Morgenmantel in der Tür, ihre Locken lagen an ihrem Kopf
flachgedrückt. „Ich fahre hin. Es ist mir egal, was du sagst.
Alfred war mein Verlobter."

„Liebes, natürlich, doch jetzt hast du ihm gegenüber keine
Verpflichtung mehr", erwiderte Tante Caroline.

„Ich muss aber dabei sein. Ich fahre!" Violet sah ihre
Schwester an. „Kommst du mit? Oder soll ich Ross fragen, ob er
mich nach Archly Manor bringt?"

Gwen, Tante Caroline und ich tauschten Blicke aus. Schließlich antwortete Gwen: „Ich fahre dich. Olive kann ebenfalls
gerne mitkommen, wenn sie möchte. Gleich nach dem Mittagessen können wir uns auf den Weg machen."

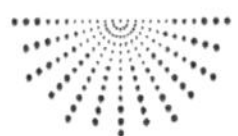

KAPITEL DREIUNDZWANZIG

Die Pappmascheefiguren, die letzte Woche noch die Abzweigungen markiert hatten, um den Gästen den Weg zum Anwesen zu weisen, waren verschwunden. So albern sie auch gewesen waren, hatten sie doch geholfen, auf den einsamen Landstraßen die richtige Route zu finden. Ohne die bunten Figuren waren wir schon einmal falsch abgebogen, was die Fahrt in die Länge zog und Violet sichtlich nervös machte. Sie hatte Angst, dass wir es nicht rechtzeitig bis zum Dinner, geschweige denn bis zur Teestunde, schaffen würden.

„Ach, wir sind doch auf der richtigen Straße!", rief ich, als die Tore von Archly Manor in der Ferne auftauchten. „Und keine Reporter, was mich wundert. Ich hätte gedacht, sie würden wiederkommen, um über die Beerdigung zu berichten."

Violet drehte sich zu mir um. „Genau deshalb wollte Sebastian die Beerdigung im kleinen Kreis abhalten. Er wollte nicht, dass es sich herumspricht und dass es hier wieder vor Zeitungsleuten nur so wimmelt." Violet hatte, bevor wir losgefahren waren, noch einmal länger mit Sebastian telefoniert und mit ihm das Essen geplant, das am heutigen Abend stattfinden sollte.

Als wir glaubten, uns verfahren zu haben, war Violet sehr gereizt und einsilbig gewesen, jetzt schien sie wieder gesprächsbereiter zu sein.

„Wer kommt sonst noch nach Archly Manor?", fragte ich.

„Lady Pamela ist noch da, sie ist nach unserer Abreise dortgeblieben. Monty kommt und Tug wohl auch, wie immer, wenn Lady Pamela da ist. Sebastian wollte noch Hugh einladen, um eine gerade Anzahl an Gästen zu haben." Violet rümpfte die Nase. „Ich hoffe nur, er hält sich etwas zurück. Du weißt wie irritierend hochnäsig er sein kann."

Gwen lenkte den Wagen die kurvige Straße zum Anwesen von Archly Manor entlang. „Sicher hat Sebastian ihn für Muriel eingeladen."

„Ja, die Arme", murmelte Violet. „Ich weiß gar nicht, was sie an diesem steifen, alten Mann findet." Dann setzte sie nach: „Ach ja, und James ist natürlich auch da, er ist immer im Haus, wenn Sebastian da ist."

Unsere Ankunft wurde genauso formlos zur Kenntnis genommen wie beim letzten Mal. Es gab kein Empfangskomitee zur Begrüßung. Babcock informierte uns, dass die Männer im alten Stall seien, um Montys neuen Wagen zu bewundern, und dass sie bald zurückkehren würden.

Dann führte er uns zu denselben Räumen, die uns beim letzten Besuch zugewiesen worden waren. Nachdem wir uns frischgemacht hatten, traf ich Gwen im Flur. „Violet ist schon nach unten gegangen. Irgendwie ist es komisch, im selben Zimmer zu sein, so als würde sich alles wiederholen."

„Ja, es ist ein bisschen wie ein Déjà-vu."

„Zum Glück ist es nur für eine Nacht, morgen Mittag reisen wir wieder ab."

Am anderen Ende des Ganges öffnete sich eine Tür. Lady Pamela erschien. Als sie uns sah, blieb sie erst stehen, dann breitete sie die Arme aus und kam auf uns zu, als wollte sie uns beide gleichzeitig umarmen. „Meine Lieben, Sie sind zurück!" Zu meiner großen Erleichterung klatschte sie jetzt die Hände zusammen und drückte sie gegen die Brust. Dabei schwankte sie, als stünde sie an Deck eines Schiffs. „Man kann sich einfach nicht von Sebastians kleinen Gesellschaften fernhalten. Es ist wie eine Sucht, nicht wahr?", sagte sie in vertraulichem Ton. Ohne unsere Antwort abzuwarten, tanzte sie im Walzerschritt über den dicken Aubusson-Teppich.

Mit hochgezogenen Brauen fragte Gwen: „Du meine Güte, hast du ihre Augen gesehen? Hat sie etwa …?"

„Ich fürchte ja." Lady Pamelas Pupillen waren stark geweitet gewesen, und da sie sonst nicht so ein fröhliches Naturell hatte, konnte es nur eine Erklärung geben. Das war wohl auch der Grund, warum Lady Pamela so lange auf Archly Manor blieb. Dieser Angewohnheit konnte sie wahrscheinlich im Landhaus ihres Vaters oder in dessen Londoner Stadthaus nicht so ungestört frönen wie hier.

„Das erklärt einiges", murmelte Gwen. „Zum Glück ist Violet da nicht hineingezogen worden." Gwen sah wieder zu mir. „Du scheinst gar nicht überrascht zu sein."

„Bin ich auch nicht. Ich sehe Lady Pamela nicht zum ersten Mal in diesem Zustand. Ich glaube, das ist, wie soll ich sagen … *normal* für sie."

Sie war mittlerweile zum Treppenabsatz getänzelt. „Sollen wir ihr helfen? Wenn sie so weitertanzt, stürzt sie vielleicht noch."

„Da kommt Tug schon. Er wird sie sicher nach unten begleiten."

Wir ließen Lady Pamela und Tug ein paar Minuten Vorsprung. Dann gingen wir ebenfalls hinunter. Sebastian stand am Fuß der Treppe. „Willkommen zurück. Danke, dass Sie Violet hergebracht haben", sagte er zu Gwen. Seinem Ton nach zu urteilen, war er in die Rolle des freundlichen Gastgebers geschlüpft und tat, als hätte unsere Unterhaltung in Alfreds Apartment niemals stattgefunden.

Gwen erwiderte höflich: „Vielen Dank für die Einladung. Es

ist eine wunderbare Idee, eine kleine Gedenkfeier für Alfred zu veranstalten."

„So klein wird sie vielleicht gar nicht ausfallen", sagte Sebastian, während er uns zum Salon führte, wo der Tee bereitgestellt war. „Die Zahl der Dinnergäste heute Abend ist begrenzt, aber morgen könnte es turbulenter werden. Wenn sich unsere kleine Feier herumspricht, bringe ich es einfach nicht übers Herz, Leute abzuweisen."

„Violet, Olive und ich fahren morgen wieder nach Parkview Hall zurück. Wir wollen niemandem zur Last fallen."

„Aber Sie dürfen nicht so bald wieder abreisen. Sie fallen überhaupt nicht zur Last, ganz im Gegenteil", beteuerte Sebastian. „Außerdem wollte Violet morgen Alfreds Sachen durchsehen. Hat sie das nicht gesagt?"

„Nein, sie hat wohl vergessen, es zu erwähnen", schnaubte Gwen.

„Ich dachte, vielleicht gibt es ein paar Dinge, die Violet haben möchte, Briefe oder dergleichen. Wir hatten das am Telefon besprochen. Ich hoffe, Sie bleiben. Ein weiterer Tag auf Archly Manor wird schon nicht zu viel sein."

Gwens Lächeln wirkte gezwungen. „Natürlich nicht. Danke."

„Ausgezeichnet." Sebastian trat zurück, um Gwen und mir den Vortritt in den Salon zu lassen. Violet unterhielt sich mit James und sah dabei wieder einmal die Grammofonplatten an. Tug und Lady Pamela standen am Tisch vor den Teilen eines Puzzlespiels. Lady Pamelas Kichern schallte durch den Raum. Ein weiterer Hinweis auf ihren berauschten Zustand, denn was konnte an einem Puzzle schon so unterhaltsam sein, vor allem für jemanden wie Lady Pamela?

Thea sprach mit Muriel, die auf dem Sofa neben ihr saß. Muriels Gesicht war ausdruckslos, während sich Thea wenig Mühe gab, ihr Missfallen zu verbergen, als sie in Violets Richtung blickte. Hinter Muriel stand Hugh und rauchte Pfeife. Mit seiner Stirnglatze und dem vorgewölbten Bauch sah er etwas deplatziert aus, so als hätte aus Versehen ein Vater den Raum voller junger Leute betreten.

Thea schenkte uns ein gekünsteltes Lächeln. „Wie schön, Sie wiederzusehen", sagte sie, als Sebastian uns ins Zimmer führte. Ihre Worte waren freundlich, doch ihr Tonfall versprühte wenig Wärme.

Sebastian strafte Thea mit einem Blick. „Schenken Sie meiner Schwester keine Beachtung. Sie ist heute indisponiert."

Thea wurde rot und zupfte an ihrer langen Kette herum. „Die letzten Tage waren sehr anstrengend."

„Für uns alle", fügte Gwen hinzu. Es klang neutral, doch konnte ich ihre unterdrückte Wut spüren. Ich wusste, dass sie Violet beschützen wollte.

Ein Hausdiener trat zu Sebastian und teilte ihm leise etwas mit. „Wenn Sie mich bitte entschuldigen würden", sagte Sebastian mit einer angedeuteten Verbeugung und verließ den Raum.

Gwen entfernte sich ein paar Schritte von Thea und Muriel. Als sie mit dem Rücken zu ihnen stand, schnaubte sie. „Als ob ich Violet hier allein lassen würde!" Sie spähte in Lady Pamelas Richtung. „Vor allem jetzt, da ich weiß, was hier sonst noch alles getrieben wird."

„Ich weiß. Aber ein Tag länger macht kaum einen Unterschied", beruhigte ich sie. „Und Violet ist durchaus vernünftig genug, sich nicht in Lady Pamelas, ähm … Aktivitäten involvieren zu lassen. Außerdem bietet es auch uns eine sehr gute Gelegenheit, wenn wir Alfreds Sachen durchsehen können."

Gwen sah mich fragend an.

„Vielleicht finden wir noch einen Hinweis darauf, wer Alfred umgebracht hat? Vielleicht hat die Polizei etwas übersehen?"

„Ja, natürlich." Gwen schüttelte den Kopf. „Tut mir leid. Ich mache mir nur solche Sorgen um Violet, dass ich sie am liebsten gleich wieder von hier wegbringen würde."

„Ein weiterer Tag, dann fahren wir nach Hause."

„Ja, und ich werde dafür sorgen, dass es nicht noch länger

dauert! Wer weiß, welche Pläne Violet sonst noch gemacht hat. Ich muss mit ihr reden." Gwen steuerte auf Violet und James zu.

Da kam Monty zu mir und reichte mir eine Tasse Tee. „Die Partygesellschaft ist wieder vereint. Es ist fast wie in einem Roman", sagte er. Wir gingen zu den Sesseln in der anderen Ecke des Salons. „Ich erwarte schon fast, dass Longly uns jeden Augenblick in der Bibliothek versammelt und dann mit dem Finger auf den Täter zeigt."

„Und wer wäre das Ihrer Meinung nach?" Ich hab die Tasse an meinen Mund.

„Ich habe keine Ahnung. Im Gegensatz zu Ihnen besitze ich in solchen Dingen wenig Talent. Ich errate nicht einmal in meinen Kriminalromanen, wer der Mörder ist. Meine Aufgabe hier ist es lediglich, für eine ausgewogene Gästeliste zu sorgen. Nachdem sich herumgesprochen hat, welch zwielichtigem Zeitvertreib Alfred mit seinen Erpressungen nachgegangen ist, ist das Feld der Verdächtigen natürlich bedeutend gewachsen. Wenig überraschend."

„Es ist bereits überall bekannt?", fragte ich.

„Ja. Hier sind alle zu gut erzogen, um darüber zu sprechen, doch die Neuigkeit ist bereits weit gereist. Ich habe es von meinem Kammerdiener erfahren, der gehört hat, wie unter den Dienstboten darüber geredet wird. Es hat keinen Zweck, es weiter geheim halten zu wollen. Die Hausangestellten wissen alles."

„Ach, ich finde es gar nicht schlimm, dass es sich herumgesprochen hat. Es soll ruhig jeder wissen, was für ein Schuft Alfred war. Vielleicht ziemt es sich nicht, es laut auszusprechen, da wir ja eine Gedenkfeier für ihn veranstalten wollen, doch er hat Violet und Gwen sehr viel Leid zugefügt." Ich nippte an meinem Tee. „Warum sind Sie nicht überrascht, dass Alfred Leute erpresst hat?"

„Er war ein Heuchler. Ich bin mit genügend Kerlen seiner Art zur Schule gegangen und deshalb habe ich ihn sofort durchschaut. Außerdem hat er es auch bei mir versucht." Er nahm sich ein Sandwich.

„Bei Ihnen?", fragte ich ungläubig, während Monty geräuschvoll an seinem Gurkensandwich knabberte.

Er schluckte. „Pferde. Sie sind mein Verhängnis. Ich liebe sie so sehr, ich kann mich einfach nicht von ihnen fernhalten. Ich hatte mich während eines Rennens finanziell verausgabt, und Alfred ließ durchblicken, dass er es meinem Vater erzählen würde."

„Es scheint Sie aber nicht im Geringsten zu belasten."

Er hatte sein Sandwich verspeist und war bereits beim nächsten. „Das tut es auch nicht. Ich habe dafür gesorgt, dass Alfred kein Druckmittel gegen mich hat."

„Wie haben Sie das bewerkstelligt?"

„Ich habe gebeichtet und Buße getan." Er grinste. „Großartig, wenn die Karten auf dem Tisch liegen."

„Gar nicht dumm." Ich beobachtete ihn, während er das zweite Sandwich aß. Es wunderte mich, dass mir seine lautstarke Art zu kauen bisher nicht aufgefallen war. „Hat Alfred Ihnen eigentlich auch einen Spitznamen gegeben?"

„Er wollte es. Aber ich habe das schnell zu verhindern gewusst."

„Hat er Sie vielleicht *Schmatzer* genannt?"

„Sieh an, Sie sind wirklich ein kluges Mädchen. Woher wissen Sie das?"

„Es war geraten. Haben Sie vielleicht gehört, ob er irgendwen Singvogel genannt hat?"

Monty blickte in seine Teetasse und überlegte, dann schüttelte er den Kopf. „Nein, ich kann mich nicht daran erinnern."

Ich wollte nicht länger beim Thema Spitznamen bleiben. Ebenso wenig wollte ich ihm sagen, dass Alfred ihn in seinem Notizbuch unter dem Namen *Schmatzer* aufgelistet hatte. Ich sah zu den anderen. „Nun, Sie hatten wohl nicht zu fürchten, dass Alfred sie um Geld erpresst, doch irgendwer hier im Raum möglicherweise schon. Haben Sie keine Ahnung, wer das gewesen sein könnte?"

„Nein, aber da sind Sie ja schon am Ball."

„Wie meinen Sie das?"

„Ich habe gehört, dass Sie fleißig dabei sind, Violet vor einer Verhaftung zu bewahren."

„Ihr droht keine Verhaftung", entgegnete ich. „Sie war es nicht."

„Ja, das denke ich auch. Allerdings glaube ich auch bei allen anderen, dass sie unschuldig sind."

„Sehen Sie, das ist der Unterschied zwischen Ihnen und mir. Ich denke, jeder hier könnte schuldig sein."

„Außer Ihren Cousinen."

„Genau", sagte ich und spürte sogleich Gewissensbisse, weil ich Gwen durchaus verdächtigt hatte. Ich nahm mir vor, die Köchin und die Küchenhilfen zu befragen, um herauszufinden, ob sich Gwen wirklich an einer Scherbe verletzt hatte. Auch wenn Gwen beteuerte, Alfred kein zweites Mal angesprochen zu haben, ließ mir der Gedanke keine Ruhe.

Plötzlich schrillte Theas Stimme durch den Raum. „Sieh sich das einer an! Das ist vollkommen inakzeptabel!" Sie hatte einen losen Faden zwischen zwei Perlen ihrer Kette entdeckt. „Was für eine schludrige Arbeit. Wie enttäuschend! Aber was soll man schon von ausländischem Handwerk erwarten?" Sie gab einen missbilligenden Laut von sich und nahm die Kette ab. „Sie könnte jeden Moment reißen. Die Perlen hängen im wahrsten Sinne des Wortes nur noch am seidenen Faden."

Sie hielt Muriel die Kette entgegen, wobei die Perlen aussahen, als würden sie über ihre Hand fließen. „Bringen Sie die Kette nach oben, dann rufen Sie Dixon an. Sagen Sie, dass ich sie sofort repariert haben möchte. Sie können sie gleich am Montagmorgen hinbringen. Ich habe am Montagabend eine Einladung und will sie zu diesem Anlass tragen."

Hugh nahm die Pfeife aus dem Mund. „Aber das muss Muriel doch nicht machen. Rufen Sie einfach einen …"

Muriel war bereits aufgestanden und hielt die lange Kette in beiden Händen. „Es dauert nur einen kurzen Moment", sagte sie und warf Hugh einen ängstlichen Blick zu. Er kniff die Lippen um die Pfeife herum zusammen, während Muriel aus dem Zimmer eilte und Monty mir zuflüsterte: „Jetzt kommt gleich das mit den einhundertund…"

„Einhundertfünfzig Perlen!", rief Thea. „So viele perfekt aufeinander abgestimmte Perlen sind selten zu finden. Es darf einfach nicht sein, dass sich der Faden auflöst. Das ist völlig inakzeptabel. Mein lieber Ehemann hat sie mir aus Singapur mitgebracht, die Perlen sind handselektiert."

„Achtung, jetzt kommt's …", raunte mir Monty zu und flüsterte Theas Worte simultan mit, während sie zeterte: „Wer billig kauft, kauft teuer!".

Ich wagte es nicht, ihn anzusehen, aus Angst, lauthals loszuprusten, was furchtbar unangemessen gewesen wäre.

Konzentriert betrachtete ich das Rosenmuster im Teppich, während ich murmelte: „Sie sind ganz unmöglich."

„Man muss bei solchen Anlässen Erheiterung finden, wo man kann."

FÜR DEN REST des Nachmittags zogen sich alle zurück. Violet ging in ihr Zimmer, um sich ein wenig hinzulegen, und Gwen setzte sich mit dem *Lady*-Magazin in die Bibliothek, da sie zu Hause nie Zeit zum Lesen hatte. Ich selbst verspürte weder Lust zu lesen noch auf einen Spaziergang durch den Garten. Lady Pamela wollte sicher auch keine Hilfe von mir bei ihrem Puzzle.

So ging ich Sebastian suchen und fand ihn im Billardzimmer, wo gerade das Spiel gerade zu Ende gegangen war. Monty und Tug verabschiedeten sich, um eine kleine Spritztour mit Montys neuem Zweisitzer zu machen, und Sebastian fand, nun sei der perfekte Zeitpunkt, mir sein Studio zu zeigen. „Sie werden es furchtbar langweilig und reizlos finden", sagte er, während wir die Treppe erklommen, bis wir das Stockwerk über den Schlafzimmern erreichten.

„Ich zweifle stark daran, dass irgendetwas, das Sie tun, langweilig sein könnte."

Er schenkte mir ein so breites Lächeln, das es seine Gesichtshaut über seinem Schädel spannen ließ. „Danke."

Die Kinderzimmer befanden sich am gegenüberliegenden Ende des Flures. Man hörte die hohen Stimmen von Paul und Rose. Sebastian schloss die Studiotür auf. „Hier darf niemand ungefragt rein. Wegen all der Chemikalien, wissen Sie."

„Ich verstehe." Das Studio war sehr geräumig, auf dem blanken Holzboden lagen keine Teppiche. Durch drei große Fenster fiel Sonnenlicht und erhellte den Raum. Tische und Stühle verschiedener Stile waren gegen die Wände geschoben, daneben standen Teppichrollen und eine Kleiderstange, auf einem Regal stapelten sich Hüte, Perücken und Schuhe. Auf den Tischen lagerten Gegenstände, die Sebastian wohl als Requisiten dienten, Spiegel, Uhren, Vasen, sogar Mauerstücke. In einer Ecke lag eine Holzschaukel auf dem Boden, deren Seile daneben aufgerollt waren. Die altbekannten Pappmascheefiguren, die den Weg zum Ball gewiesen hatten, standen in einer Ecke, als stammten sie aus einem Zirkusalbtraum.

An den Wänden hingen Fotografien, die mich sofort in ihren Bann zogen. Bisher hatte ich noch keine von Sebastian Werken gesehen, sondern nur gehört, dass sie interessant seien – was man durchaus auf verschiedene Weise interpretieren konnte. Ich hatte eigentlich gedacht, Sebastian würde nur ein bisschen zum Zeitvertreib fotografieren, doch seine Bilder zeigten auf den ersten Blick, dass er ein besonderes Talent hatte. Die Fotos waren sehr ergreifend. Offensichtlich waren es gestellte Bilder, kunstvoll arrangiert und in Szene gesetzt, doch ganz ohne die Steifheit üblicher Studioporträts.

Auf jedem Bild war es Sebastian gelungen, die Persönlichkeit seines Modells einzufangen. Ich ging langsam quer durch den Raum und war überrascht, wie viele bekannte Gesichter ich in den Bildern hochrangiger Damen der Gesellschaft entdeckte. James, wie er mit gezücktem Stift am überladenen Schreibtisch saß und ernst über den Rand seiner Brille spähte, die ihm die Nase heruntergerutscht war. Jane, das ehemalige Hausmädchen, das mit einem frechen Grinsen über ihre Schulter zurückblickte. Dann eine Landschaftsfotografie, bisher die einzige, doch schon entdeckte ich Muriel darauf, die im Schatten einer Gartenstatue stand. „Ihre Bilder sind faszinierend", sagte ich.

Sebastian schloss auf der anderen Seite des Studios gerade eine Tür auf. „Hmm ... Wie bitte?"

„Sie haben es geschafft, die Persönlichkeit ihrer Modelle einzufangen."

„Ich weiß", antwortete er schmunzelnd.

Ich rollte mit den Augen. „Die korrekte Antwort heißt *Danke*."

„Ich bin nie korrekt. Das ist mir zu langweilig."

Seine Haltung hätte abstoßend sein sollen, aber ein Teil von mir bewunderte seine völlige Missachtung von Konventionen. Ich wandte mich wieder den Fotos zu. Hugh stand in einer aufgeplusterten Pfauenpose im Säulengang eines Herrenhauses und blickte auf eine Taschenuhr, wobei er den Arm so vor die Brust hielt, dass es mich an das Gemälde von Napoleon, in dem er die Hand in den Mantel steckt, erinnerte. „Ist das Hughs Haus?"

„Das seines Vaters. Hugh wird es eines Tages erben."

„Da kann sich Muriel aber freuen", erwiderte ich, während ich mich zugleich fragte, wie sie wohl als Herrin eines großen Anwesens zurechtkommen würde. Es fiel mir schwer sie mir beim Herumkommandieren von Dienstboten vorzustellen.

Ich ging zum nächsten Foto. „Wer ist ... Ach, das ist ja Thea." Sie trug ihre lange Perlenkette und ihre Frisur war dieselbe, doch auf dem Bild war sie so schlank, dass ich sie nicht gleich erkannt hatte.

Sebastian kniff die Augen zusammen, um vom anderen Ende des Raumes erkennen zu können, welches Foto ich mir gerade ansah. „Ja, sie war mein erstes Modell. Irgendwann hatte sie keine Lust mehr, sich fotografieren zu lassen. Mit ihr habe ich die Porträtfotografie erlernt. An jenem Tag durfte ich sie nur deshalb noch fotografieren, weil sie gerade ihre Perlen bekommen hatte, ihre berühmten einhundertundfünfzig perfekt zusammenpassenden Perlen", sagte er. „Zum Glück wollte sie sie überall herumzeigen, sonst hätte ich Thea nicht überreden können, sich vor die Kamera zu stellen."

Ich ging weiter und entdeckte noch mehr Fotos von Sebastians Schwester. Sie war in verschiedenen Posen zu sehen. Jedes Bild war einzigartig. Dann kam ich zu einem eindrucksvollen Foto von Lady Pamela, die mit verschränkten Armen an einer spiegelnden Oberfläche lehnte. Sie hatte den Kopf zur Seite geneigt, die Wange auf den Handrücken gestützt. Der Spiegel schuf ein Doppelbild, das Lady Pamela sowohl aufrecht als auch auf dem Kopf stehend zeigte.

Die Komposition der Fotografie war ungewöhnlich, doch das war es gar nicht mal, was meine Aufmerksamkeit auf sich zog. Es war der Schmuck. Lady Pamela trug ein Perlenarmband mit zwei rechteckigen Edelsteinen, die von kleinen Diamanten umgeben waren.

„Was sind das für Steine auf diesem Bild hier?"

Sebastian sah kurz von der Kamera hoch, an der er herumspielte. „Smaragde."

„Sind Sie sicher?"

„Ja", bestätigte er, ohne zu zögern.

Ich studierte das Porträt noch eine Weile, dann fragte ich: „Haben Sie auf diesem Stockwerk auch ein Telefon?"

„Nein, die sind alle im Erdgeschoss. Eines unter der Treppe, eines in meinem Arbeitszimmer und eines in der Kammer des Butlers. Warum?"

„Ich muss Inspector Longly anrufen."

„Wie grauenvoll. Muss das wirklich sein?"

„Ich fürchte ja. Er muss sich dieses Bild ansehen."

KAPITEL VIERUNDZWANZIG

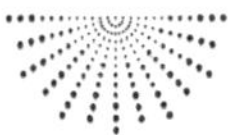

Ich benutzte das Telefon in Sebastians Arbeitszimmer. Nachdem ich lange warten musste, wurde ich endlich mit Inspector Longly verbunden. Nach einer kurzen Begrüßung kam ich gleich zur Sache. „Hier auf Archly Manor gibt es eine Fotografie, die Sie sehen sollten – ein Foto von Lady Pamela, auf dem sie ein Armband trägt. Die Perlenstränge in Alfreds Tasche könnten von diesem Armband stammen."

„Und das wollen Sie auf einer Fotografie erkennen?"

„Ich weiß, es klingt komisch, aber lassen Sie es mich erklären. Die Perlen auf dem Bild werden von zwei Rechteckigen Edelsteinen gehalten. Auf dem Foto kann man zwar nicht die Farbe ausmachen, aber es sind eindeutig dunklere Steine, also keine Diamanten. Mr. Blakely, der das Bild aufgenommen hat, sagt, es seien Smaragde. An der Party hatte Lady Pamela ihre Handtasche auf einem Tisch liegen lassen. Ich stand in der Nähe, und als sie sie holen wollte, sah ich, dass ein paar Dinge herausgefallen waren, darunter zwei rechteckige Smaragde, die von kleinen Diamanten eingefasst waren. An dem Abend dachte ich, dass es Kleiderspangen waren, doch sie sahen genauso aus wie die Steine auf dem Foto."

„Das heißt, Sie denken, die Edelsteine sind von dem Armband entfernt worden?"

„Das Armband bestand aus vier Perlensträngen", sagte ich, "jeweils zwei Doppelstränge, die von einem der Schmucksteine zusammengehalten wurden. Also ja, ich glaube, die Perlen und die Steine wurden voneinander getrennt."

„Warum?"

„Nun, eine mögliche Erklärung wäre, dass Lady Pamela die Perlen abgeschnitten hat, um sie Alfred zu geben."

„Anstelle einer Geldzahlung, um die er sie erpresst hat?", fragte Inspector Longly. Ich hätte erwartet, dass er diese Erklärung lächerlich finden würde, doch seine Stimme klang ernst. Einen Moment lang war es still in der Leitung, dann fragte er: „Ist Lady Pamela noch immer auf Archly Manor?"

„Ja. Sebastian hat zum Dinner eingeladen und sie nimmt daran teil."

„Und Sie sind auch dort?"

„Das Abendessen findet zu Ehren von Alfred statt. Violet wollte unbedingt kommen und so haben Gwen und ich sie begleitet."

„Gut. Ich sehe Sie in Kürze."

ALS ICH AUFLEGTE, war längst der Gong ertönt, der das baldige Dinner ankündigte und zum pünktlichen Umziehen rief. Schnell ging ich nach oben, um mit Millys Hilfe ein türkisblaues Chiffonkleid mit einem geometrischen Muster aus Glasperlen auf der tiefsitzenden Taille anzuziehen. Gwen hatte mir auch dieses Kleid vermacht, als sie ihren Schrank aussortiert hatte. Ich hatte nur den Rocksaum kürzen müssen. Als ich fertig war, eilte ich nach unten und schaffte es gerade noch rechtzeitig in den Salon, als Babcock bereits zu Tisch bat.

Monty, der meine Eile bemerkt hatte, zog die Augenbrauen hoch. "Was haben Sie denn gemacht?"

„Ich habe mich verspätet."

„Es ist doch mehr als das. Sie wirken irgendwie aufgeregt."

„Ich weiß nicht, wovon Sie reden." Ich atmete tief durch, um mein pochendes Herz zu beruhigen. „Es liegt sicher nur daran, dass ich die Treppe hinuntergeeilt bin."

„Ich hoffe sehr, dass Sie mir später mehr erzählen. Ich möchte alles erfahren."

Wir nahmen unsere Plätze ein und die Stimmung war eher gedämpft, zumindest für die sonst auf Archly Manor üblichen Verhältnisse. Violet trug ein schwarzes Seidenkleid mit weiten Ärmeln, in ihrem Haar steckte eine schwarze Feder. Gwen hatte ein lavendelviolettes Kleid mit Spitze gewählt. Wir erhoben unsere Gläser auf Alfred, und es wurde eine gelungene Gedenkfeier, was mich zugegebenermaßen etwas überraschte. Abgesehen von ein paar spitzen Bemerkungen seitens Lady Pamela wurde in schönen Erinnerungen geschwelgt und niemand erwähnte die Art und Weise, wie Alfred ums Leben gekommen war. Ich war jedoch angespannt und lauschte ständig mit einem Ohr auf Longlys Ankunft. Ob er das Abendessen wohl unterbrechen würde?

Doch ohne Störung durch Scotland Yard wurde das Dessert serviert und schließlich der Tisch abgeräumt. Die Männer verzichteten auf den üblichen Portwein, ließen auch das Rauchen ausfallen und begleiteten die Damen direkt in den Salon. Wir wollten gerade eine Partie Bridge beginnen, als Babcock leise ins Zimmer kam und Sebastian etwas zuflüsterte. Dann kam er zu mir und sagte ebenso leise: „Inspector Longly ist gekommen und wünscht, Sie in der Empfangshalle zu sprechen."

Ich entschuldigte mich und folgte Sebastian hinaus.

Inspector Longlys Anzug wirkte neben meinem schicken Kleid und Sebastians Abendanzug ein wenig deplatziert. Während wir den Inspector begrüßten, holte Sebastian einen Schlüssel aus der Jackentasche. „Ich habe gehört, dass Sie sich eine Fotografie in meinem Studio ansehen wollen."

„Ja, fangen wir damit an."

Wir gingen gefolgt von einem Constable die Treppe hinauf. Sebastian schloss das Studio auf und ich zeigte Longly das besagte Foto. Er betrachtete es genau, während er seinen Arm auf den Rücken legte. Schließlich trat er einen Schritt näher heran und zählte leise die Perlen ab. „Zwanzig an jedem Strang", sagte er zum Constable, der es notierte. Longly wandte sich mir zu. „Erzählen Sie noch einmal von den Steinen, die Sie für Kleiderspangen gehalten haben."

Erneut schilderte ich, wie die Steine aus Lady Pamelas Handtasche gefallen waren. „Ich habe sie nicht genauer betrachten können, weil ich alles schnell in die Tasche zurückgeschoben habe. Doch ich weiß, dass es rechteckige Steine wie die auf diesem Bild waren und dass sie mit kleinen Diamanten eingefasst waren."

Longly nickte, dann sagte er an Sebastian gewandt: „Haben Sie vielleicht einen Abzug Fotografie?"

Sebastian nahm eine Mappe von seinem Arbeitstisch. „Ich habe heute Nachmittag einen gemacht. Ich dachte mir schon, dass Sie vielleicht einen brauchen."

Longly warf einen Blick in die Mappe. „Vielen Dank. Sie können jetzt wieder in den Salon zurückkehren. Mr. Blakely, ich müsste bitte noch einmal Ihr Arbeitszimmer benutzen."

Sebastian führte Longly und den Constable in das Arbeitszimmer, während ich wieder zu den anderen zurückkehrte und sofort für eine Runde Bridge rekrutiert wurde. Kurz darauf kam Sebastian herein und flüsterte Lady Pamela etwas zu. Sie war während des Essens sehr unruhig gewesen, hatte nicht stillsitzen können, ständig ihren Teller herumgeschoben, mit dem Besteck gespielt oder an ihrem Schmuck genestelt. Jetzt verfinsterte sich ihre Miene, doch sie folgte ihm brav. Ihre lange Perlenkette klapperte dabei auf den Pailletten ihres Kleides.

Ich konnte mich kaum konzentrieren und entschuldigte mich bei James, als ich die Karten ablegte. „Es tut mir leid, aber ich bin mit meinen Gedanken nicht bei dem Spiel."

„Machen Sie sich keine Sorgen, das passiert jedem mal", sagte James auf seine ruhige Art. Doch für eine weitere Runde mit mir als Spielpartnerin zeigte er wenig Begeisterung. Der Abend endete früh, ohne dass Lady Pamela zurückkehrte.

Schließlich ging auch ich auf mein Zimmer und klingelte nach Milly. „Lady Pamela hat sich heute wohl recht früh zurückgezogen?", fragte ich beiläufig, während Milly die kleinen Knöpfe auf der Rückseite meines Kleides öffnete.

„Nein, sie war bei Inspector Longly." Milly stellte meine Schuhe beiseite. „Angeblich hat er mit Engelszungen auf sie eingeredet und versucht, sie zum Reden zu bringen, doch sie weigerte sich, auch nur ein einziges Wort zu sagen."

„Woher wissen Sie das?"

Milly bekam rote Flecken auf den Wangen. „George, einer der Hausdiener, war im Flur."

„Verstehe. Was ist dann passiert?"

„Lady Pamela hat dem Inspector gesagt, dass er morgen früh nach Harlan House in London kommen kann. Dann hat sie alles packen lassen und ist abgereist."

KAPITEL FÜNFUNDZWANZIG

Am nächsten Morgen verkündete Thea beim Frühstück: „Ich habe ein Telegramm von meinem Mann bekommen. Die Kinder und ich werden direkt nach Brasilien aufbrechen."

Ich war gerade dabei, Orangenmarmelade auf eine Scheibe Toast zu streichen und hielt überrascht inne. „Sie reisen schon heute?"

„Himmel, nein. Es ist noch so viel zu tun. Wir reisen morgen ab. Wie sich mein Mann allerdings vorstellt, dass ich alles so schnell schaffen soll, weiß ich auch nicht. Doch er hat die Passage für uns bereits bezahlt, also führt kein Weg daran vorbei. Muriel muss für nächste Woche die Gespräche mit den Mädchen, die sich als Gouvernante beworben haben, absagen und Lady Smythe mein Bedauern ausdrücken. Wirklich schade, dass ich ihre Gartenparty verpasse. Ich hatte mich schon sehr darauf gefreut."

Gwen setzte die Teetasse ab. „Kommt Muriel mit Ihnen?"

„Aber natürlich. Glauben Sie etwa, dass ich ganz allein mit zwei Kindern ans andere Ende der Welt reise? Unmöglich! Ach ja, und ich muss Monsieur Babin kontaktieren, damit er die Arbeiten am Stadthaus unterbricht, bis wir zurückkehren."

Sebastian drehte sich vom Sideboard aus um. „Ich glaube, dass sie durchaus auch ohne dich weitermachen können."

„Ich soll sie sechs Wochen lang unbeaufsichtigt lassen? Auf keinen Fall."

„Du lässt sie jetzt doch auch unbeaufsichtigt."

„Aber ich bin nur ein paar Stunden entfernt. Bei einem Problem könnte ich jederzeit hinfahren."

„Was du aber nie tust", erwiderte Sebastian, während er hinter mir vorbeiging.

„Das habe ich gehört, mein Lieber!", empörte sich Thea. „Ich fahre *oft* in die Stadt. Sehr oft sogar. Es ist aber etwas ganz anderes, wenn man im Ausland ist. Es sei denn, du willst, dass ich Monsieur Babin anweise, dich zu konsultieren?" Sie lächelte ihm über das gestärkte Tischtuch hinweg zu.

„Bloß nicht!" Sebastian wedelte das Messer in der Luft. „Dann sag deinem Monsieur Babin lieber ab. Wenn ich den falschen Farbton auswählen würde, würde ich mir das ewig anhören müssen."

Als Thea weiter über die Dinge sprach, die bis zu ihrer Abreise noch erledigt werden mussten, entschuldigte ich mich und machte mich auf den Weg zur Küche. Mir war zwar klar, dass sich die Dienstboten durch mein unangekündigtes Auftauchen gestört fühlen würden, doch ich musste einfach nachfragen. Ich hatte gestern Nacht lange an die Decke gestarrt, und egal, was bei Lady Pamela herauskommen würde, ich musste einfach wegen Gwen nachfragen, um meine Ruhe wiederzufinden.

Mrs. Finley, die Köchin, scheuchte ihre Helferinnen fort, als ich sagte, dass ich mit ihr reden wolle.

„Es tut mir leid, Sie zu stören."

„Das macht doch nichts. Ich kann ja dabei weiterarbeiten, wenn es Ihnen nichts ausmacht?"

„Natürlich nicht. Es geht um den Abend, als der Gold und Silberparty stattgefunden hat. Sie hatten zu wenig Hilfe?"

Mrs. Finley streute Mehl auf ein Holzbrett, dann nahm sie

Brotteig aus einer Schüssel und begann ihn kräftig mit ihren kurzen Fingern zu kneten. Immer wieder gab sie etwas Mehl dazu. „Ja, Katie war weg, um sich um ihre kranke Mutter zu kümmern. Jane hat sich zickig benommen und Mrs. Foster hatte sich den Knöchel verstaucht. Der ist gleich doppelt so dick geworden. Dr. Evans hat gesagt, dass sie das Bein hochlegen muss. Selbst mit den Mädchen aus dem Dorf war die ganze Arbeit kaum zu schaffen. Die haben sich schon bemüht, aber sie sind eben nicht richtig ausgebildet, falls Sie wissen, was ich meine."

„Ich verstehe. Und dann ist meine Cousine Gwen, also Miss Stone, gekommen und hat geholfen?"

Mrs. Finley formte jetzt den Teig in mehrere Brotlaibe. „Ja, genau. Da war ich vielleicht froh. Sie kennt sich mit größeren Haushalten gut aus."

„Und ich weiß, dass es ihr Freude macht, anderen zu helfen. So ist Gwen."

„Sie hat ein großes Herz."

„Aber es hat einen kleinen Unfall gegeben?"

Mrs. Finley legte die geformten Laibe in Backformen und wischte sich die Hände an einem Tuch ab. „Das war die ungeschickte Mary, eines der Dorfmädchen, das nur für den Abend gekommen ist. Sie hat das Tablett fallen lassen. Miss Stone hat ihr geholfen, die Scherben aufzuheben, und sich zum Dank dafür auch noch verletzt, die Arme. Ich habe gleich ein sauberes Tuch um die Hand gebunden, aber Miss Stone sagte, ich solle mir keine Sorgen machen. Sie wollte sich selbst ein Wundpflaster holen."

Eine Lieferung kam, und Mrs. Finley musste gehen, um sich darum zu kümmern. Ich dankte ihr und ging wieder nach oben. Ich war unglaublich erleichtert, dass sich mein Verdacht nicht bewahrheitet hatte. Ein schlechtes Gewissen hatte ich zwar immer noch, doch ich hatte diese kleine Unsicherheit einfach ausräumen müssen, sonst hätte sie mich weiter geplagt.

DER REST des Vormittags verlief ruhig. Nach dem Mittagessen machten die Männer erneut eine Ausfahrt mit den Wagen, Thea beaufsichtigte die Hausmädchen beim Packen, und Gwen und ich halfen Violet, Alfreds Habseligkeiten durchzusehen. Auch wenn Gwen nicht begeistert war, einen weiteren Tag auf Archly Manor zu verbringen, doch sie war zu gutmütig, um deswegen lange verärgert zu sein. Als wir Alfreds Siebensache durchgingen, war sie wieder ganz die hilfsbereite, praktische Gwen.

Sebastian hatte zwar erklärt, dass sich auch sein Kammerdiener um Alfreds Kleidung kümmern könne, doch Violet hatte darauf bestanden, es selbst zu übernehmen – eine wunderbare Gelegenheit für mich, jede Tasche und Innenfutternaht zu kontrollieren. Allerdings fand ich nichts. Ich faltete ein Jackett aus edlem Stoff und sorgfältig gearbeiteten Nähten zusammen. „Sebastian hat nicht gegeizt, als er Alfred für seine Rolle als Gentleman ausgestattet hat."

Gwen sortierte gerade Alfreds Schuhe. „Ja, irgendjemand im Dorf wird sich sehr darüber freuen." Sie hatte bereits mit der Hausdame besprochen, was mit Alfreds Sachen passieren sollte. Jetzt entdeckte sie einen Stapel Schallplatten im Schrank. „Schau, die waren hinter seiner Kleidung. Violet, willst du welche davon haben?"

Violet saß auf dem Boden, umgeben von halb aufgefalteten Blättern und Umschlägen, die ich auf dem obersten Regal des Schranks gefunden hatte. Es waren ihre eigenen Briefe. Sie sah die Platten durch. „Nein, da ist nichts Gutes dabei, das sind alles nur Balladen." Sie gab sie mir zurück und ich legte sie zu den Kleidern in die Kiste.

Außer der Kleidung, dem Rasierzeug und einem Kamm gab es nichts Persönliches in Alfreds Zimmer. Anscheinend hatte er als Andenken an seine Vergangenheit nur jene Programmhefte mitgenommen, die er in der Londoner Wohnung gelassen hatte. Ich konnte mir nicht vorstellen, für einen Neuanfang in einem anderen Land nichts mitzunehmen. Schon für meinen Umzug ins nahe London hatte ich Fotografien und Notizbücher eingepackt, meine Nähsachen und Bücher, die ich unbedingt bei mir haben wollte.

„Jetzt sind die Geier also gekommen und picken in den Resten herum." Lady Pamela stand mit verschränkten Armen im Türrahmen. „Sie haben wohl nicht erwartet, mich zu sehen, was?" Sie rauschte ins Zimmer und baute sich vor mir auf. „Ich weiß, dass Sie diejenige waren, die dem Inspector von meinem Armband erzählt hat."

Gwen warf mir von der anderen Seite des Raumes einen fragenden Blick zu.

Lady Pamela bückte sich zur Kleiderkiste und nahm das oberste Jackett heraus, das ich gerade erst zusammengefaltet hatte. Sie schüttelte es aus. „Das hier hat Alfred so gut gestanden." Sie ließ die Jacke in die Kiste zurückfallen.

„Was war mit dem Inspector?", wollte Gwen wissen.

Lady Pamela nahm nun Alfreds Kamm in die Hand. „Nur ein kleines … Missverständnis." Jetzt klappte sie das Rasiermesser auf und strich mit der Fingerspitze über die Schneide. „Doch nachdem Inspector Longly mit meinem Rechtsanwalt gesprochen hat, war alles geklärt."

Ich nahm das Jackett wieder aus der Kiste und schüttelte es mit einem Ruck aus. „Die Perlen in Alfreds Tasche waren aber Ihre."

Lady Pamela klappte das Messer zu und knallte es auf die Kommode. „Was in keiner Weise mit seinem Tod zu tun hat. Ich habe sie ihm gegeben, das ist alles." Sie wandte sich zum Gehen, drehte sich aber in der Tür noch einmal um und durchbohrte Violet mit einem Blick. „Glauben Sie mir, ich hätte Alfred nicht mit meinem Schmuck in seinen Taschen umgebracht, so dumm bin ich nicht. Aber sicher dauert es nicht mehr lange, bis der wahre Täter verhaftet wird." Lady Pamela drehte sich um und ging. Wenige Augenblicke später hörte ich, wie eine Tür zugeschlagen wurde.

Violet saß mit zusammengekniffenem Mund da. „Am liebsten hätte ich ihr irgendwas hinterher geworfen. Doch sie würde es nur als Beweis sehen, dass ich mich nicht beherrschen kann, und diese Genugtuung will ich ihr nicht geben."

„Um welche Perlen ging es da eben?", fragte Gwen.

„Inspector Longly hat mir die Perlen gezeigt, die in Alfreds Tasche gefunden wurden, und ich glaube, sie gehörten Lady Pamela. Sie hat sie Alfred am Abend der Party als Bezahlung gegeben."

„Aber warum sollte sie dafür die Perlen nehmen?", wandte Violet ein. „Sie hat doch genug Geld."

„Womöglich nicht." Ich faltete das Jackett ein zweites Mal. „Ich habe gehört, ihr Vater hat sie an der kurzen Leine."

„Ist er so knausrig?", fragte Gwen erstaunt. „Mir ist nicht bekannt, dass Lord Harlan ein Geizhals sein soll."

„Vielleicht schon." Ich erklärte, was ich auf Sebastians Foto in seinem Studio entdeckt hatte. „Lady Pamela muss ihr Armband ausgezogen, die Perlstränge abgetrennt und sie Alfred gegeben haben. Und die Smaragde hat sie behalten. Wenn sie die Wahrheit sagt, hat sie Alfred die Perlen gegeben und ist anschließend in den Ballsaal zurückgekehrt. Oder sie hatte genug von Alfreds Erpressung und hat ihn vom Balkon gestoßen."

„Aber dann hätte sie ihm vorher doch nicht die Perlen gegeben", warf Violet ein.

Ich legte das gefaltete Kleidungsstück in die Kiste und seufzte. „Ja, das ist leider die Schwachstelle in meiner Argumentation."

Violet schob die Briefe zu einem unordentlichen Haufen zusammen. „Ich bringe die Briefe in mein Zimmer. Und Gwen, tu mir einen Gefallen und bleib hier, ich will allein sein!"

Nachdem Violet gegangen war, sah Gwen mich an und ließ die Schultern hängen. „Was machen wir jetzt? Alfreds Tod wird sie für den Rest ihres Lebens wie ein Schatten verfolgen, und alle Leute werden hinter ihrem Rücken tuscheln, dass sie es war. Lady Pamela wird ihr Übriges tun, um das Gerücht weiter zu verbreiten."

„Ja, vor allem, weil sie sich damit selbst schützt."

ALS ICH MICH an jenem Abend zum Dinner umzog, kam Milly, um mir zu helfen. Ich hatte mein Kleid aus königsblauer Seide mit perlenbesetztem Zickzacksaum – ebenfalls eine freundliche Gabe von Gwen – bereits angezogen. Milly reichte mir mein Armband aus venezianischen Glasperlen und die Handschuhe, doch dann betrachtete sie den Schmuck näher. „Der Faden hier sieht aus, als würde er sich auflösen. Soll ich das Armband für Sie reparieren?"

Ich starrte sie an.

Genau in diesem Augenblick fiel mir wieder ein, dass ja auch Thea von einem losen Faden gesprochen hatte, was plötzlich einen ganz neuen Gedankengang lostrat.

„Miss? Vielleicht stattdessen lieber die Perlen?"

„Ja, natürlich." Ich legte die Perlenkette an.

„Soll ich nun den Faden verstärken?", fragte Milly noch einmal. „Es wäre schade, wenn er reißt und sie die schönen Glasperlen verlören."

„Ja, bitte. Machen Sie das."

Während ich meine Handschuhe an den Fingern glattzog, überschlugen sich meine Gedanken. Ich hörte kaum noch, was Milly sagte. „Entschuldigung, wie bitte?"

„Ist das alles, Miss?"

„Ja, vielen Dank."

Als Milly gegangen war, blieb ich einen Moment lang stehen. Fünf Perlenstränge. Nach dem Vorfall waren insgesamt fünf Perlenstränge gefunden worden. Vier hatte Alfred in seiner Tasche gehabt und einen hatte ich auf der Terrasse entdeckt. Im Flur waren die Schritte der anderen Gäste zu hören, die zum Dinner gingen. Wenn die vier Stränge in Alfreds Tasche Lady

Pamela gehört hatten, von wem war dann der fünfte? Stammte er vielleicht von Theas Kette?

Ich setzte mich an den Frisiertisch und spielte nachdenklich mit meinem Schmuck. Was, wenn Thea gar kein Schlafpulver genommen hatte? Was, wenn sie log? Oder Jane? Oder gar beide?

Wenn Thea doch wach gewesen war, hätte sie von ihrem Zimmer aus auf den Balkon gehen und Alfred herunterstürzen können. Vielleicht hatte Alfred die Kette zu fassen bekommen und sie war gerissen, während er über die Brüstung flog. Da jede einzelne Perle mit einem Knoten gesichert war, konnte es durchaus sein, dass nur ein Teil der Kette herausgerissen war.

Vielleicht war Thea, während ich auf der Terrasse auf das Kettenstück getreten war, schon wieder in ihr Zimmer verschwunden und hatte dort ihren Perlenschmuck geflickt? Die Kette war so lang, dass ein paar Perlen weniger nicht auffallen würden. Und hatte sie, um ihr brünettes Haar zu verbergen, eine Perücke aufgesetzt? Vielleicht gab es im Kinderzimmer eine Verkleidungskiste oder … Ja richtig, in Sebastians Studio hatte ich Perücken gesehen.

Ich nahm mir vor, mich noch einmal dort umzusehen, als mir noch etwas ganz anderes einfiel. Thea wollte Archly Manor am nächsten Tag verlassen und nach Brasilien aufbrechen. Hatte ihr Mann wirklich ein Telegramm geschickt, oder war das eine Ausrede, um das Land so schnell wie möglich zu verlassen? Bevor Longly kam und allen Schmuck im Haus untersuchen ließ?

Ob ich den Inspector am besten gleich anrufen sollte? Ich war schon auf dem Weg zur Tür, als ich noch einmal stehenblieb. Ich konnte ihn nicht schon wieder mit einem bloßen Verdacht anrufen. Nicht wie letztes Mal, vor allem, da die Sache mit Lady Pamela nicht gut gelaufen war. Ich musste erst sicher sein, und es gab nur einen Weg, die Wahrheit herauszufinden.

Also wartete ich, bis alle zum Dinner nach unten gegangen waren, dann schlich ich mich in Theas Zimmer. Die Seekisten

und Hutschachteln waren schon gepackt. Doch ihr Schmuckkästchen stand zum Glück noch offen auf dem Schminktisch.

Leise schloss ich die Tür ab, schlich hinüber und holte die
Kette heraus. Ich fand die Stelle mit dem losen Faden, über den
sich Thea beklagt hatte, dann setzte ich mich auf den Hocker
und begann zu zählen, indem ich jede einzelne Perle berührte.
Mit pochendem Herzen kam ich zum Ende: „Hundertachtund-
dreißig, hundertneununddreißig, hundertvierzig."

Ich hatte die kaputte Stelle wieder erreicht, die Kette lag
schwer in meiner Hand. „Hundertvierzig Perlen, nicht hundertfünfzig!" Ich schauderte. Also hatte ich Recht gehabt.

Ich schaltete die Lampe an und untersuchte den Faden
genauer. Die Perlen waren alle einzeln eingeknotet, und an
einer Stelle war deutlich ein Stück neuer, leuchtend weißer
Faden zu erkennen. Die Kette war also bereits repariert worden.
Der Kontrast zwischen dem neuen Faden und dem älteren,
vergilbten war nicht zu übersehen. Doch warum hätte Thea
Alfred ermorden wollen? Ihr Name war gar nicht in Alfreds
Notizbuch aufgetaucht. Es sei denn …

Ich klappte den Deckel des Schmuckkästchens zu. Auf
einem ovalen Plättchen waren Theas Initialen eingraviert. D.R.
Sie hieß nicht Thea, sondern *Dorothea!* Die beiden Buchstaben,
an die sich Violet aus Alfreds Notizbuch erinnert hatte, sollten
keine Abkürzung für *Doktor* sein. Es war kein Spitzname, es
handelte sich um die Initialen von Dorothea Reid!

Mit klammen Händen legte ich die Perlen wieder ins Kästchen und ließ den Deckel genau so offen stehen, wie ich ihn
vorgefunden hatte. An der Tür lauschte ich einen Moment,
bevor mir noch das Licht einfiel. Schnell ging ich hinüber und
schaltete es aus, dann verließ ich leise das Zimmer.

Unten an der Treppe betrat ich nicht gleich den Salon,
sondern ging zuerst in Sebastians Arbeitszimmer. Ich schloss
die Tür und ging zum Telefon. Wieder dauerte es eine Weile, bis
ich mit Scotland Yard verbunden wurde. Das Klicken in der
Leitung passte zum Ticken der Uhr auf dem Kaminsims. Halb

erwartete ich, dass jeden Moment die Tür aufging und irgendjemand, Gwen, Violet oder gar ein Hausdiener, hereinkam, weil sie mich beim Dinner vermissten.

Endlich hörte ich eine männliche Stimme in der Leitung. Nur leider war es nicht die von Longly.

„Ich muss dringend mit dem Inspector sprechen."

„Er ist bei einem Fall", antwortete die raue Stimme. „Wollen Sie ihm eine Nachricht hinterlassen?"

„Sagen Sie ihm, dass er Olive Belgrave auf Archly Manor anrufen soll. Es ist dringend. Ich muss heute noch mit ihm sprechen!" Nach ein paar Sekunden Stille sagte ich: „Hallo? Sind Sie noch da?"

„… Belgrave … Archly … Manor", sagte er, indem er jede Silbe dehnte, während er mitschrieb.

„Es ist wichtig. Bitte schreiben Sie das dazu. Ich muss heute noch mit Inspector Longly sprechen."

„Wie gesagt, er ist unterwegs und wird vielleicht erst sehr spät zurück sein."

„Dann muss ich mit jemand anderem sprechen."

„Ich kann dem Constable sagen, dass er Sie zurückrufen soll, wenn er kommt."

„Ja, bitte tun Sie das."

Ich hängte den Hörer auf und atmete tief durch, doch erleichtert fühlte ich mich nicht. Wenn ich Longly sagte, was ich herausgefunden hatte, würde das zu einem anderen Ergebnis führen als bei Lady Pamela? Eine kaputte Kette allein bewies nicht Theas Schuld. Sicher hatte sie eine Ausrede parat. Wahrscheinlich würde sie behaupten, ein Dienstmädchen hätte die Kette zerrissen. Nein, wenn ich Violet helfen wollte, musste ich mehr als eine geflickte Kette finden.

Ich atmete ein paarmal ruhig ein und aus. Auf keinen Fall wollte ich mit derselben Energie in den Salon kommen wie am Vorabend. Monty hatte meine Aufregung sofort bemerkt, weshalb ich diesmal vorsichtiger sein musste. Als ich schließlich den Salon betrat, ging ich langsam zu Violet, die in einer Ecke saß und sich mit James unterhielt. „James, ich müsste kurz mit Violet allein sprechen. Es macht Ihnen doch nichts aus?"

„Natürlich nicht." Er ließ uns allein.

„Violet, du musst heute während des Dinners etwas für mich tun. Ich glaube, wir können den Täter noch heute überführen."

„Wie denn?"

Doch schon kam Babcock und bat zu Tisch. „Jetzt ist keine Zeit, es dir genauer zu erklären. Hilfst du mir?"

„Natürlich. Was soll ich tun?"

Ich flüsterte ihr ein paar Sätze ins Ohr.

„Das ist alles?"

„Ja, das sollte reichen."

„Wofür?"

„Um eine kleine Falle zu stellen."

„Eine Falle?", wiederholte Violet.

„Nicht so laut!", zischte ich lächelnd.

„Keine Sorge, du musst nicht den Lockvogel spielen."

„Wer denn dann?"

„Ich."

KAPITEL SECHSUNDZWANZIG

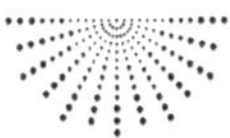

„**W**illst du deinen alten Freund gar nicht begrüßen?"

„Jasper! Was machst du denn hier?" Ich war so in Gedanken versunken, dass ich ihn gar nicht bemerkt hatte.

„Ich war in der Nähe und habe mich kurzerhand entschlossen, vorbeizukommen. Ich habe gehört, es gibt neue Erkenntnisse."

Jasper und ich folgten Muriel und Hugh in den Speisesaal. „Ja, es ist einiges passiert."

„Das musst du mir gleich nach dem Abendessen erzählen. Ich werde mit angehaltenem Atem darauf warten." Er ging zum anderen Ende des Tischs.

Violet hatte ihren Platz nicht weit von mir zugewiesen bekommen. während einer Gesprächspause sagte sie plötzlich für alle hörbar zu Tug: „Keine Sorge, Olive hat herausgefunden, wer es war. Ich meine, wer Alfred vom Balkon gestoßen hat." Sie warf einen triumphierenden Blick in Lady Pamelas Richtung. „Es ist nur eine Frage der Zeit, bis der Inspector …"

„Violet!", protestierte ich.

„Was? Oh!" Sie blickte in die Runde und murmelte: „Mir war nicht bewusst, dass …"

Gwen räusperte sich. „Wir hatten heute so wunderbares Wetter, nicht wahr? Wo sind Sie hingefahren, Monty?"

Die Unterhaltung wurde fortgesetzt, doch ich bildete es mir nicht ein: Es lag eine gewisse Spannung in der Luft.

Nach dem Abendessen sagte Violet, Alfred hätte nicht gewollt, dass wir wie „nasse Säcke" herumsäßen, und sie überredete Sebastian, das Grammofon zur offenen Terrassentür zu bringen. Sebastian hatte in seiner Musiksammlung ein paar Platten, die er aus Amerika mitgebracht hatte, und wir tanzten auf der Terrasse zu den Klängen von *Dancing Time*. Tante Caroline hätte diese Art der Abendunterhaltung nicht gutgeheißen, doch ich fand, Violet hatte Recht. Gutes Essen, Musik und Tanz waren die richtige Art und Weise, Alfred zu gedenken.

Monty forderte mich zum Tanzen auf, und als er meine Hand nahm, sagte er: „Sie haben es also herausgefunden. Und leider werden Sie mir nichts verraten wollen, richtig?"

„Ja, ich habe mich zum Schweigen verpflichtet. Ich darf es niemandem sagen, bis ich mit Inspector Longly gesprochen habe."

„Wahrscheinlich keine gute Idee, es für sich behalten."

„Ich weiß schon, was ich tue."

Als das Musikstück zu Ende war, kam Jasper auf uns zu. „Darf ich übernehmen, alter Junge?"

Doch Monty behielt meine Hand in seiner. „Nun, das hängt davon ab, was Olive möchte, nicht wahr?"

Ich löste die Hand aus Montys Griff. „Seien Sie nicht albern, Monty. Natürlich werde ich auch mit Jasper tanzen. Hier tanzt jeder mit jedem", sagte ich.

„Wie Sie wünschen." Damit zog Monty sich verschnupft zurück.

„Der ist aber empfindlich", schmunzelte Jasper während der ersten Foxtrottschritte.

„Ich weiß gar nicht, was in Monty gefahren ist", antwortete ich. „Sonst ist er immer so gut aufgelegt."

„Also *ich* weiß schon, was los ist", erwiderte Jasper.

Ein paar Takte verstrichen. „Was denn?"

„Er will allein auf dem Spielfeld sein, ohne Konkurrenz."

Ich sah Jasper in die Augen, dann blickte ich über seine Schulter zu Monty, der mit verschränkten Armen und düsterer Miene am Rand der Tanzfläche stand und uns beobachtete. „Das ist doch albern. Wir beide sind alte Freunde."

„Natürlich sind wir das." Jasper lächelte mich an, was in meinem Bauch plötzlich ein warmes Flattern erwachen ließ. „Dann hat er da wohl etwas falsch verstanden, nicht wahr?"

War das etwa eine Spur von Flirten in seinem Ton? Oder sollte es ein Spiel sein? Bevor ich antworten konnte, fuhr Jasper fort: „Aber sag das lieber nicht zu Monty. Wenn er schlechte Laune hat, ist nicht mit ihm zu reden."

Jasper lenkte unsere Schritte zu dem Teil der Terrasse, den das helle Licht aus dem Salon nicht erreichte. „Also, was war da vorhin los?"

„Was meinst du?"

„Diese Szene mit Violet und dir beim Dinner. Was war das für ein Spiel?"

„Das war kein Spiel."

Jasper zog nur eine Augenbraue hoch. „Ich glaube dir nicht." Er hielt meine Hand fester und führte mich in eine Drehung nach der anderen, ohne den Blick von mir abzuwenden. „Du tanzt nicht sorglos hier herum und hast keinen Plan. Du führst doch etwas im Schilde, da kannst du mir nichts vormachen. Du watest ins tiefe Wasser, und ich habe keinen Zweifel daran, dass du herausgefunden hast, wer der Mörder ist, weil du so klug bist. Aber ich mache mir Sorgen."

Ich spähte wieder zu Monty hinüber, der immer noch missmutig dreinblickte. Für meinen heimlichen Plan, den ich mit Violet ins Rollen gebracht hatte, brauchte ich noch einen Mitspieler. Ich hatte eigentlich vorgehabt, Monty zu fragen, doch jetzt schien er mir nicht mehr hilfsbereiter Stimmung zu sein.

„Vielleicht führe ich ja tatsächlich etwas im Schilde. Und vielleicht könnte ich auch ein bisschen Hilfe gebrauchen", sagte ich und dabei wurde mir bewusst, dass ich ohnehin viel lieber Jasper fragen wollte. Monty litt scheinbar unter Stimmungsschwankungen. Jasper dagegen konnte zwar manchmal etwas eigensinnig sein, doch ich vertraute ihm voll und ganz.

„Nun", sagte Jasper. „Das passt gut, denn ich hatte ohnehin vor, für den Rest des Abends wie eine Klette an deiner Seite zu bleiben."

„ALS ICH SAGTE ‚wie eine Klette an deiner Seite zu bleiben', habe ich nicht gewusst, dass du mich bis zum Morgengrauen wachhalten würdest."

„Es ist längst noch nicht Morgen", sagte ich. „Es ist noch nicht einmal zwei Uhr. Sebastians Partys dauern doch immer bis in die frühen Morgenstunden. Sag nicht, das hättest du nicht gewusst." Ich arrangierte die Kissen auf meinem Bett, dann trat ich einen Schritt zurück, um alles genau zu inspizieren. „Gut so?"

Auch Jasper trat zurück und neigte den Kopf zur Seite. „Im Dunkeln? Ja. Das kann jemanden täuschen, aber nur für einen kurzen Moment."

„Länger brauchen wir auch nicht." Ich ging zum Lichtschalter neben der Tür. „Am besten setzt du dich dort auf den Boden neben der anderen Schrankseite. Ich mache jetzt das Licht aus und kontrolliere, ob man von hier aus etwas sieht."

Jasper setzte sich wie angewiesen auf die der Tür abgewandte Seite des wuchtigen Möbelstücks. Ich löschte das Licht und der Raum wurde dunkel, abgesehen vom Mondschein, der durchs Fenster fiel, als ich die Vorhänge ein Stück zurückzog. Der blasse Lichtstreifen erhellte die Umrisse auf dem Bett, und dank der sorgfältig arrangierten Kissen unter der Decke sah es aus, als würde dort ein Mensch schlafen. Ich blickte zum Schrank und konnte Jasper in der Dunkelheit nicht ausmachen. „So sollte es funktionieren."

Mit vorgestreckten Händen ging ich langsam, um nirgends anzustoßen, durch den Raum und wich den Sesseln vor dem Kamin aus.

„Hier drüben", zischte Jasper mir zu und ich folgte seiner Stimme.

Meine ausgestreckte Hand berührte seine Finger, und ich tastete mich zu seinem Arm und seiner Schulter vor, dann setzte ich mich neben ihn. „Es war eine gute Idee, die Sessel ein bisschen umzustellen. Wenn sie eine Lampe dabeihat, bieten uns die Lehnen zusätzlichen Sichtschutz, zumindest von der Tür aus."

Ich bemerkte den Duft von Limetten, wahrscheinlich von Jaspers Aftershave, als ich mich an die Wand lehnte

Nach ein paar Augenblicken Stille fragte Jasper: „Was glaubst du, wie Thea es anstellen wird?"

„Sie will mich aus dem Weg haben. Es müsste wie ein Unfall aussehen. Die einfachste Methode wäre wohl eine Überdosis Schlafmittel", überlegte ich.

„Ist dir kalt?"

„Nein. Warum?"

„Du zitterst."

„Wirklich? Nun, es ist eben doch komisch, wenn man darüber nachdenkt, auf welche Weise dich jemand vielleicht ermorden will."

„Ich verstehe, dass einem bei dem Gedanken ein bisschen kalt werden kann. Willst du mein Jackett haben?"

„Nein danke. Thea wird mich nicht umbringen. Wir werden sie nur bei dem Versuch, mich für immer zum Schweigen zu bringen, auf frischer Tat ertappen, und dann wird der Inspector sie hoffentlich verhaften."

„Besser wäre es jedoch, wenn dein Inspector schon hier wäre."

„Ja, aber er hat nicht zurückgerufen und Thea bricht morgen nach Brasilien auf. Zumindest behauptet sie das."

„Ach, jetzt verstehe ich, warum du diese kleine Scharade spielen wolltest. Du tust es für Violet."

„Ja. Alfreds Tod soll sie nicht ihr Leben lang wie ein Schatten verfolgen."

„Deine Loyalität ist wirklich beeindruckend." Jasper versuchte, eine bequemere Sitzposition zu finden. „Andere würden so etwas vielleicht für sich selbst tun, doch die Wenigsten würden so etwas für einen anderen riskieren."

„Psst. Hast du das gehört?"

Schritte. Erst leise, dann wurden sie lauter. Und gingen an der Tür vorbei.

„Fehlalarm", flüsterte Jasper. „Nimmst du manchmal ein Schlafpulver?"

„Nein."

„Hmm, das könnte ein Problem für Thea sein."

„Ja, aber Thea würde den Ermittlern sicher sagen, dass ich nicht schlafen konnte und nach einem Pulver gerufen habe. Tragischerweise habe ich versehentlich zu viel genommen. Und so weiter."

„Es könnte auch sein, dass sie versucht, dich zu ersticken", überlegte Jasper. „Das macht nicht viel Lärm und sie könnte ein Kissen oder Polster dafür verwenden. Anschließend könnte sie dir nachträglich noch ein Schlafpulver einflößen und hoffen, dass der Arzt nicht bemerkt, dass der Tod durch Erstickung herbeigeführt wurde."

Als Jasper so nüchtern die Mordmethoden durchdeklinierte, schauderte ich erneut. „Genug davon", sagte ich. „Es ist ja auch egal, welche Methode sie anwenden will, denn sie wird keinen Erfolg haben."

„Stimmt. Außerdem ist dein Beschützer hier."

„Du bist nicht mein Beschützer. Du bist mein Zeuge."

„Oh nein, das ist jetzt aber eine Degradierung. Nun ja, betrachte es, wie du willst." Jetzt wurde seine Stimme wieder ernst. „Bist du wirklich sicher, dass Thea kommen wird und nicht jemand anders?"

„Ja, warum?"

„Nicht, dass ich mich zurückhalte und am Ende ist es doch ein Mann und ich hätte volle Kraft einsetzen müssen. Außerdem verspüre ich wenig Lust auf einen Ringkampf mit einem großen, starken Mann im Dunklen."

„Es kann kein Mann sein. Es war eine blonde Frau in einem Kleid, die Alfred gestoßen hat."

„Und du denkst, ein Mann könnte nicht Kleid und Perücke tragen?", fragte Jasper. „Sebastian hat eine Schwäche für Kostüme, wie du weißt."

„Ja schon, aber es waren nur Frauen auf dem Stockwerk, als es passiert ist", sagte ich, wobei meine Worte etwas langsamer als gewöhnlich herauskamen.

„Du klingst gar nicht mehr so sicher."

„Ich frage mich gerade, wo Sebastian war, als Alfred gestorben ist." Die Hausdiener hatten bezeugt, dass niemand nach oben gegangen war. Doch für Sebastian würden sie sicher lügen, wenn er es von ihnen verlangte. Und er hatte eine Kleiderstange voller Kostüme in seinem Studio. Ich rieb mir die Stirn. „Jetzt hast du mich ins Zweifeln gebracht." Ich schüttelte den Kopf und setzte mich aufrecht. „Doch wie wären dann Theas Perlen auf der Terrasse gelandet und warum ist ihre Kette kürzer und geflickt? Thea würde sie niemals jemandem ausleihen. Sie muss es gewesen sein", sagte ich und erzählte ihm von den Perlen und wie ich alles herausgefunden hatte.

„Es klingt sehr logisch. Jetzt fehlt nur noch die Antwort auf die Frage, womit Alfred sie erpresst hat."

„Stimmt. Das wäre ein überzeugenderes Argument für Inspector Longly."

Ich spürte, wie Jasper neben mir mit den Achseln zuckte. „Wer weiß? Vielleicht hat es mit den Auslandsaufenthalten ihres Mannes zu tun? Vielleicht ist er gar nicht der erfolgreiche Geschäftsmann, für den ihn alle halten sollen. Ich habe ein Gerücht über fragwürdige Transaktionen gehört. Bisher habe ich nicht viel darauf gegeben, doch vielleicht ist doch etwas Wahres dran."

Daraufhin schwiegen wir eine Weile, nur unterbrochen von Jaspers gelegentlichem Jammern darüber, dass er seine Beine nicht mehr spürte. Jedes Mal, wenn im Flur Schritte zu hören waren, erschrak ich und bekam Herzklopfen. Jasper lehnte den Kopf gegen den Schrank und bald verrieten seine gleichmäßigen Atemzüge, dass er eingeschlafen war.

Um drei Uhr war auch der Rest des Haushalts endlich zur Ruhe gekommen. Die einzigen Geräusche kamen von der kleinen Uhr auf dem Kaminsims und dem Knacken des Gebälks. Ich wollte mich gerade an Jaspers Schulter anlehnen und ebenfalls ein kleines Nickerchen halten, als ich hörte, wie jemand die Tür öffnete.

Mit einer Hand packte ich Jaspers Arm, die andere legte ich ihm über den Mund, weil ich befürchtete, dass er erschrocken auffahren würde. Aber er war sofort wach und gab keinen Laut von sich. Ich stützte mich an ihm ab, um in die Hocke zu gehen, bereit, jederzeit aufzuspringen.

Als die Tür aufging, fiel der Schatten einer Person auf den Teppich vor dem Bett.

„Es ist ein Kind", flüsterte ich und stand auf. Ich hielt mich am Sessel fest, während das Blut in meinen eingeschlafenen Beine prickelte. „Paul? Bist du das?"

„Miss ... Belgrave?" Der Junge kratzte sich am Kopf und blinzelte, während er hereinkam. „Wo ist Muriel? Ich habe schlecht geträumt, sie soll mir was vorsingen. Dann kann ich besser einschlafen."

Ich ging zu ihm. Er hatte seinen Pyjama an, die Haare waren zerzaust. Vom Gang fiel Licht ins Zimmer und jetzt sah Paul auch Jasper, der ebenfalls aufgestanden war. „Was macht er hier?"

„Ein Spiel", sagte ich schnell. "Wir spielen ein Spiel."

„Oh, darf ich auch mitmachen?" Jetzt war er wach.

„Das geht leider nicht. Du musst schnell wieder ins Bett, es ist mitten in der Nacht." Ich berührte seine Schulter und schob ihn sanft zur Tür. „Lass uns Muriel suchen gehen. Sie ist sicher oben."

„Aber sie ist nicht in ihrem Zimmer. Ich habe sie gesucht, aber sie ist nicht da. Ich will, dass sie mir ein Schlaflied singt, sonst kann ich nicht einschlafen", wiederholte er.

„Das ist nett, wenn sie dir was vorsingt. Zu Mr. Eton hat sie gesagt, dass sie nicht oft singt."

Paul nickte. „Sie singt nur im Kinderzimmer. Mr. Eton hat auch mal gefragt, ob sie was singt, aber da ist Muriel ganz ärgerlich geworden. Vor allem, als er *Singvogel* zu ihr gesagt hat. Da ist sie ganz arg wütend geworden. Darum sage ich das lieber nicht zu ihr."

Ich kniete nieder, um ihm direkt ins Gesicht zu blicken, und legte die Hände auf seine Schultern. „Singvogel? Bist du sicher, dass Mr. Eton sie so genannt hat?"

„Ja, aber nicht oft, nur manchmal. Dann ist sie immer so wütend geworden und darum nenne ich sie nie so."

Jetzt war mir kalt. Plötzlich ergaben so manche Bemerkungen einen Sinn. Wie fehlende Puzzleteile, die ein Bild vervollständigten. Mein Puls raste. Ich stand auf. „Ich habe mich geirrt." Ein bleiernes Band legte sich um meine Brust und nahm mir den Atem, sodass ich kaum sprechen konnte. „Ich habe mich ganz schrecklich geirrt!"

KAPITEL SIEBENUNDZWANZIG

Nach Atem ringend stürzte ich hinaus in den Flur und rannte zu Theas Zimmer. Dort riss ich so stürmisch die Tür auf, dass sie gegen die Wand schlug. Muriel stand im Reisekostüm mit Hut und Handschuhen neben dem Bett, auf dem Boden stand ein Koffer. Sie hatte einen Arm um Theas Schultern gelegt, in der anderen Hand hielt sie ein Glas und flößte Thea eine Flüssigkeit ein. Muriel schreckte hoch, doch Thea hatte selbst bei dem lauten Geräusch den Kopf nicht bewegt und behielt die Augen geschlossen.

Ich schenkte der Enge in meiner Brust keine Beachtung, sprang auf Muriel zu und schlug ihr das Glas aus der Hand.

Als sie Thea losließ, sank sie schlaff auf die Kissen zurück. Muriel wollte weglaufen und stieß mich hart mit der Schulter an, sodass ich ein paar Schritte zurücktaumelte, dann fing ich mich wieder und hechtete ihr hinterher. Bevor Muriel die Tür erreicht hatte, bekam ich ihre baumelnde Kette zu fassen.

Das stoppte Muriel, die sich sofort an den Hals griff, bis schließlich die Kette riss und die Perlen durch die Luft flogen. In dem Moment kam Jasper ins Zimmer und versperrte Muriel den Weg. Er packte sie am Handgelenk und drehte ihr den Arm auf den Rücken. Sie versuchte zwar, sich aus Jaspers Griff zu winden, doch er zog ihr auch den anderen Arm auf den Rücken.

Sie wand sich keuchend, während Jasper mich mit hochgezogenen Augenbrauen ansah. „Was für furchtbar schlechte Manieren!"

Plötzlich fühlten sich meine Beine wie Wackelpudding an, doch ich ließ mich davon nicht beirren. Ich sah nach Thea. Sie atmete! Das verringerte den Druck auf meiner Brust etwas, auch wenn ich immer noch nur mit Mühe sprechen konnte. „Thea?"

Ihre Augenlider flatterten.

Nach Luft ringend sagte ich: „Ich glaube ... sie wird es überleben. Ich hole Sebastian ... damit er ... einen Arzt ruft." Muriel versuchte immer noch, sich aus Jaspers Griff zu winden, doch ihre Kräfte schienen langsam nachzulassen. Ihre Gegenwehr wurde schwächer, ihr Keuchen hatte zugenommen.

Jasper zog Muriels Arm höher, was sie schließlich zur Aufgabe zwang. „Geh nur. Wir werden hier auf dich warten."

SEBASTIAN SCHLOSS die Tür zu Theas Zimmer, damit Dr. Evans bei seiner Untersuchung nicht gestört wurde, und trat zu Jasper und mir in den Flur. Außer dem Arzt war auch die Polizei gerufen worden, und Muriel wurde in einem leeren Zimmer im oberen Stockwerk von einem stämmigen Hausdiener bewacht, der vor der Tür wartete, bis die Polizei kam. Paul, der mit Jasper in Theas Zimmer gekommen war, wirkte nicht sonderlich verstört. Mrs. Foster hatte nach Milly geklingelt, damit sie den Jungen wieder ins Bett brachte.

Sebastian rieb sich das hagere Gesicht. „Verzeihen Sie mir", sagte er zu Jasper und mir. „Ich bin wohl nicht ganz wach. Es war also *Muriel*, die Alfred ermordet hat? Aber warum?"

„Muriel war *Singvogel*", erklärte ich.

„Wie bitte?", fragte Sebastian verwirrt.

„Alfred hat Muriel erpresst. Er hat in seinem Notizbuch Spitznamen für seine Erpressungsopfer verwendet. Auf seiner Liste stand das Wort *Singvogel*, doch ich habe einfach nicht herausfinden können, wer damit gemeint war. Da allerdings nicht jeder auf Alfreds Liste tatsächlich gezahlt hat", fuhr ich fort und dachte dabei an Monty, „habe ich angenommen, dass sich dieser Singvogel geweigert hat, zu zahlen, und dass Alfred es bei dieser Person aufgegeben hatte. Doch offenbar war die Annahme falsch. Gänzlich falsch."

„Aber womit hat er sie erpresst?", fragte Sebastian wieder. „Was konnte Alfred gegen Muriel in der Hand haben? Sie ist so ... unscheinbar."

„Ich denke, Alfred und Muriel kannten sich aus Amerika."

Jasper sah mich mit großen Augen an. „Wie kommst du denn darauf? Ist Muriel über den großen Teich gereist?"

„Ich glaube ja. Ich vermute das, weil sie manchmal amerikanische Ausdrücke verwendet hat." Ich wandte mich Sebastian zu und erklärte: „Ich habe selbst eine Weile in den Staaten gelebt. Amerikaner verwenden ja manchmal sehr andere Worte, und mir ist aufgefallen, dass auch Muriel hier und da einen typisch amerikanischen Ausdruck verwendet hat. Doch als ich gefragt habe, ob sie schon einmal in den Staaten war, hat sie behauptet, nie dort gewesen zu sein. Dass Alfred in Amerika war, wissen wir ja."

„Allerdings ist es ein ziemlich großes Land", warf Jasper ein.

„Schon, doch Alfred hat sie aufgezogen oder vielleicht ist verspottet das bessere Wort. An dem Abend vor der Party, erinnern Sie sich?", fragte ich Sebastian, wandte mich um und ging auf Alfreds Zimmer zu. Über die Schulter hinweg sagte ich zu den beiden Männern: „Alfred hat Muriel aufgefordert, uns etwas vorzusingen. Da hat sie geantwortet, dass sie keinen Ton treffen könne. Die Spannung zwischen den beiden war eindeutig spürbar gewesen. Ich bin sicher, sie hat versucht, ihr Talent zu verbergen, indem sie vorgab, völlig unmusikalisch zu sein."

Die Tür zu Alfreds Zimmer war unverschlossen. Die Kisten, in die wir Alfreds Kleider gepackt hatten, standen aufgereiht an der Wand. „Zum Glück ist noch alles hier." Ich nahm die Schallplatten und sah eine nach der anderen an. „Tatsächlich. Schaut! Alfred wusste ganz genau, dass Muriel singen konnte, denn er hat sie selbst beim Varieté gehört." Ich nahm eine Schallplatte und las: „Das Singvögelchen Muriel Webb trällert Ihre Lieblingsballaden."

Ich reichte die Platte an Jasper weiter. „Ich würde wetten, dass auch in den Programmheften aus Alfreds Wohnung Muriels Name bei einem gemeinsamen Auftritt mit den *Britischen Gentlemen* zu finden ist." Wie sehr ich mich doch über mich selbst ärgerte! „Ich hätte mir die Platten gleich genauer ansehen sollen."

„Aber wie hätten Sie denn wissen sollen, dass sie so wichtig sind?", fragte Sebastian.

„Alfred hatte weder hier im Zimmer noch in seiner Wohnung ein Grammofon. Warum hat er die Schallplatten im Schrank versteckt? Die meisten Leute bewahren ihre Platten dort auf, wo ein Grammofon steht. Ich hätte mir denken müssen, dass sie eine Rolle spielen. Doch erst, als Paul gesagt hat, dass Alfred sie manchmal Singvogel genannt hat, ist mir ein Licht aufgegangen."

Sebastian vergrub die Hände in den Taschen seines Morgenmantels. „Aber warum wollte Muriel meine Schwester umbringen?"

„Erinnern Sie sich an Violets Bemerkung beim Dinner, als sie behauptet hat, ich wüsste, wer der Mörder sei? Ich hatte gehofft, damit die Täterin aus der Deckung zu locken und sie dazu zu bringen, *mich* anzugreifen." Ich schluckte. „Es war töricht von mir. Ich hatte Thea verdächtigt, doch es war Muriel. Sie muss Theas Kleid angezogen und sich eine Perücke aufgesetzt haben, um es so aussehen zu lassen, als wäre Thea die Schuldige. Ich wette, wir finden einen gefälschten Abschiedsbrief, in dem Thea die Tat ‚gesteht'. Und ich hätte es geglaubt, dumm wie ich bin."

Jasper berührte meinen Arm. Er wollte gerade etwas sagen, als Dr. Evans an der offenen Tür von Alfreds Zimmer klopfte. „Es gibt gute Nachrichten. Thea wird in ein paar Stunden wieder aufwachen, vielleicht mit leichtem Kopfschmerz, doch ihr fehlt nichts weiter."

Sebastian blies laut und lange die Luft aus. „Vielen Dank, Doktor." Trotz aller Wortgefechte zwischen Thea und Sebastian war die Geschwisterliebe wohl doch größer als angenommen.

„Ich komme morgen wieder, oder besser später heute, um noch einmal nach ihr zu sehen", sagte Dr. Evans. Dann gab er Sebastian die Hand. „Bitte bemühen Sie niemanden, ich finde selbst hinaus. Gehen Sie lieber wieder zu ihrer Schwester." Als der Arzt fort war, betraten wir Theas Zimmer.

Auf dem Schreibtisch entdeckte ich tatsächlich ein Stück Papier, das unter dem Schmuckkästchen hervor ragte. Jasper blickte über meine Schulter und las laut vor: „Es tut mir leid. Ich wollte es nicht, bitte vergebt mir." Der Brief war mit Theas Namen unterschrieben.

Auch Sebastian stellte sich neben mich. „Es sieht verblüffend nach Theas Handschrift aus."

„Muriel war Theas Sekretärin", sagte ich. „Sie hat ständig ihre Briefe gesehen und konnte die Schrift üben. Aber wir sollten besser nichts anfassen!"

Sebastian zog die Hand zurück. „Natürlich, Sie haben Recht. Die Polizei wird alles so vorfinden wollen, wie es ist."

„Stimmt. Das trifft auch auf das hier zu", bemerkte Jasper.

Er stand über den Koffer gebeugt, den Muriel bei sich gehabt hatte. „Im Eifer des Gefechts ist er umgefallen", stellte Jasper fest. Der Koffer war zur Seite gekippt und dabei aufgesprungen, sodass Kleider und Schuhe hervorquollen. „Seht euch das an." Jasper zeigte auf blonde Haarsträhnen zwischen den Stoffen.

„Ich kenne diese Perücke", keuchte Sebastian. „Sie stammt aus meinem Studio. Muriel hat sie wohl einmal heimlich genommen, als ich in der Dunkelkammer war."

„Und wie hat sie den Rest angestellt?", fragte Jasper. „Sie war während des Feuerwerks doch bei den Kindern."

„Nein, sie ist runtergegangen", erklärte eine Kinderstimme. Sie stammte von Paul, der hinter einem Sessel hervorspähte.

Ich streckte die Hand nach ihm aus. „Bist du doch nicht ins Bett zurückgegangen? Wie lange hörst du uns schon zu?"

„Eine Weile. Ich wollte nach Mama sehen."

„Es geht ihr gut. Sie schläft nur. Schau selbst", sagte Sebastian und führte Paul zum Bett.

„Wann wacht sie wieder auf?"

„Später", sagte Sebastian. „Aber sag mal, Muriel ist weggegangen, als das Feuerwerk war?"

Paul drehte an einem Knopf seines Pyjamahemds. „Jane hat uns was von der Köchin hochgebracht. Saft und Kuchen. Und dann hat Muriel gesagt, dass Mutter uns das Feuerwerk nicht sehen lässt. Ich fand das gemein und wollte heimlich runterschleichen. Aber ich war plötzlich so müde, dass mir die Augen zugefallen sind, und dann bin ich eingeschlafen. Aber später bin ich aufgewacht, als das Feuerwerk geknallt hat."

„Und du wolltest es unbedingt sehen, oder?", fragte Jasper. Paul schluckte und Jasper sagte: „Du bist heimlich aufgestanden? Hätte ich auch gemacht."

Paul sah unsicher zu Sebastian, der ihm zunickte. „Ja", gab Paul schließlich zu. „Ich war ganz leise. Muriels Tür war offen aber sie war nicht im Bett. Das war gemein. Warum darf sie das Feuerwerk sehen und wir nicht?"

Ich kniete mich neben ihn und legte ihm die Hand auf die Schulter. Mit sanfter Stimme fragte ich: „Aber warum hast du zuerst gesagt, dass Muriel im Kinderzimmer war?"

„Weil sie am Anfang ja da war. Da hat sie Rose und mich ins Bett gebracht und dann ist sie noch oben geblieben. Ich weiß das ganz genau, weil ich so oft nachgeschaut habe. Aber später war sie weg. Sie haben nicht gefragt, ob sie die ganze Zeit da war."

Ich strich ihm das Haar aus der Stirn. „Du hast Recht. Mach

dir keine Sorgen, wir schimpfen dich nicht." Seufzend erhob ich mich und sah Jasper an. „All das hätte vermieden werden können, wenn ich gleich die richtigen Fragen gestellt hätte."

Die Tür wurde mit einem heftigen Ruck geöffnet. „Also, was ist bitte hier los?"

Hugh stand im Türrahmen. Sein Morgenmantel spannte über seinem Bauch, das schüttere Haar stand ihm wirr zu Berge. Er hielt einen Brief und einen Umschlag in der Hand und wedelte damit herum. „Was soll denn dieser ganze Tumult? Ich habe ohnehin schon einen leichten Schlaf, aber bei diesem Lärm kann wirklich niemand ein Auge zutun!"

Sebastian strich über Pauls Haar, dann wandte er sich Hugh zu. „Ach, Hugh, alter Knabe ..." Er sah hilfesuchend zu Jasper und mir. „Wir haben ... schwierige Neuigkeiten für Sie."

„Kann das nicht bis später warten? Es ist vier Uhr morgens. Da werden Briefe unter der Tür durchgeschoben und Leute trampeln den Flur entlang. Was für ein Benehmen! So etwas würde man im Hause Stratham nicht dulden."

„Es tut mir leid, wenn wir Sie geweckt haben", sagte ich. „Hat Muriel Ihnen eine Nachricht hinterlassen?"

„Ja, woher wissen Sie das?"

„Schreibt sie, dass sie wegfahren muss? Vielleicht, weil eine Verwandte krank ist?", erkundigte ich mich.

Hugh nickte. „Ja, sie muss zu ihrer Tante nach Yorkshire."

Ich wandte mich Sebastian zu. „Ich bringe jetzt Paul ins Bett zurück", sagte ich und der Hausherr seufzte, weil er offensichtlich wenig erfreut darüber war, mit Hugh allein gelassen zu werden. Er klopfte Hugh auf die Schulter und sagte: „Dann kommen Sie mal mit in mein Arbeitszimmer, alter Junge. Sie werden etwas Starkes zu trinken brauchen."

Erst am Nachmittag hatte sich auf Archly Manor alles wieder etwas beruhigt. Die Dorfpolizei war gekommen, gefolgt von

Scotland Yard. Thea war aufgewacht, jedoch in ihrem Bett geblieben.

Ich saß gegenüber von Inspector Longly in Sebastians Arbeitszimmer. Jasper saß neben mir, Sebastian stand vor dem Bücherregal.

Inspector Longly hatte erst Jasper befragt und alle Einzelheiten aus dessen Perspektive hören wollen. „Dann habe ich Muriel festgehalten, bis wir sie in ein Zimmer gesperrt haben", berichtete Jasper. „Ist sie jetzt weggebracht worden oder ist sie noch hier?"

Longly blickte von den Notizen auf. „Sie wurde nach London gebracht", erklärte er und sagte mit einem Blick in meine Richtung: „Sie wird wegen Mordes und versuchten Mordes angeklagt."

Die Anspannung in meinem Inneren ließ nach. "Das sind wunderbare Nachrichten für Violet."

Longly legte den Bleistift ab. „Ja, aber es hätte auch ganz anders ausgehen können."

Eine heiße Welle der Schuld überkam mich. Je mehr Gelegenheit ich hatte, über die letzte Nacht nachzudenken, desto mehr bereute ich mein Vorgehen. Ich rückte zur Stuhlkante vor. "Ich weiß. Und es tut mir aufrichtig leid. Wenn ich nur daran denke, was alles hätte passieren können, wird mir übel."

Wieder spürte ich diese Enge in der Lunge. Ich schloss für einen Moment die Augen. „Ich hätte niemals gedacht, dass es Muriel war ..." *Ruhig weiteratmen. Ein und wieder aus.* „Und erst recht nicht, dass sie auch noch versuchen würde, Thea zu ermorden."

Als ich an Paul mit seinen verstrubbelten Haaren dachte, durchfuhr mich ein messerscharfer Schmerz. Es hätte nicht viel gefehlt und er wäre mutterlos gewesen. Ich wusste selbst nur zu gut, wie furchtbar es war, wenn man keine Mutter mehr hatte. Nicht auszudenken, dass ich ein Kind fast in diese Lage gebracht hätte!

Jetzt merkte ich erst, dass Longly längst weitergesprochen

hatte. Ich riss mich zusammen. „… warten können, bis ich komme?"

„Ich fand es sinnvoll, ihr eine Falle zu stellen. Ich war so sicher, dass Thea die Täterin sei. Und sie wollte heute das Land verlassen." Jasper schenkte mir ein aufmunterndes Lächeln. Ich atmete tief ein und fühlte mich gleich ein bisschen leichter. "Ich habe eben befürchtet, dass Thea alles abstreitet, selbst wenn Sie rechtzeitig gekommen wären. Schließlich gab es keine Beweise. Selbst das fünfte Kettenstück, das ich auf der Terrasse gefunden habe, war nur ein Indiz, aber noch längst kein Beweis. Thea hätte behaupten können, die Kette sei schon vorher kaputtgegangen und sie habe sie geflickt."

Longly runzelte die Stirn. „Wie dem auch sei – Sie hätten sich nicht einmischen dürfen. Ich will Sie jetzt nicht weiter schelten, weil Sie sich selbst schon genug Vorwürfe machen. Und Sie, Mr. Rimington, hätten sich ebenso wenig einmischen dürfen. So etwas ist Sache der Polizei." Er sah wieder seine Notizen an. „Für den Moment habe ich alles, was ich brauche, aber wir werden uns nochmal darüber unterhalten. Sie dürfen jetzt aber erst einmal gehen."

Jasper überließ mir an der Tür den Vortritt. „Ich fühle mich ordentlich zurechtgestutzt", flüsterte ich ihm zu, als wir draußen waren.

„Unsinn", erwiderte Jasper. „Als gewissenhafter Inspector *muss* er uns ins Gewissen reden. Wahrscheinlich steht das so in den Vorschriften. Mach dir keine Sorgen, du hast ja deinen Mann beziehungsweise deine Frau erwischt. Das ist die Hauptsache."

„Mit deiner Hilfe", erwiderte ich. „Ich will mir gar nicht ausmalen, was alles hätte passieren können, wenn du nicht gekommen wärst. Leider hast du Recht, manchmal handle ich überstürzt. Es würde wahrscheinlich nicht schaden, alles etwas besonnener anzugehen."

Jasper schmunzelte. „Hin und wieder vielleicht."

Gwen kam aus dem Salon. „Ach, da seid ihr ja. Wir warten

auf euch." Sie packte meinen Arm und zerrte mich zum Sofa, wo sie sich neben mich fallenließ. Violet und James saßen in den Sesseln daneben und auch Monty legte die Zeitung zur Seite und kam herüber. Nur Tug blieb, wo er war, und trank weiter seinen Drink.

„Ihr müsst uns jetzt genau erzählen, was passiert ist", verlangte Gwen. „Aus dem Inspector kriegt man kein Wort heraus, es ist zum Mäusemelken! War es wirklich Muriel?"

„Ja, Muriel hat Alfred ermordet", bestätigte ich. „Ich dachte erst, dass Thea es war, doch ich habe mich geirrt." Je öfter ich es sagte, desto leichter kam es mir über die Lippen. Ich erklärte die Sache mit Theas Perlen. „Aber es war eben doch Muriel. Alfred hat auch sie erpresst. Sie war sein *Singvogel*."

Violets Augen wurden groß. „Alfred hat Muriel erpresst?"

„Ja. Sie und Alfred sind auf derselben Bühne aufgetreten. Sie war Sängerin beim Varieté." Die Polizei hatte die Programmhefte aus Alfreds Wohnung beschlagnahmt, und Longly hatte mir bestätigt, dass Muriel tatsächlich als Darstellerin aufgelistet war.

„Aber Muriel ist doch Engländerin. Wie ist sie denn in einer amerikanischen Show gelandet?", wollte Monty wissen.

Longly hatte erzählt, was seine Kollegen über Muriel in Erfahrung gebracht hatten. „Erinnert ihr euch noch, dass Thea erzählt hat, Muriel sei nach dem Tod der Eltern bei einer Tante untergekommen? Diese Tante hat in Amerika gelebt."

„Thea hat auch gesagt, dass sich Muriel nicht sehr gut mit dieser Tante vertragen hat", ergänzte Violet.

„Das stimmt wohl", nickte ich, „denn nach einem Jahr ist sie weggelaufen. Muriel hat sich allein mit ihrem Gesangstalent durchgeschlagen und ist als Sängerin in Varietétheatern aufgetreten. Später wollte sie, genau wie Alfred, ein neues Leben beginnen und deshalb hat sie bei einer britischen Familie mit fünf Kindern eine Stellung als Gouvernante angenommen. Die Familie ist von Amerika nach London gezogen, und nach einem Jahr hat sich Muriel weiterbeworben und ist so bei Thea als

Gouvernante und Sekretärin gelandet. Alfred konnte sie wegen ihrer Beziehung zu Hugh mit ihrer Vergangenheit erpressen, denn Muriel wollte auf keinen Fall, dass er davon erfährt. Auch Thea wäre nicht begeistert gewesen, wenn sie erfahren hätte, dass ihre Gouvernante eine Varietésängerin ist, doch bei Hughs Familie wäre das noch viel schlimmer gewesen."

„Ach, deshalb ist Hugh wohl auch so schnell aufgebrochen", sagte Violet, während nun Sebastian hereinkam.

„Hugh ist abgereist?", fragte ich ihn.

Sebastian nickte. „Er ist sofort gefahren, als die Polizei ihm erlaubt hat, zu gehen."

„Lady Pamela auch", mischte sich Monty ein. „Obwohl es mir so vorkam, als wäre sie eher widerwillig abgereist."

„Lady Pamela ist auch weg?" Jasper und ich hatten wohl einiges verpasst, während wir bei Longly saßen.

Lady Pamelas Abreise erklärte auch Tugs schlechte Laune, der missmutig im Sessel saß und sich nur noch für sein Getränk zu interessieren schien.

Monty klemmte sich die Zeitung unter den Arm. „Lord Harlan hat eine furchteinflößende Dame geschickt, ich glaube, eine Tante. Sie hat Lady Pamela abgeholt und bringt sie zu einem längeren Aufenthalt in ein Sanatorium."

Gwen und ich tauschten einen Blick aus. Gwen dachte dasselbe wie ich: Lady Pamela war nicht auf dem Weg in ein Heilbad.

„Ich wette, dass Lord Harlan sie in eine dieser exklusiven Kliniken zum Drogenentzug schickt", sagte Violet und alle starrten sie an.

„Wie bitte?", fragte Gwen.

Violet zog die Augenbrauen hoch. „Dachtet ihr etwa, ich hätte das nicht mitbekommen?" Sie wedelte mit der Hand durch die Luft. „Das weiß doch jeder, nicht wahr?" Violet blickte von James zu Monty zu Sebastian. „Schau, sie wissen es auch. Es war nicht zu übersehen." Jetzt wandte sie sich mir zu. „Aber zurück zu Muriel. Hughs Familie wäre in der Tat entsetzt darüber, dass Muriel im Varieté aufgetreten ist. Sie halten sich doch für was Besseres."

James fügte hinzu: „Außerdem will sich Hugh für die Parlamentswahlen aufstellen lassen."

Violet schüttelte den Kopf. „Sie hätten Muriel *nie* akzeptiert. Vor allem, wenn in den Klatschzeitungen über ihre Vergangenheit berichtet worden wäre."

„Genau deshalb konnte Alfred sie erpressen", fasste ich zusammen. „Deshalb hat sie Alfred ermordet. Sie wollte nicht riskieren, dass vielleicht doch alles ans Licht kommen könnte. Nachdem Hugh ihr den Antrag gemacht hat, war sie fest entschlossen, ein neues Leben anzufangen."

„Aber sie war doch im Kinderzimmer?" Gwen sah zu mir. „Sie ist nach dem Abendessen nach oben gegangen."

„Muriel war zwar bei den Kindern, aber nicht den ganzen Abend. Paul hat erzählt, dass er eingeschlafen ist und das Feuerwerk fast verpasst hätte. Ich glaube, Muriel hat den Kindern ein Schlafmittel verabreicht. Jane hat ihnen Saft und Kuchen gebracht und dabei hat sie wohl erwähnt, dass Thea ein Schlafpulver genommen hat."

„Warum sollte sie Muriel das sagen?", wunderte sich Monty.

„Es wäre nicht ungewöhnlich", sagte Gwen, „denn Muriel war ja ständig im Dienst, sowohl als Gouvernante als auch als Sekretärin. Wahrscheinlich wollte Jane Muriel nur sagen, dass Thea sie an diesem Abend definitiv nicht mehr brauchen würde."

„Und wie hat Muriel es angestellt?", fragte Violet weiter.

„Ganz einfach. Nachdem sie die Kinder ins Bett gebracht hat, ist sie in den ersten Stock hinuntergegangen, hat sich Theas Kleid und die Perlenkette angezogen und eine blonde Perücke aus Sebastians Studio aufgesetzt, für den Fall, dass jemand sie sehen würde. Und wegen der Perlen hatte ich ja auch tatsächlich Thea verdächtigt."

„Am Ende hast du aber doch herausgefunden, wer es war!",

rief Violet und umarmte mich überschwänglich. „Ich weiß gar nicht, wie ich dir danken soll."

„Vielleicht, indem du nächstes Mal besser aufpasst, mit wem du dich verlobst."

„Ach, wahrscheinlich werde ich nach dieser Geschichte ewig eine Jungfer bleiben", sagte sie, blickte dabei aber zu James, der bis zum Rand seiner Brille ganz rot wurde.

ZWEI WOCHEN später verließ ich die Untergrundbahnstation und überquerte die Straße in dem wohligen Wissen, dass die Miete im Voraus gezahlt war und sich genug Geld auf meinem Konto befand. Nach Muriels Verhaftung war ich mit Gwen und Violet nach Parkview Hall gefahren. Dort hatte ich mir die Schreibmaschine von Onkel Leos Sekretär ausgeliehen und einen Bericht für Tante Caroline verfasst, in dem ich ausführlich alle Einzelheiten der Vorkommnisse auf Archly Manor schilderte. Nun ja, *fast* alle Einzelheiten. Manches, wie zum Beispiel, dass mein Verdacht kurzzeitig auf Gwen gefallen war, ließ ich unerwähnt. Im Großen und Ganzen war es jedoch ein ausführlicher Bericht. Dazu schrieb ich noch eine bis auf den Penny genaue Auflistung der Ausgaben.

Tante Caroline überflog die Liste. „Natürlich kompensieren wir deine Ausgaben, und du erhältst fünfzig Pfund zusätzlich zu dem, was wir vereinbart haben."

Das war eine astronomische Summe für mich. Als ich protestieren wollte, schüttelte Tante Caroline den Kopf. „Du hast Violet gerettet und bewiesen, dass Alfred ein Schuft war. Keine Widerrede. Und ich zahle meine Schulden stets", sagte sie und schob Gwen, die bereits das Geld abzählte, die Liste zu.

An einer Straßenecke pries ein Zeitungsjunge die neueste Ausgabe an, und ich ging zu ihm und kaufte ihm ein Exemplar ab. Ich schlug sofort die Seite mit den Stellengesuchen auf. Als mich jemand im Vorbeigehen anrempelte, stellte ich mich an den Rand des Gehsteigs in den Schatten eines Gebäudes, wo ich mit dem Finger die Anzeigen entlangfuhr, bis ich meine eigene fand.

Haben Sie Fragen, die sich mit konventionellen Methoden nicht beantworten lassen? Haben Sie Probleme? Wir bieten diskrete und vertrauliche Lösungen. Schwierige Situationen und heikle Angelegenheiten sind unsere Spezialität.

Ich klappte die Zeitung zu und war höchst zufrieden. Ich konnte es kaum erwarten zu sehen, wer sich auf meine Anzeige melden würde.

Melden Sie sich für Saras Notes and News unter SaraRosett.com / sapphires an, um Updates zu Neuerscheinungen sowie exklusive Inhalte zu erhalten.

DORT FINDEN Sie (in englischer Sprache) auch Sara Rosetts exklusive Kurzgeschichte *Lady Sophia's Sapphires*, in der Olive ihre ersten Erfahrungen als Detektivin macht.

DIE GESCHICHTE HINTER DER GESCHICHTE

Die Idee für die *Detektivin mit Stil*-Serie kam mir, als ich an meiner Serie *Murder on Location* arbeitete, die in dem kleinen Ort Nether Woodsmoor in Derbyshire in der Gegenwart spielt. Ich schrieb über das stattliche Anwesen Parkview Hall und fragte mich plötzlich, wie wohl das Leben in den Zwanzigerjahren dort war. Wer hat dort gelebt? Diese Gedanken faszinierten mich sehr, doch erst musste ich das aktuelle Buch fertig schreiben. Die Idee für eine neue Serie in derselben Umgebung, doch in der Zeit der goldenen Zwanziger ließ mich seitdem nicht mehr los. Kurze Zeit später stürzte ich mich schon in die Recherchearbeit und begann, mir die Geschichte für *Mord auf Archly Manor* auszudenken.

Die Hauptfigur Olive ist eine Außenseiterin, die versucht, ihren Platz in der Welt zu finden. Sie ist mit den Stones aus Parkview Hall verwandt, doch deren hohe gesellschaftliche Stellung und ihr gut gefülltes Bankkonto hat sie nicht. Nicht die beste Voraussetzung für das echte Leben, doch für einen Roman ist es eine hervorragende Ausgangssituation.

Die Zwanzigerjahre faszinieren mich, der damalige Kleidungsstil, die Ausdrucksweise, die Musik. Aus diesem Grund hat mir die Recherche für das Buch unglaublich viel Spaß gemacht. Und da ich die Kriminalgeschichten aus dieser Zeit so liebe, war es gleichzeitig eine große Herausforderung für mich, selbst einen solchen Roman zu schreiben.

Ich habe viel über das Leben im Jahr 1923 recherchiert. Welche Strümpfe trugen junge Frauen damals? (Seide oder Viskose in hellen Farben.) Was hat ein Empfangsportier gemacht? (Er war eine Art Türsteher in großen Apartmentgebäuden.) Konnte man 1923 in die Bibliothek des British Museum gehen und sich Atlanten ansehen? (Ja.) Wann wurde die erste Telefonzelle in London errichtet? (1920). Und viele weitere Fragen dieser Art.

Die Recherche über das tägliche Leben zu jener Zeit brachte mir auch Ideen für meine Figuren. Dass der Hausherr von Archly Manor ein Gesellschaftsfotograf sein könnte, fiel mir ein, nachdem ich auf Cecil Beaton aus dem Kreise der *Bright Young People* gestoßen bin. Beaton hat in Cambridge studiert und sich später einen Namen als Fotograf gemacht. Seine Schwestern standen ihm Modell, seine ikonischen Porträtaufnahmen fangen die Stimmung und den Zeitgeist von damals ein.

Zur Inspiration suchte ich auch nach Bildern von Frauen aus den frühen Zwanzigern und stieß dabei auf die Stummfilmschauspielerin Colleen Moore. Mit ihrer Energie, ihrem Humor, ihrem fröhlichen Naturell und ihrer Arbeitsauffassung ist sie Olive Belgrave sehr ähnlich. Die Videos von Colleen Moore auf YouTube waren eine wunderbare Abendunterhaltung für mich. Leider sind viele ihrer Stummfilme verloren gegangen, darunter auch *Flaming Youth*, durch den der Begriff "Flapper" – eine junge Frau mit einem gewissen Kleidungsstil und eher emanzipiertem Auftreten – geprägt wurde. Zum Glück sind einige Ausschnitte ihrer Filme erhalten geblieben wie auch etliche Fotografien mit wunderschönen Kostümen. Auf meiner Pinterest-Pinnwand für *Mord auf Archly Manor* finden Sie Bilder zur Mode der damaligen Zeit, Inspirationen für meine Figuren und andere schöne Dinge der Zwanzigerjahre.

Für die Recherche musste ich natürlich auch viele Romane

lesen, die in den frühen Zwanzigern veröffentlicht wurden – für mich als Leseratte natürlich eine furchtbar schwierige Aufgabe! Unter anderem habe ich folgende Romane von Agatha Christie gelesen: „Ein gefährlicher Gegner" (*The Secret Adversary*), „Das fehlende Glied in der Kette" (*The Mysterious Affair at Styles*), „Mord auf dem Golfplatz" (*The Murder on the Links*) und „Der Mann im braunen Anzug" (*The Man in the Brown Suit*). Andere Bücher meiner Leseliste der Zwanzigerjahre waren: „Der Tote in der Badewanne" (*Whose Body?*) von Dorothy L. Sayers und *The Astonishing Adventure of Jane Smith* von Patricia Wentworth sowie „Schritte im Dunkeln" (*Footsteps in the Dark*), der erste Detektivroman von Georgette Heyer, der erst 1932 veröffentlicht wurde. Der Roman *Highland Fling* von Nancy Mitford ist kein Kriminalroman, doch wird der Lebensstil der *Bright Young People* und die Gespräche und Themen jener Zeit hervorragend dargestellt.

Einige Sachbücher haben meine Recherche abgerundet, darunter *Long Weekend: Life in the English Country House, 1918–1939* von Adrian Tinniswood, *The Golden Age of Murder* von Martin Edwards und *Bright Young People: The Rise and Fall of a Generation, 1918–1940* von D. J. Taylor.

Ich hoffe, Ihnen gefällt Olives erster Fall. Sie ermittelt im zweiten Band *Mord auf Blackburn Hall* weiter. Wenn Sie über meine Neuerscheinungen informiert werden und spannenden Content erhalten wollen (darunter die Kurzgeschichte *Lady Sophia's Sapphires*, in der Olive ihre ersten Erfahrungen als Detektivin sammelt), registrieren Sie sich auf meiner Seite für den Newsletter. Ich freue mich auf Sie!

USA Today Bestsellerautorin Sara Rosett schreibt unterhaltsame Kriminalgeschichten für unbeschwerte Lesestunden für Leser-Innen, die interessante Schauplätze, skurrile Charaktere und Rätsel mögen.

Publishers Weekly lobt Saras "gekonnten Schreibstil" und bezeichnet ihre Werke als "erfrischend" und "schillernd".

Sara freut sich über jeden neuen Stempel in ihrem Pass und egal, wohin die Reise geht, dunkle Schokolade ist stets mit im Gepäck.

Erfahren Sie mehr unter: www.SaraRosett.com

Treacherous

<u>Ellie Avery</u>

Moving is Murder

Staying Home is a Killer

Getting Away is Deadly

Magnolias, Moonlight, and Murder

Mint Juleps, Mayhem, and Murder

Mimosas, Mischief, and Murder

Mistletoe, Merriment, and Murder

Milkshakes, Mermaids, and Murder

Marriage, Monsters-in-law, and Murder

Mother's Day, Muffins, and Murder

www.ingramcontent.com/pod-product-compliance
Lightning Source LLC
Chambersburg PA
CBHW050832190726
48286CB00007B/2057